黄金列車

佐藤亜紀

角川文庫
23036

目次

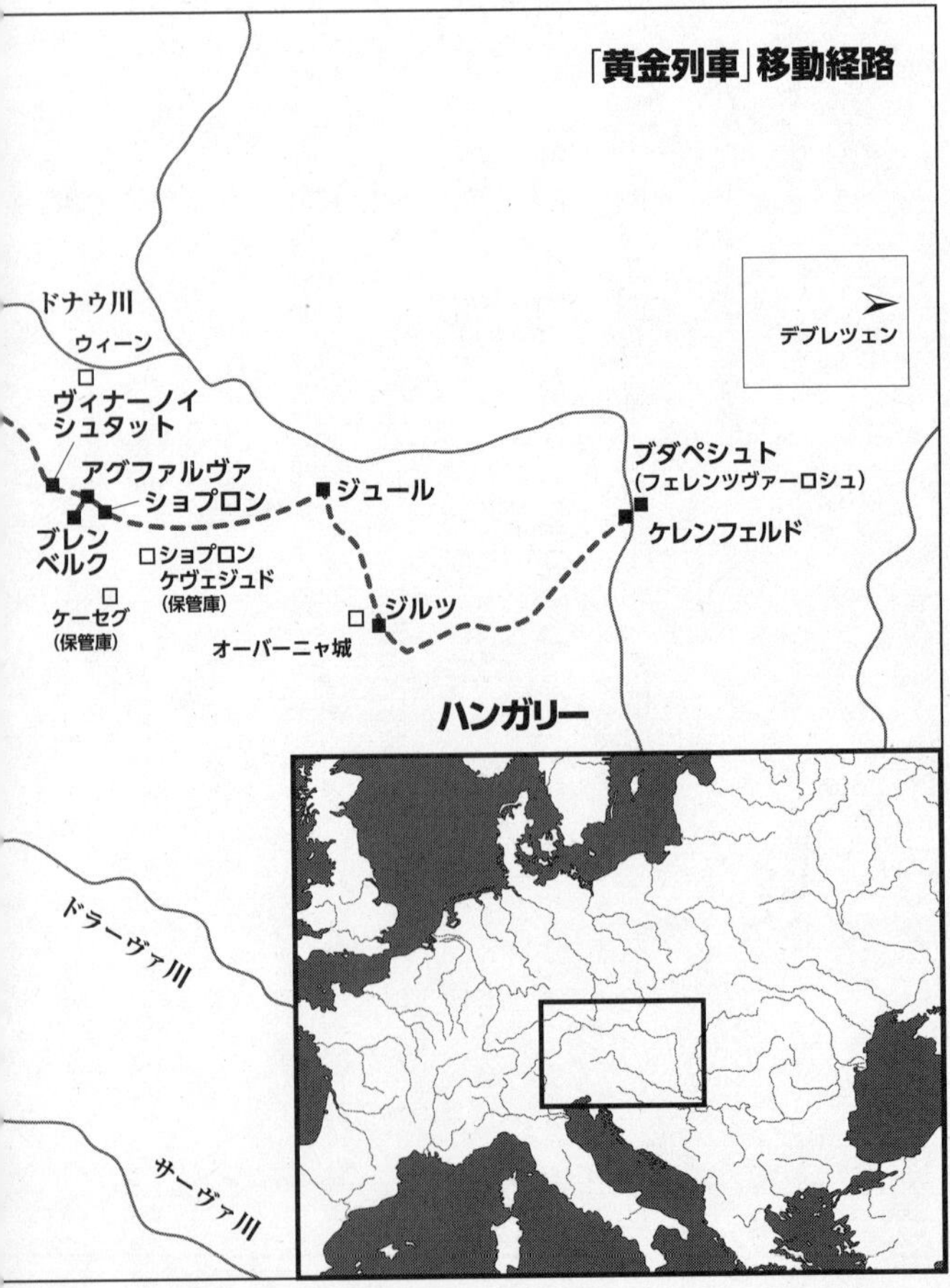
「黄金列車」移動経路
ドナウ川
ウィーン
ヴィナーノイイ
シュタット
アグファルヴァ
ショプロン
ブレン
ベルク
ショプロン
ケヴェジュド
（保管庫）
ケーセグ
（保管庫）
ジュール
ジルツ
オーバーニャ城
ブダペシュト
（フェレンツヴァーロシュ）
ケレンフェルド
デブレツェン
ハンガリー
ドラーヴァ川
サーヴァ川

ドイツ
バイエルン
ミュンヘン
イン川
ザンクト・ペルテン
メルク
リンツ
ヴィーゼルブルク
アムシュテッテン
ヴィルヘルムスブルク
ザルツブルク
キルヒベルク
クフシュタイン
キッツビュール
ハライン
オーストリア
イッター村
ヴェルグル
ラッテンベルク
シュヴァルツァッハ
ザンクト・ヨハン
タウエルン・トンネル
インスブルック
ホプフガルテン
ランデック／ザンクト・アントン
イタリア
ヴェネツィア

主な登場人物

バログ・エレメル……ハンガリー王国大蔵省の官吏。ユダヤ資産管理委員会の現場の担当として、ユダヤ人の資産を保護・退避させるべく「黄金列車」に乗り込む。

トルディ……ユダヤ資産管理委員会委員長。

アヴァル……ユダヤ資産管理委員会次長。バログとミンゴヴィッツの若き上司。前職はゼンタ市長。

ミンゴヴィッツ……ユダヤ資産管理委員会の一員。バログの上司。

ゾルナイ……財務秘書官。列車の保守を担当。

トルナイ……監査課長。積荷の入出庫の管理を担当。

ボガ・バリント……列車に同乗した裁判長。

ナプコリ……ユダヤ資産管理委員会の事務員。タイピスト。

コバチ、トルカイ、グリル……憲兵隊の大尉、曹長、隊員。

ウタッシー……砲兵隊の大尉。
マルコヴィッツ……伯爵。避難のために列車に乗り込んでくる。
クレックナー……ヒトラー親衛隊（ＳＳ）大尉。列車の運行に詳しい。
ヨースカ……バログに闇物資を融通している男。
リゴー……裏の仕事を請け負う男。バログに銀の燭台《しょくだい》を探すよう依頼する。
赤毛……浮浪児グループのリーダー。
ミュラー……トルディやＳＳと行動を共にする若いドイツ人。
カタリン……バログの妻。
ヴァイスラー……バログの友人。ユダヤ人。
マルギット……カタリンの友人。ヴァイスラーと結婚する。
マリカ、エルヴィン……ヴァイスラーとマルギットの子供。

I　一九四四年十二月十六日—— 16. XII. 1944

　バログが妻を亡くしたのは、七月の初めのことだった。

　アパートの住人が物干し場に使っている屋根裏の明かり取りから、五階下の路上に転落したのだ。彼女は病院に運ばれ、バログが駆け付けた時には既に遺体安置所に回されていた。

　葬儀やら何やらがあり、彼女には僅《わず》かながらも財産があった為、デブレッツェンにいる義兄と話をして相続を処理する必要もあったが、ドイツ軍が進駐して来た春先に家族共々行方不明になった、と判るのにも一月《ひとつき》掛かった。何もかもが混乱していた。義兄は目端の利く男だったので心配はしなかったし、妻が死んだ以上心配する理由もないとバログは考えたが、警察は義兄の件で訊《き》くことがあると言って来た。異動先の外局の委員長が口を利いてくれなければ面倒なことになっていただろう。そのユダヤ資産管理委員会でも、政権が二転三転する度に起る組織変更——しまいには、委員長は名目上の昇進で姿を消し、代りに内務省から憲兵大佐が送り込まれて来た——と、没取《ぼっしゅ》財産処理手順変更の濁流が彼を押し流した。山積みの書類を消化し、更に山積みの物品をショプロンやジルツの保管庫に送り出し、自分でも現地まで行っては戻りを繰り返して殆《ほとん》ど帰れない日々が続いた。

二重のごたごたは秋の終りまで続いた。

仕事と雑事の洪水からどうにか普通の生活の岸辺に這《は》い上がった日曜日、バログは遺品の整理を思い立ち、妻の洋服簞笥《だんす》を開けてみた。中には黄色いワンピースが一着だけ下がっていた。妻が最後に仕立てたワンピースだった。彼女がそれを着て見せた時バログは、派手過ぎるんじゃないか、と言った。以来、着ているところを見たことはない。死んだ時も、別のものを着ていた。五十近い女には相応の、もっと地味な、着古した夏服だ。アパートや近所の知り合いだの何だのが現れて棺《ひつぎ》に納める時に着せたのも他の服だった。彼は殆ど空の簞笥の前で呆気《あっけ》に取られ、それから、泣いた。ひとしきり泣いてから、下の階の住人のところに行った。すぐ扉を開けて現れた女は見覚えのあるブラウスの上に見覚えのあるカーディガンを着込んでいて、妻のものが何も残っていないんだが知らないか、と訊くと、形見分けだから持って行ってくれて構わないって言ったじゃない、と答えた。そうだったか。そんなことを言ったか。彼女は哀れむように微笑んで、彼の鼻先で扉を閉めた。

食卓の上から、バログは室内を照らしていたカンテラを取り、電気の遮断器とガスの元栓を確かめる。大丈夫、どちらも切ってある。ストーヴは何日も消えたままだ。寝る為にしか帰って来なくなったアパートは、没取品保管庫と大差のない場所に成り果てている。ここで暮し始めた時のことを思い出しかけるが、バログは忘れておくことに決め、片手に当座の着替えと書類を詰めた小さな手提鞄《かばん》を持ち、もう一方の手でカンテラを下げて、顔に張り付いた無表情のまま、暗い冷えた部屋よりなお暗く冷え切った廊下に出る。

住人は殆ど逃げ出した後だ。カンテラを置いて扉を閉め、鍵《かぎ》を掛ける。階段を下りながら考える。管理人を起こすべきだろうか。鍵を預かって貰《もら》い、カンテラを渡す。寝惚《ねぼ》け面の管理人に。暫《しばら》く迷ってから火を吹き消し、身を屈《かが》めて管理人室の扉の脇に置く。部屋の鍵を添える。中庭の自転車の荷台に鞄を括《くく》り、押して外に出る。

夜明け前の通りは廊下よりなお冷えている。十二月の街路の寒さだ。カタリンが自分の身形《みなり》を厳しく確かめ、襟巻きを巻き直して送り出したことを思い出す。あの頃、廊下はまだこれほど冷たくはなく、街路も暗くはなかった。朝の六時ともなれば、空が暗くとも街は動き出していた。ごみの収集人がごみ箱の中身を荷車に空け、市電が走り、停留所へと急ぐ人影が街灯の光を過《よぎ》り、ペダルを踏んで橋を渡りながら川上を見ると、橋一つむこうの中央市場の窓に灯が見えた。

今は、街は無人だ。人はいるとしても息を潜め、家並みは暗い空に溶け込んでいる。ドナウ川を渡る橋の袂《たもと》で自転車を降り、バログは身分証を示す。矢十字党の制服を着た男の顔は無表情で、眼窩《がんか》は黒く窪《くぼ》んでいるだけだ。ただ息だけが白い。風が橋のケーブルを鳴らす。川沿いの道には土嚢《どのう》があちこちに積み上げられている。いずれ高射砲か機関銃が据え付けられるだろう。ロシア軍は対岸に広がるペシュトの街路のむこう、二十キロの位置まで来ている、と、昨日、誰かから聞いた。今はまだ砲声も聞こえない。橋が真ん中からへし折れて川に沈んでいるところを、バログは思い描く。後にして来たアパートも町ごと消え去るだろう。他のことを考えよう。バログは痩《や》せた背中を丸め、ペダルを踏む足を速める。例えばこの寒さはどうだ。まだ十二月だというのに。

何度か身分証を検《あらた》められながら、バログはフェレンツヴァーロシュの操車場に着く。駅舎を閉ざす柵のところで憲兵に身分証を示そうとするが、かぶりを振られる。顔を覚えられたらしい。トルカイ曹長は、と訊くと、憲兵は無言で奥を示す。

バログは自転車を引いて中に入り、事務所の戸口の脇に立て掛ける。鞄だけ持って入ると、運行指令所のキラチコは既に来ており、事務所の中でストーヴに当っている。彼とは前の週に、ドイツ軍が接収した列車の合間を縫う計画を立て、機関車を確保する手立てを練った。曹長もいる。バログはストーヴを囲む仲間に入り、手を翳《かざ》しながらにこやかに、全て予定通りですか、と訊く。作り笑いだ。「九時の発車で問題はありませんね」

その件ですが、とキラチコは切り出す。「九時発車でセケシュフェヘルヴァル経由ジルツまでは問題ありません。何度か待避線に入って貰うことになるので多少時間は掛かりますが、確約できます。追加の車輛《しゃりょう》もむこうに手配してあります。経験の長い機関士を手配しておきましたから、何かあっても彼が対処するでしょう。ですが」

「ですが？」

「機関車の方でちょっとした問題が生じました。ジルツから一旦《いったん》ブダペシュトに戻していただく訳にはいきませんか」

バログは唸《うな》る。「いや、それは」そんなことになればジルツで立ち往生だ。

「何日かジルツで停車するんですよね？」

三日、と曹長が口を挟む。

「三日、ということで」とバログは答える。「一応は考えています。実際には積み込みの作業量が不明なので、何とも」

「その間に一旦ブダペシュトまで戻して、ジュールまでやった後、ジルツに返しますから」

「どこの列車です」

「国立銀行」

バログは溜息《ためいき》を吐く。国立銀行。知っている職員の顔を思い描く。委員長の名前を出して事情を説明したらどうだろう――だが、殆どの職員はジュールに疎開した後であることに思い至っただけだ。内閣さえショプロンまで逃げた。居残り組の撤収に使われて、その後はどうなる？

「大丈夫、返してくれますよ。ドイツ軍って訳じゃない」

「残念ですが」とバログは言う。曹長は満足そうに含み笑いをする。「国有財産を退避させるのです。ご理解いただきたい」

　キラチコは考え込む。「わかりました。別口を当りましょう」

「ご理解いただけて有難い。上司にも報告しておきますよ」

　曹長と並んで、バログは自転車を押しながら操車場の引き込み線に沿って歩く。空は濃紺に明け始めている。雲ひとつなく冷え切った朝だ。貨物積み込みのプラットフォームが見えて来る。

　憲兵隊は既に積み込み作業を終えている。曹長は自転車を預かると憲兵の一人に渡して積み込むように言う。バログは鞄から書類挿《ばさ》みを取り出す。

　貨車の扉を順に開け、積荷を確かめる。積み上げられた木箱以外は乱雑そのものだ。木箱が足りなくて使った古いトランクが幾つもある。蓋《ふた》のない木箱には封をした封筒が立てられている。担当の憲兵がチョークで書いた箱番号を読み上げ、バログは書類の一覧に印を付ける。事前に数えられチョークで書き込まれた封筒の数も、合致していれば印を付ける。丸めた絨毯《じゅうたん》の山にも、積み上げた麻袋にも、荷札で番号が付けられている。これも全て確認する。

確認を終えてプラットフォームに降りると、機関車が入線する。後ろ向きに走って来た機関車は雲のように蒸気を吐いて速度を緩める。ブレーキが一瞬、鳴る。蒸気の名残の中を抜け、連結棒をゆっくりと動かしながら惰行で入って来ると、緩衝器同士が軽く当って停止する。

バログは時計を見る。八時だ。機関助士が、乗れ、というような合図をする。憲兵たちが、バログが降りたばかりの貨車に乗り込んで引っぱり上げてくれる。奥には木箱や乗客の身の回り品を収めたトランクに交じって、自分の自転車が積み込まれている。扉を開けたまま、列車は操車場の中を走る。二十五輛の貨車の殆どはまだ空だ。

駅舎裏の乗降用プラットフォームに付けると、貨車の大部分は後方にはみ出すことになる。バログが貨車と客車の連結を眺めていると、次長のアヴァル博士が現れる。局の立ち上げの時に省外から入った一人で、前職はヴォイヴォディナのどこかの市長だ。まだ若い。明るい色の髪をきちんと撫《な》で付けて近視用の眼鏡を掛け、綺麗《きれい》に髭《ひげ》を剃《そ》り上げて、双子用の乳母車を軽く揺すっている。慣れた手付きだ。顔色の悪い夫人は失神寸前のような様子でその傍にいる。荷物はまだ外なんだが、と言う。曹長が憲兵を取りにやる。他の憲兵は事務用品を先頭の食堂車へと運んでいくところだ。バログは夫人に、事務所でお待ちになってはいかがですか、ストーヴに火が入っていますよ、と勧める。

「いいえ、大丈夫です」と彼女は蒼白《あおじろ》い強張《こわば》った顔で答える。

「客車の暖房が効き始めるにはまだ暫く掛かりますが」

アヴァルは事務所に入るよう妻を促して乳母車を押して行く。事務所の扉の脇に乳母車を止め、双子の一人を抱き上げて夫人に預けると扉を押し開けて中に入らせる。もう一人を抱き上げて、お前はパパと一緒に行こうな、男同士だ、と言って、おむつで膨れた尻《しり》を軽く叩《たた》く。バログは鞄から書類挿みを取り出し、乗車予定者名簿を開く。

「食堂車は」

「連結しました」

「ナプコリは来るんだろう」

「母親連れです」

「高齢か」

バログはファイルに目を落とす。「七十二です。暖かくして来るよう言ってあります。車室も配慮しました。他に、監査課職員の舅《しゅうと》夫妻がやはり七十代です」

アヴァルは軽く頷《うなず》く。「客車は」

「鉄道の方で割振りは済んでいる筈《はず》です」

「確認しよう」

アヴァルはいきなり声音を変え、さあ列車だよ、嬉《うれ》しいねえ、大好きだねえ、と言いながら歩き出す。赤ん坊は何か叫ぶ。確かにご機嫌だ。バログは曹長を呼び、お偉方が来たら事務所に入って貰うよう言い置いて後を追う。簡易寝台車に入ると、三段ずつ並んだ寝棚の脇の通路に立って、アヴァルは赤ん坊に眼鏡を弄《いじ》られている。

「機関車は」

「国立銀行と取り合いになりましたが、確保しました。運行指令所の厚意です。顔の利く機関士も付けてくれました」

「有難い」と言って、アヴァルは赤ん坊を揺すりながら通路を歩いて行く。大人しいですね、とバログが言うと、見たことのないものがあるうちは大人しい、と答える。バログは書類に従って車室の割振りを説明する。前から三輛目に入ると、寝台車か、とアヴァルは言う。「助かるよ」

「二輛だけ、どうにか確保しました。乳幼児と老人がおりますから」とバログは答える。「三十分もすればだいぶ暖かくなるでしょう」

「いや、もう十分さ。お湯はあるかい」

「食堂車に厨房《ちゅうぼう》があります」

アヴァルは溜息を吐く。「双子は兎《と》も角大変だ。倍以上だ」

先頭の食堂車で、アヴァルは足を止め、振り返って言う。「よくやってくれた。完璧《かんぺき》だよ。個人的にも君には感謝したい」それから赤ん坊にバログを示す――さあ、おじさんありがとう、って言いなさい。お部屋もミルクも大丈夫だよ。

赤ん坊は、きゃー、というような声を上げて手を伸ばし、バログは僅かに身を引きながら作り笑いをしてみせる。窓を叩く音がする。曹長だ。バログが開けると、委員長が自宅を出ました、と報告する。二人は列車から降りる。

　ホームは子供でいっぱいだ。事務所には入ろうとせず走り回っている。五歳くらいの女の子たちが日陰に寄り集まってしゃがみ込み、絶え間なく何か喋《しゃべ》っている。男の子は呆《ほう》けたような顔で脇に立っているだけだ。十歳くらいのお下げの女の子が全力疾走して来たのを、アヴァルとバログは傍に避《よ》けて躱《かわ》す。十五歳くらいの少年が柱の前に軽く両足を開いて、精一杯どっしりと立ち、煙草を咥《くわ》えて煙を無表情に目で追っている。確か財務秘書官ゾルナイの息子だ。どこかで見たような姿勢だが、微妙に様になっていない。アヴァルが顔を顰《しか》め、バログは指を振って咎《とが》める。少年は不貞腐《ふてくさ》れた顔で煙草を棄てる。小さなトランクを脇に置いて立っている女の子もいる。ベレーを被《かぶ》り、ツイードのコートを着て、綺麗な色の毛糸の襟巻きをしっかり巻いている。荷物は憲兵に頼みなさい、と言うとかぶりを振る。

「名前は」

「イダ」

　バログはファイルを捲《めく》る。「サシャルミ、イダ。君の席は三号車の二番目の車室だ。扉の脇に名前が書いてあるからわかるだろう。中に入って好きな席を選びなさい。早い者勝ちだ」

　バログは少女が笑み崩れるのを期待するが、その顔は硬いままだ。ご親切痛み入ります、と大人っぽく答えてトランクを持ち上げるそぶりをしながらバログを窺《うかが》う。バログは気が付かないふりで立ち去る。そっと振り返ると、少女はまたトランクを下ろしてそこに立っている。

カタリン、と妻が初めて名乗った時のことを、バログはよく覚えている。彼女はまだ十八で、夜も遅い時間に、ドナウ川沿いの遊歩道のベンチに坐《すわ》っていた。バログも役所勤めを始めたばかりだった。省の先輩に教わった通り、いっぱしの女誑《おんなたら》しのように図々《ずうずう》しく同じベンチに腰を下ろした。

人を待っているんです、と彼女は言った。ぼくも人を待っているんだ、とバログは答えた。内心では怯《おび》えていた。野良犬のように追い払われると思った。いや、断固として踏み止《とど》まるんだ、エレメル、同僚たちから童貞と笑われるのはもう御免だろう？

暗がりの中で、彼女は何度も溜息を吐いた。嗚咽《おえつ》が混じっているような溜息だった。一体誰を待っているのか気になり始めた。何度か話し掛けようとした。だがその度に、彼女は啜《すす》り泣きに近い溜息を吐き、バログはきっかけを失った。

無限に思えるくらい長い間、もう一人腰を下ろせるくらいの距離をおいて、彼らは坐っていた。彼女はこちらには目もくれず、バログも目を向けることはできないままで、ただ時折、しゃくりあげるように吸っては深く吐く溜息に、小さな肺と華奢《きゃしゃ》な肋骨《ろっこつ》を想像した。

やがて真夜中になった。

もう帰ろう、というのがバログに切り出せた唯一の言葉だった。彼女は無言で立ち上がった。送るよ、とバログは言った。

結構です。

もう遅いから送るよ。

並んで歩き出しても、彼女は嫌とは言わなかった。何故あんな時間にあんなところにいたのか、結局、訊いたことはない。その時も、訊かなかった。二人は無言で歩いた。彼女の歩幅は小さかった。裾《すそ》周りの細いスカートを穿《は》いていたからだ。戦争が始まった頃の流行。板戸で閉め切った婦人服店の脇の扉のところで、彼女は足を止めた。

どうもありがとう、と彼女は言った。歩きながらずっと泣いていたことに、バログはようやく気が付いた。

ここに住んでるの？

売り子なんです。

名前を訊いてもいい？

カタリン。

どう言葉を繋《つな》いだか、バログは思い出せない。また会えるかな、と訊いただろうか。そんな勇気があったようには思えない。それで彼女は何と答えたのか。おやすみなさい？　目の前で扉が閉ざされ、階段を上がる足音が遠ざかる。覚えているのは、それだけだ。

　事務所の前には参事官のミンゴヴィッツがいる。乳母車が五台並ぶ脇に軽く両足を開いて立ち、無表情にパイプの煙を目で追っている。我慢の限界がすぐそこにあるような無表情だが、切れるところは見たことがない。アヴァルが赤ん坊を抱いているのを見て顔を顰める。

「それは幾らか拙《まず》いな。委員長以外は全員来ている」

「妻に二人は預けられませんから。中には入らないんですか」

「ゾルナイとトルナイのお喋りにはうんざりだ。ここの方がだいぶましだ」

　アヴァルは赤ん坊を抱いたまま事務所に入り、おはようございます、と挨拶《あいさつ》する。ストーヴの周りに居並ぶお偉方は呆気に取られる。財務秘書官ゾルナイと監査課長トルナイは嬉しそうに目を見交わし、トランシルヴァニアの裁判所から引き抜かれてきたボガ裁判長は顔を顰め、民間から集められた会計士たちは何か囁《ささや》き合い、元からの省職員たちは職業的な無表情を守り、夫人たちはそっと微笑する。老夫妻が、もう一人を抱いたアヴァル夫人に小声で何か言い、夫人は頷く。

　アヴァルは気に掛ける様子もなく続ける。「列車の準備ができましたので、御乗車をお願いします」

「トルディ委員長が来ないね」とトルナイが言う。

「今、こちらに向かっております」

ゾルナイは軽口を叩こうとするが、夫人が肩に手を置く。いいだろう、と不満そうに言うと、夫人はきっぱりと、やめなさい、と答える。独り者のトルナイはその様子を面白そうに見ている。

バログは事務所の扉を開けて、お偉方を送り出す。夫人たちが後に続く。おむつで尻を膨らませた赤ん坊を抱き、よちよち歩きの幼児を連れた女たちが出て行くには少し時間が掛かる。一般職員や運転手は気長に待つ。遊び回っている我が子を呼び集める声がプラットフォームに響く。

アヴァルは双子を乳母車に戻しながらバログに案内を頼む。「委員長を迎えに出ないと」

バログは車室の割振りを頭に入れている。一車室最大三人。委員長一家、その養女たち、次長夫妻、ミンゴヴィッツ夫妻、ミンゴヴィッツの若い息子夫婦、トルナイとゾルナイ、トルナイの弟一家、ゾルナイの家族、と続く。お歴々を案内し終えたら他の職員を押し込まなければならない。客車から降りて、タイピストのナプコリを見付ける。

「君とお母さんは三号車だ」乗客名簿を渡す。「他の職員を頼めるか」

白髪交じりの断髪の前髪をぞんざいにピンで留めたナプコリは、咥え煙草のままシニカルに口を歪《ゆが》める。了解、という意味だ。母親が名簿を見て、矢鱈《やたら》着込んだ襟元に覗《のぞ》く干《ひ》涸《から》びた喉《のど》からは想像もできない張りのある声で順に名前を呼び始める。キャバレの芸人《ティンゲルタンゲル・ダーメ》、とナプコリは母親のことを言っていた。若い頃に鍛えるって大事よね、脚だって今でも頭まで上がる、と。職員たちが集まって来ると、ナプコリはぞんざいな口調で車室の割振りを伝えて職員やその家族を客車に追い込む。

　寝台車では乳母車の積み込みが難航中だ。既に席に着いた母親たちは窓越しに心配そうに覗いている。ミンゴヴィッツの息子とその妻が、双子の乳母車を通そうと奮闘している。

「特大だなこれ」と、まだ高校生のような顔をしたミンゴヴィッツ・ティボールは言う。

「双子だもの」と女学生のような妻が答える。「いいなあ。あたしも双子欲しい」

「何がいいんだ？」

「二倍可愛いよ」

「ぼくは嫌だな」

「絶対可愛いから」

　下から乳母車を押し上げていた曹長に、バログは、トルディ大佐が到着するぞ、と伝える。交代する。乳母車は車輛の中に入る。

「しかしこれ、通路に置くのかい、通れないよ」

「食堂車に入れればいいんじゃない」

　二人は乳母車を運んで行く。

　バログはミンゴヴィッツの車室まで再度御機嫌を伺いに行く。まだコートを着たまま押し黙っている。夫人が脱ぐように言っても聞こうとはしない。不都合はありませんか、と訊くと、訊きに来たことには満足したらしく、ああ、よくやったとアヴァル君に伝えてくれ、と言う。それから窓越しにプラットフォームを見遣《みや》り、顔を顰める。あれは誰だ、と言う。

アヴァルが先に立って、トルディ大佐と家族を案内して来る。憲兵隊の外套《がいとう》の襟の上に厳しい顔が載っている。斧《おの》のような、というやつだ。姿勢もいい。別な夫婦を一組連れている。ザヤーツ夫妻。個人秘書とその妻、と名簿にはある。男の子を連れたトルディ夫人が女奴隷のように後に従い、更に後ろに、妙に威勢のいい二十歳そこそこの若い女性が二人いるのが見える。コバチ大尉の号令でプラットフォームに整列した憲兵隊が敬礼し、大佐は敬礼を返し、それから大尉ににこやかに何か言う。号令とともに憲兵隊は回れ右をし、後方の三等車に向かって足並みを揃えて走り出す。

「大佐の個人秘書夫妻です」とバログは言う。「女性二人は養女です」

養女、とうんざりしたような口調で繰り返すと、ミンゴヴィッツは、バログ君、知っているか、と言う。「人間には三種類ある。馬鹿と、悪党と、馬鹿な悪党だ」

バログは沈黙を守る。反応を期待されてはいない。再び黙り込んだミンゴヴィッツに挨拶をして、バログは車室を出る。

ナプコリとは、バログは二度、寝たことがある。内務省が指揮権を奪ってトルディ大佐が現れる前、トゥルヴェルジに委員会に押し込まれた時、事務員としてナプコリを推薦したのは、別にその為ではない。速記とタイプの熟練を別としても、彼女は有能だったし、最初の時——資料室の棚の陰で立ったままやるという冒険の時に明らかになったように、相性も良かった。ナプコリの態度が変るのをバログは恐れたが、翌日にはいつもの無愛想な老嬢に逆戻りしていたところも高評価の材料だった。二度目は妻が死んだ後で、あれはナプコリなりの心遣いだったのだとバログは考えた。兎も角彼女がいなければ、委員会の仕事は半分も片付かなかっただろう。バログは彼女のことをナプコリ君としか呼ばなかったが、ナプコリは誰もいなければバログを、極めてぞんざいに、エレメル、と呼ぶことがあった。

　二人は五台の乳母車を押し込まれた食堂車の端にいる。ナプコリは備品の灰皿を卓上に載せ、足を組んで椅子に腰掛けている。白髪交じりの断髪。煙草の脂で曇った眼鏡。頬には縦に皺《しわ》が走り、痩せてはいるが防寒用に着込んだ毛糸のベストの下腹の弛《たる》みは隠せない。分厚いタイツを穿いた臑《すね》の形だけが美しい。記憶している限りの昔からそんな風だった。美人だった時代があったかどうか、バログは覚えていない。多分、あったのだと思う。

「養女ねえ」と言って、ナプコリは短く声を上げて笑う。「大佐殿もよくやるわ。まあ、いい男だからね」

「いい男なのかね」

「肩で風切って歩く顔役」彼女は愉快そうに言う。「まあ、お巡《まわ》りだけどね。やばいところに行ってもやくざの方がぺこぺこするでしょ。そういう奴に情婦の一人もいないとか、あり得ない。二人ってのは驚きだけど」それから、お袋にどう思うか訊いてみよう、と言う。バログはかぶりを振る。そんなことに興味を持ってもいいことは一つもない。

「それよりこの乳母車はどうする」

「ジルツで貨車に積んじゃえば」とナプコリは言う。「どうせジルツまでは仕事もないでしょ」

そうだな、そうしよう、とバログは答える。列車はゆっくりとドナウ川を越え、ケレンフェルドの駅へと入る大きなカーブに差し掛かろうとしている。

薔薇《ばら》のことを、バログは考える。三十本くらいはあっただろうか。灯りのない食堂のテーブルの上、いつものように二人分の食器を差し向かいに置いた脇に白い薔薇が生けられて、閉め切った窓から漏れる夏の夕の薄明かりに浮かんでいる。台所のコンロの上ではスープの鍋《なべ》が冷えている。

何もなければ、差し向かいで坐って夜食を食べた筈だ。いつものように、殆ど言葉もなく。薔薇のことを、バログは訊《たず》ねただろうか。本数が尋常ではない。闇ではかなりの出費になった筈だ。いや、訊かないな。彼女は調子が悪かった。春先からずっと悪かった。急に泣き出されたり逆上されたりしては困る。

薔薇の話をしたのはナプコリにだけだ。ふうん、とナプコリは言った。だから事故なんだ、死ぬ気なんてなかったんだよ、とバログは繰り返した。コンロの上のスープ。きちんと置かれた皿。薔薇。妻が薔薇を抱えて部屋に入って来るところを、バログは想像する。花瓶に水を溜めて生け、テーブルに運ぶ。鼻歌を歌っている。日曜の朝、私の夢を追って行った馬車は、あなたではなく悲しみを乗せて帰って来た――。

　きっとそうね、とナプコリは答えた。その後で家に呼ばれた。事故なんだよ、とバログは繰り返し、そうね、そうなんじゃない、きっとそう、とナプコリは几帳面《きちようめん》に相槌《あいづち》を打った。明らかに、同意はしていなかった。

　ナプコリは二本目の煙草に火を移す。ご苦労さん、と言われると、バログはそれで漸く、一段落付いたと感じる。

「坐って、休めば？　煙草あげようか」

　バログは腰を下ろして貰い煙草に火を点《つ》ける。二人はしばらく無言で坐っている。列車が大きく傾く。ケレンフェルドだ。バログは薔薇のことを考える。

＊　＊　＊

　復員してしばらくしてから、バログはカタリンが働いていると言っていた店を訪ねた。もう春になっていた。

大隊本部の簡易寝台で寝泊りする間、バログは何度も想像した。制服を着て、花束を抱えて婦人服店に入って行く。カタリンは驚いて小さな手を口元に当て、それから小走りにやって来て、二人は抱き合う。その動きはどこかぎこちなく、慰問で見た感傷的な映画に似ていたが、彼女を見たのはあの時一度きりだったので、映画の動きで埋め合わせるしかなかった。想像の中では、自分も、到底下士官とは思えないくらい仕立てのいい制服を着ていた。軍用寝台の枕元に吊《つ》るしたどうしようもない代物とは大違いだ。店の外を帰還兵たちが凱旋《がいせん》行進する場面が、時々だが、その前には付いていた。隊列の中で、バログは彼女が働いていると言った店に気が付く。花を買う。店の扉を開ける。扉に付けられた小さな鐘が、何故かこの時だけは音を伴って揺れる。ちりんちりん。顔を上げ、驚くカタリン。満面の、自信に満ちた笑みを浮かべた自分。二人は抱き合い、バログは眠る。

　実際には負け戦だった。凱旋行進はなし。復職を願い出はしたが、後で連絡すると言われた。独立政府はあっという間に転覆され、共産主義者が天下を取った。戦争前に作った僅かな蓄えは紙切れ同然で、一瞬で底を突いた。カフェに入る金もなかったので、公園に屯《たむろ》する復員兵たちとタロックをするくらいしか時間潰《つぶ》しはなかった。だから、花はなし、自信に満ちた笑顔もなしだった。

　扉の上の鐘は確かに、ちりんちりんと音を立てた。白い襟を付けた服の女が、戦前に仕立てたバログの街着に顔を顰めた。カタリンという娘がここで働いていた筈なんだが、とバログは切り出した。もういない、と言われることを期待していた。美しい、感傷的な結末。嗚呼《ああ》哀れカタリンは今何処《いずこ》。だが、女は、奥に向かって、カタリーン、と呼び、彼女が現れると、バログに顎《あご》をしゃくった。

　想像していたのとは大違いだった。カタリンは大柄だった──擲弾《てきだん》兵のようにでかい、と兵隊が言う種類の女だ。映画と違って色が付いていたので、肌は浅黒かった。紗《しゃ》も掛かっていなかった。手だってごつかった。ただ、それは間違いなく、あのカタリンだった。

　どなたですか、と彼女は訊いた。

　夜に、公園で、戦争前に、とバログは切れぎれに言った。彼女はそれでもわからなかった。

　戸口の方で、ちりんちりん、と音がしなければ、詫《わ》びを言って逃げ出していただろう。バログは振り返った。鳥打帽を被った若くもない男を先頭に数人が、剣呑《けんのん》な態度で店に入って来ようとしたところで、バログに気が付いて足を止めた。女たちは凍り付いていた。大隊本部が砲撃を受けた時のことが何故か脳裏を過った──大隊長は何と言った？落ち着きなさい、バログ君、帳簿を守るんだ。だからバログは隊長を真似て向き直った。省にいた頃に見掛けた参事官や審議官の有無を言わせぬ威厳も幾らか加えた。法令では、と重々しく切り出した。

　略奪は禁止されている。

ハンガリー王国よ永遠なれ。役人風はこの国ではいつでも役に立つ。今この瞬間、バログは生ける法の権化だ。逆らえるものなら逆らってみろ。

鳥打帽は怯《ひる》んだ。そういう訳ではないんです、と言い訳を始めた。

兎も角出て行きたまえ。御婦人方が怯えている。

不満顔の他の男たちを抱えるようにして、鳥打帽は出て行った。女たちもバログも動かなかった。暫くしてから、白襟の女が長く口笛を吹いた。

あんたやるじゃない。

バログは肩を竦《すく》めた。自分でも思ってもみなかった動作だった。


夜のジルツの街を、バログは自転車で走る。市に集まる商人たちの為に建てられた宿屋は駅から幾らか離れている。待避線から待避線へと辿《たど》るような五日間の列車行でくたびれ果てた上役や職員を部屋に押し込み、ナプコリは素っ気なく、お袋を寝かし付けてあたしも寝る、と言うので、一人で下の食堂へ行って素早く夕食を取り、ビールにあり付いた。そう、田舎にはまだビールもある。ドイツ兵のお目《め》溢《こぼ》しに与《あずか》って持ち去られずに済んだ修道士たちのビールが運ばれる。お値段は呆《あき》れるくらい高いが、払えないものでもない。上役たちが一息吐いて下りて来る頃には、もっと高くなっているだろう。

月明かりの下で、薄雪が昼の間も融けずに残って凍った田舎道を、バログは大して気に掛けることもなく飛ばす。農家が疎《まば》らに並ぶむこうに修道院の建物が黒々と近付いて来る。凍った雪がぱりぱり音を立てる。通り過ぎたところで減速して曲がる。車輪が流れかける。それでも転倒せずに乗り切って、バログは幾らか上機嫌になる。ブダペシュトの舗装道路の凍結に比べたら、こんなのは子供騙《だま》しだ。

いやそれどうする訳、とヴァイスラーには言われた。

どうするって、列車に載せるんだよ。

一九二〇年の夏は、まずは輝かしい夏だった。もう少し歳を食っていたら──例えば今だったら、堪え難い夏だっただろう。共産主義者はいなくなり、バログは復職した。年配の職員や上役たちは別人のように意気消沈していた。戦争が終って、職があって、俸給は恵まれた部類だとしても、インフレが荒れ狂って金を端から紙切れに変えてしまう。田舎の親戚《しんせき》でもいなければ食べるものにも事欠いたので、お偉方も定時が来ると家に飛んで帰って、庭の畑で野良仕事をした。彼らが額を突き合わせて、収穫した芋をどう保管するか重々しく話し合うのを目撃した時には、見ないふりをしてこっそりその場を離れた。神々のように振舞ってはいるが、彼らも所詮《しょせん》は人間だ。

彼自身は上機嫌だった。

カタリンと白襟のマルギットは、最初に行って以来毎日、店の上のアパートで夕食を食べさせてくれた。彼女らの仕事は順調で、晴れて共産主義者が追い払われ復職するまでの間、バログは店先に陣取って、こんなご時世に衣装を新調する戦時利得者の女房や娘に嫌がらせの一つもしてやろうというテロリストどもを牽制《けんせい》した。時々は逃げ込んで来た女が何やら買物をしたり新調を考え始めたりすることもあって、マルギットは如才なくあれこれ薦め、カタリンは奥からとっておきの服地や小物を出して来て見せた。上客が来ると現れる店主の老婦人は、大蔵省の復職待ちとバログが名乗ると、品良く無視してくれるようになった。カタリンはお昼に林檎《りんご》をくれた。奥様から、と言った。奥様がバログのことを忘れている時には、一つを半分に割って分け合った。

　復職しても相変らず夕食はマルギットとカタリンにご馳走《ちそう》になっていたが、今や恩返しの時が来たとバログは考えた。遊びに連れ出すほどの金はなかったので、夏の間はピクニックに誘った。そのうちに同僚が一緒に来るようになった。女の子と遊ぶ機会を探していたのだ。大卒のヴァイスラー博士まで仲間に入った。マルギットとカタリンも友達を連れて来て、毎日曜日はお祭りになった。六人か七人で列車に乗って――バログは自転車も載せて、郊外に繰り出して呑気《のんき》に過ごすのだ。

　でかい女、というカタリンの印象は雲散霧消した。上機嫌なカタリンは誰よりも身軽で活発だった。張りのある脚や滑らかだが強靭《きょうじん》な腕は眩《まばゆ》いばかりだった。湖まで行ってみんなで泳いだ。バログもすっかり日に焼けて、役所では決りが悪いくらいだった。

　持ち寄った飲み物や食べ物が足りないと、バログが近場の宿屋まで自転車を飛ばして調達した。田舎で買う方が安い。ヴァイスラーは、なぁるほど、と言った。ヴァイスラーの脇ではマルギットが何くれとなく世話を焼いていた。バログが自転車に跨《また》るとカタリンは当たり前のように荷台に乗り、二人乗りで田舎道を飛ばす間、サドルの下に両手を引っ掛けて、バログの耳元で囁いた。

ものすごくいい雰囲気じゃない、あの二人。

どうかねえ、とバログは答えた。髪の黄色い呑気なヴァイスラーは坊ちゃんで博士様だ。いずれは参事官になり、審議官になる。こんなところに来るのはただの気紛《きまぐ》れだ。

驚いたことにヴァイスラーは本気だったのだが、それはまた後の話だ。

宿屋に着くと、バログはなけなしの金で酒や食料を買い出した。値切り上手に、カタリンは大いに感心してくれた。外には楽器を持った連中がうろうろしていた。ダンスだ！　カタリンは両腿《りょうもも》の上に荷物を抱えて器用にバランスを取り、バログは前屈みになってペダルを踏んで戻る。ダンスだ！　楽団が入ってる！

そこで彼らは、そそくさと食べるものを食べ、飲むものを飲んで河岸《かし》を変える。田舎道を辿って宿屋まで行き、村人に交じって踊る。日が傾いて、満ち足りて、気持ちよく疲れると、すっかりお前俺の関係になった村人に別れを告げて駅へと向かう。町に戻る列車の中では幸せに笑み崩れて囁きあう。

戻ると、秋の夕になっていた。

すぐには帰る気になれなかったので、バログとヴァイスラーはマルギットとカタリンを誘って居酒屋に行き、暫く飲んだ。やがて、マルギットは先に帰ると言い、ヴァイスラーは送って行くと答えた。二人が姿を消すと、バログとカタリンは気詰りに黙り込んでいた。ふいにカタリンが言った――うちに来ない？

マルギットがいるだろ、とバログが訊くと、カタリンは秘密めかした含み笑いを漏らした。バログも付き合いのように笑い、二人は一緒に店を出た。

ジルツの駅は遠目では真っ暗だ。バログは滑らない程度にペダルを漕《こ》ぐ脚を緩めて駅舎の前に滑り込む。自転車を押して小さな待合室に入る。灯はない。切符売り場の窓口の奥にだけ、布を被せた電燈《でんとう》が点いている。こんなところでも空襲が怖いらしい。

中は人で一杯だ。ベンチに腰掛け、トランクに腰掛け、床に新聞を敷いて坐り込んでいる。着込めるだけのものを着込んで、影は妙に着膨れている。バログが入って行くと何人かは顔を上げる。ストーヴに近い者の眼球が光る。何の表情もない。また顔を伏せて、殆どの者は眠ろうと努める。時折囁き声が聞こえるが、すぐに沈黙にかき消される。

ストーヴを囲むベンチにもぎっしりと人が並んでいる。老人たち、女たち、子供たち。まだ若い母親が首を肩の前に落として眠り込んでいる。身形からすれば町から来たらしいが、洒落《しゃれ》た外套はほんの数日で化粧の落ちた白い顔と同じくらい草臥《くたび》れている。両脚の間には紐《ひも》で括ったトランクを挟み、両腕に一人ずつ子供を抱えている。

子供たちは眠ってはいない。別の子供たちが我が物顔でストーヴを囲んでいるのを眺めている。一人は大人ものの部屋着を裾をたくし上げ袖《そで》を捲り上げて羽織り、別な一人は大き過ぎる飛行帽の耳当てを兎の耳のように上に立てている。他の面々もそれぞれに珍妙な服装だ。吊り上がった目の年嵩《としかさ》の少年がストーヴの扉を開け、火を掻《か》き立てる。いつ櫛《くし》を入れたのかも定かではない逆立った赤毛が炎で輝き、顔一面の雀斑《そばかす》がはっきりと見える。醜い、とさえ言っていい。少年はストーヴを閉めると、ベンチの子供たちに、来いよ、と言うように手を振って見せる。バログが見ていることなど気にも掛けていない。二人は母親の様子を窺いながら脇を離れ、子供たちはもぞもぞ動いて場所を空ける。

　ホームに出ると、駅務室から駅長がやって来る。列車から降ろされまして、と説明する。「接収されたんです。始発が定時に来てくれるといいんですが」

「あの子供たちもか」

「あれは浮浪児です」

「何故摘《つま》み出さない」

「そこらで火を焚《た》くんですよ。線路の上、ということもありました。散々追い払ったんですが、必ず戻って来る。この寒さじゃ無理もありませんが、駅舎に入れてやるからやめてくれと頼まなければならない有様で」

「警察に連絡したかね。保護して貰えばいい」

「何度もしました。逃げて、また戻って来るだけです」

　バログは暫く考えるが、放っておくことにする。

「列車には近付けないでくれよ」

「勿論《もちろん》です」

　バログは駅務室の前に自転車を置き、隣の扉を開けて中に入る。薄暗い部屋の奥に設《しつら》えられた小さなカウンターにいるのは駅長の夫人だ。布で覆った電燈の灯の中で鍵を寄越しながら、お食事は、と訊くので、済ませてきた、と答える。

　暗い食堂の中から、バログ君、と呼ぶ声がする。バログは食堂に入る。窓際の席にトルディ大佐がいる。外の薄明かりが卓子《テーブル》の上に落ちているが、椅子の背に寄り掛かった肩から上は暗がりに溶け込んで見えない。明るみの中にふいに顔が現れる。憲兵隊の制服の袖が机の上に伸びる。妙に女性的な手が、袖口の先で前の席を示している。小指に大きな金の指輪を嵌《は》めている。

「坐りなさい。何か飲むかね」それから、返答を待とうともせずに、よく通る声で、バログ君にビールだ、と言う。バログが前に腰を下ろすと、駅長夫人がビールを運んで来て、去る。

　自分が緊張していることにバログは気付く。その日二杯目のビールは殆ど味がしない。トルディの顔は、今は、窓から差す月明かりの反射でぼんやりと半分だけ見えている。軽く引き結ばれた口には何の表情もない。こちらに向けられた目が果たして自分を見ているのかどうかも、バログにはわからない。

「アヴァル君たちは落ち着いたかね」

「田舎としては悪くない宿屋です。奥様たちも、むこうの方が良かったのではないかと思うのですが」

「いや、ここで結構だよ。十分に快適だ」

　直接口をきいたことは殆どない。ミンゴヴィッツが嫌う理由が漸《ようや》くわかる。馬鹿か、悪党か、馬鹿な悪党。馬鹿ではないとしたら、答は一つしかない。上司と差し向かいと言うより、警察署で尋問を受けているような気がする。おいこらすいませんで済む下っ端ではなく、得体の知れない事情を抱えた偉い警官の尋問だ。

「大蔵省は長いんだろう」

「二十九年。復員してからだと二十四年になります」

「何と。前線に出たのか」

「会計係でしたから、そうは言えません」

「兵卒かね」

「最後は軍曹でした」

「道理で手際がいい。アヴァル君はよくやってくれたが、それも君がいればこそだ」

おだてに乗るのは拙い。バログは無表情のまま話を変える。

「次長は明朝八時に来ると言っていました」

「真面目な男だ。だが明朝はオーバーニャへの途中で拾えばいい。あとで誰かやって知らせよう」

「拾う、と言いますと」

「砲兵隊のトラックを呼んだ。それを使う。むこうには誰がいる」

「キシュ審議官が町に常駐して管理している筈ですので、彼の方が詳しいかと思いますが、税関吏が八名、没取品の整理分類と査定を進めています。他に財務警察十五名を警備の為に配置してあります」

「全員、列車に乗せるだけの席はあるかね」

「そういう予定だと聞いて準備しております」

「貨物は勿論だが、オーバーニャにいた者は全員乗って貰う。分類と査定の過程で発生した書類は、走り書きまで含めて全て回収する。私はここでキシュ君たちと積み込み作業の指揮を執る。砲兵隊の兵士が四十名ほど来るから、作業には彼らを使うといい。列車にも乗せる。アヴァル君には伝えておく」

「わかりました」

「君には特に頼まなければならないことがある」

そら来た、とバログは考える。「何でしょう」

「大蔵省にいたユダヤ人と親しかったと聞いたが」

「ヴァイスラーは十年以上前に退職しました」

「彼の会計事務所に誘われたね」

「断りました。その後も行き来はありましたが、社交の範囲です」

トルディは軽く頷く。「君の誠実さを疑う余地はない。それは君の経歴からも、ヴァイスラーの事件の際に君が取った行動からも明らかだ。警察は暫く君を監視下に置いていたようだが、不審な行為はなかったと結論が出ている。没収を逃れて隠した物品を回収することもなかったし、逃げた子供たちを捜すこともなかった」

不意に、頭がおかしくなるのではないかと不安になるほどの悲しみに襲われて、バログは戸惑う。いや、違う。これは私の悲しみではない。

「だが」

「だが？」

「私の指示に疑念を抱く瞬間も、おそらくはあるだろう、と思うのだよ。君は信頼できるとしても、他の職員が動揺することも、或《ある》いはあるかもしれない。例えばミンゴヴィッツ君はどうだね」

「彼は公僕の模範です。没取財産の管理に際しても、彼の助言がなければ混乱は避けられなかったでしょう」

「そういうことについて、私は知っておく必要がある」

トラックのヘッドライトが窓を照らし出し、トルディの姿が一瞬、見えなくなる。

「どうだ、頼まれてくれるかね」

「御心配は無用とは思いますが――必要でしたら」

「ありがとう、時間を取らせて済まなかった。休みなさい」

バログは食堂を出る。駅の前に面した扉から将校が入って来るのとすれ違う。

閉ざされた扉のむこうで、カタリンは泣いている。いつものように。具合が悪い時にいつもするように。駅舎の上の部屋に入ったバログは、誰もいない寝台の前で立ち尽くす。アパートの寝室の閉ざされた扉を開けて入ると、暗いままの部屋の中で、彼女は寝台に腰掛けていた。声を掛けても泣きじゃくるだけだった。彼女はもうどこにもいない。

ナプコリは大判の膝掛《ひざか》けを広げて、コートの膝に掛ける。掛けてから、いる？　とバログに訊く。

「いや、いいよ、大丈夫だ」

　返事など聞こえなかったかのように、ナプコリは膝掛けの端をバログの両腿までずらす。実を言えば有難い。幌《ほろ》を被せたトラックの荷台は非道《ひど》く冷え込む。職員六名は、据付の木のベンチに腰を下ろして寒さに震えている。外は快晴だが、誰も幌の後面を上げようとしない。アヴァルとミンゴヴィッツと、地元に事務所を構えて城の面倒を見ていた財務総局審議官のキシュ、それにトルディの代理として秘書のザヤーツが軍用の乗用車に乗っていたが、寒さでは大差ないだろう。

「我々の仕事は積み出される物品の管理だ。ある程度は現地で整理されている筈だが、未整理が殆どだろう。積み出しをしながら処理する必要がある。オーバーニャで作成されたリストと照合し、整理済みと未整理を分け、整理済みについては箱番号の後に内容がわかるよう記録、未整理はやはり箱番号の後に未整理と記入し、積み出されたらチェックすることで、積み出し品目録とする。列車まで戻るトラックに誰が乗るかは後で決めよう。戻った者はキシュ審議官に目録を渡し、荷降ろしを確認して、トラックと一緒に戻る。貨車への積み込みは駅に残った監査課の者たちが確認することになっている。

これが書式だ」

　バログは書類鞄から、カーボン紙を挟んでタイプで作った用紙の束を隣の者に渡す。列車の中では他に手段がなかった。悪路に揺さぶられながら、彼らは手渡しで分ける。ブダペシュトでの積み込み準備と大差はない。問題は量だ。ブダペシュトから送り出した分は把握しているが、他の都市から直接送られたものははっきりしていない。

　トラックは三十分もしないうちに城の前に着く。全くの廃墟《はいきょ》だ。上階の割れた窓の幾つかには内側から紙が貼られている。先に着いたトラックと軍用乗用車が並び、降りた兵士たちは整列を終えようとしている。

　他の職員の少し後を並んで歩きながら、バログはナプコリに、大佐にスパイをやれと言われた、と囁く。ナプコリはふうんと言う。答えるには情報が足りない、という意味だろう。

「今後の指示に動揺する可能性がある、と言うのさ」

「やるって言ったの」

「否《いや》も応もない」

「あたしに言ったらスパイの意味がないと思わない？」

「意見が聞きたいんだよ。次長に言うべきかね」

「次長には、言った方がいいんじゃない。ミンゴヴィッツにも」

　ミンゴヴィッツ？　「それであれこれ始められたら困る。巻き添えを食って馘首《くび》とかは有難くない」

「この期に及んで馘首なんか気にしてもしょうがないでしょ」ナプコリは笑う。「ロシア軍がそこまで来てるのに」

バログは黙り込む。ナプコリは続ける。「一番いいのは、占領軍に全部引き渡してお情けを乞うこと。上手に交渉できればだけど。それをしないなら、身の振り方を考えとかなきゃ」

呆れ果てた敗北主義だとバログは思う。だが、事実だ。

中に入る前に、ナプコリは足を止める。

「次長は、聞いても覚えておくだけで誰にも言わない。あの人もこの後が心配だから。ミンゴヴィッツは、勿論怒る。怒るけど、委員長をほっぽり出す機会が来るまでは怒ってるだけ。しかもあなたの心証はとても良くなる」

「委員長がミンゴヴィッツを放り出したらどうする」

「それはない」

「ない？」

二人は歩いて中に入る。バログは冷え切った建物の中の寒さに震え上がる。外の方が暖かいくらいだ。片側の壁に寄せて天井まで箱が積み上げられている。ザヤーツが箱の山を見上げているのを見て、ナプコリは声を落とす。

「内務省に戻れば憲兵隊のトップって人が、こんな臨時のポストになんかしがみ付く理由はないでしょ。誰も進んでは来たがらなかったのに」積み上げられた木箱を示す。「委員長にとって大事なのは、兎も角これを持って逃げること。委員会はその為に使われてる。ミンゴヴィッツもその一人。放り出すにしても今じゃない」

階上の部屋は惨憺《さんたん》たる有様だ。仕事に使っている机の脇には折り畳み寝台が置かれている。バログは大隊本部を思い出す。だがあそこは、整理整頓《せいとん》だけはされていた。廃屋と化したオーバーニャ城の二階の一室で、八人の税関吏は身を寄せ合って寝起きし、仕事をしていたらしい。仕事用の折り畳み机も軍用寝台も、広くはない部屋に無秩序に並べられ、壁には古毛布が張り付けてある――漆喰《しっくい》が落ちて煉瓦《れんが》がむき出しになり、冷え切っているからだ。窓際には古毛布が積まれている。紙だけでは寒さが防げず塞《ふさ》いでいたのを慌てて外したらしい。本人たちも惨憺たる有様だ。着た切りの外套は垢染《あかじ》み、薄く髭の浮いた顔はどす黒い。一人はしきりに咳《せき》をしている。二箇月もこんなところで孤立していれば、そうもなるだろう。

規律の乱れはミンゴヴィッツを明らかに不機嫌にしているが、それでも立ったまま、無言で税関吏たちの作った目録を捲り続ける。時々手を止めるが、何を考えているのかはわからない。複写はあるかね、と訊く。そちらにあります、と税関吏の一人が答えると、目をちらりとやって、キシュ審議官、と言う。

「この下書きを浄書させても構いませんか」

ああ、勿論だ、とキシュは答える。「任せるよ。町に戻るから」身震いしてみせる。
「こんなところにいたら風邪をひく」

ミンゴヴィッツは、全くだ、と言ってから、ナプコリに向き直る。「君にはここで仕事をして貰う。この走り書きを浄書したまえ。それから次長、広間と地下の物品の確認作業をお願いします」

「わかりました。並行して積み出しに移っても構いませんか」

「手順は任せます」そう言って、ポケットから出したパイプに火を点ける。ここから動く気はない、という意思表示だ。バログは目録を手渡され、税関吏たちを連れて、アヴァルの後を追い掛ける。アヴァルはバログから目録を受け取り、開いて捲りながら階段を下りて行く。

「思ったより多いな」とアヴァルは唸る。

「貨車の空きは十分だと思いますが、査定額の高いものから積めるだけ積み込みましょう。あとはトラックを押えておけば何とでもなります」

広間に下りると、警備に付けていた財務警察十五名が手持ち無沙汰《ぶさた》に立っている。会計士たちも一緒だ。床を見ている。石の床に黒い跡が残っている。直《じか》に火を焚いた跡だ。税関吏が、比較的低額と思われるものは地下には下ろしていません、と言いながら、天井まで届く木箱の山の脇に積み上げられた大きな麻袋の口を開いて見せる。畳んだ薄い布帛《ふはく》が詰め込まれている。繊細なレース飾りが見える。

「下着です」と税関吏はうんざりした顔で言う。「何十袋もあります。避難民に分けてしまおうと提案したのですが、却下されました」

他所《よそ》から運び込まれたものだろう。ブダペシュトに残っていた分は貨車の方にある筈だ。

「査定はしたかね」

「一応は。新品はないですね」

バログは職員を呼び、税関吏たちの作った目録と照合してチェックするように言う。案内役は咳《せ》き込みながら次々と箱を開けて行く。卸売商から没取したらしいラム酒の箱。丁寧に梱包《こんぽう》した陶器類。缶詰。この辺のものは後に回そう、とバログは言う。最悪、廃棄することになる。アヴァルの同意を求めて見遣るが、何の反応もない。目が空《うつ》ろになっている。よろしいですか、と訊くと、慌てたように、ああ、そうしてくれ、と答える。

事務員を二人残して、彼らは地下に下りて行く。税関吏は先に立って薄暗い奥に進んで見えなくなる。エンジンを掛けるような音がする。天井に沿って這わせた電線に下げた電球が、少しずつ光り始める。それでも薄暗い。弱々しい光は積み上げた何列にも亘《わた》る木箱の並びに遮られ、それが奥まで続いている。

「燃料の備蓄は手に入りますか。発電機用に」

「後で持って来させる」とバログは答える。

「金と銀は運び込みの時点で箱に印がありました」

「わかった、そちらの積み出しから始めよう。その間に他のものに一応の整理が付けられる」

税関吏は箱の山を順に示していく。「この辺りの内容物は確認済みです。スプーン、ナイフ、フォーク。メッキ物と金銀はそれぞれ分類しました。そちらは装身具類。石付きは別になっています。そっちは歯です。入れ歯とか」それから疲れ切ったシニシズムと共に付け加える。「金歯も。その辺全部です」

アヴァルは黙り込んでいる。バログは、こちらの方は引き受けますので上の仕事を確認してきてはいかがでしょう、と持ち掛ける。ふいに我に返ったように、ああ、そうだな、そうしよう、と言ってアヴァルは立ち去る。税関吏は暫く黙ったままだ。それから言う。

「あれはまたえらく神経の細い人ですね」

「正直言うなら私も応えるよ。君らもよく頑張ったものだ。続けよう。紙袋に入って封印されていたものはどうした。郵便貯蓄銀行で預かった分だ」

「全部空けました。袋はそこに纏《まと》めてあります。独断ですが表書きは一応書き写しました。申請者の氏名と住所、それに内容物一覧ですね。どうしますか」

「後で指示があるだろう。それまで袋も書き写したものも保管しておいてくれ」

「わかりました。分類も済んでいます。その並びです」税関吏は箱の蓋をずらして中を見せる。金の輪がぎっしり詰っている。結婚指輪だ。「査定済みです」

バログも気分が悪くなる。別に初めてではない。次長も参事官殿も机に坐って指示をするだけだったが、バログは何回も目にしている。それでも気分が悪い。仕事に取り掛かろう、と言う。それが一番効くことは既に知っている。「君たちと連れて来た職員、二人一組で箱をチェックしてくれ。印のないものにはチョークで番号を書いて記録し、済んだものから順に積み込む」

「積み込み分を運び上げて上でチェックした方が早くありませんか」

「それはそうだな。では始めよう」

マルギットは自慢顔で手を翳して見せる。控えめで品のいい指輪が嵌まっている。趣味がいいでしょう、と言う。

あの人坊ちゃんだから、下品なものなんて選ばないの。

住むところはどうするんだ。

アパートを借りたわ。もう家具は入れたし、いつでも住める状態ね。

台所ではカタリンが料理をしている。彼女は料理が上手《うま》い。ドアを叩く音がして、帽子の雪を払いながらヴァイスラーが入って来る。マルギットが駆け寄って抱き付く。

腹減った、とヴァイスラーは言う。

わかった。台所の様子見て来るね。

ヴァイスラーはバログの前に腰を下ろす。バログは、正気か、と小声で訊く。ヴァイスラーは笑み崩れる。眩いばかりに無頓着な笑みだ。

どうしようもないよ。

出世を棒に振るぞ。

ぼくは気にしない。辞めたって、親父の事務所がある。大蔵省にいた、ってのは箔《はく》だ。

親父さんも反対してるって言ってただろ。

折れるさ。当面はぼくの俸給でやっていけるよ。

バログは口を噤《つぐ》んで、皿を運んで来たマルギットに目を向ける。カタリンの得意な巻きキャベツ。手捏《てご》ねのニョッキの鉢を持ってカタリンもやって来る。四人で食べて、飲んで、バログとカタリンは何度もおめでとうを言う。

ヴァイスラーが買ってきた菓子を食べる前に、カタリンは皿を下げる。バログはそっと立って、皿を洗い始めたカタリンの脇に立つ。ポケットから小さな箱を出して、開いて、目の前に差し出す。彼女の手が止まる。

何でこんなところで、と中の指輪に目を遣ったまま、カタリンは言う。

あの指輪を見た後じゃ出せないよ。

そんなこと気にする？

するさ。

カタリンは水道の水で手を洗う。布巾《ふきん》で手を拭《ぬぐ》う。指輪の箱を取る。

でも高いでしょ。

私にはね、とバログは答える――ヴァイスラーほどの贅沢《ぜいたく》はさせられない。平《ひら》の事務員だ。

そんなのどうでもいい。

皿を洗い、コーヒーを沸かして、二人は食卓に戻る。カタリンは指輪を嵌めた手をマルギットたちに見せる。マルギットは歓声を上げてカタリンに抱き付く。パイプをふかし始めていたヴァイスラーはバログに微笑み掛ける。あの鷹揚《おうよう》な、気持ちのいい笑顔。

お耳に入れておきたいことがあります、とバログは切り出す。

機関車が火を落としている今や、食堂車には暖房もないので外套を着たまま仕事をするしかない。駅の食堂は監査課が使っている。トルディ大佐はキシュの事務所だ。ミンゴヴィッツは炭火を入れた器を足下に置き、カンテラの光で書類を見ながらパイプをふかしている。ナプコリのタイプライターの音が止む。彼女は毛糸の手袋を嵌めた手で煙草を取り出して咥え、カンテラの火屋《ほや》を開けて火を点ける。

何だ、とミンゴヴィッツは訊く。トルディ大佐のことですが、と言っても、書類から目も上げない。

「職員の動向について報告するよう要請されました」

ミンゴヴィッツは顔を上げる。老眼鏡が鼻先に引っ掛かっている。「我々に不満があるのかね」

「今後、かなり強引な指示もあるだろう、ということのようです。職員の動揺の有無は知っておきたい、と」

ミンゴヴィッツは溜息を吐いて片手で老眼鏡を外し、片手で瞼《まぶた》の上から眼球を押える。駅舎に行っていたアヴァルが戻って来る。

「私はそろそろ引き揚げますが、どうしますか。お帰りなら車を出させますが。ナプコリ君、君も帰るだろう？」

「その前に少し話をしよう。掛けなさい」

席を外しましょうか、とナプコリは訊く。いや、いいよ、君も聞いておきなさい。アヴァルは幾らか困惑した様子で、ミンゴヴィッツの前に腰を下ろす。

「オーバーニャを出る時から思っていたんだが、具合があまり良くないんじゃないのかね」

「私がですか。いえ、特には」

「これは完全に私的な会話だと考えて貰っていい」とミンゴヴィッツは言う。「思っているところを正直に聞きたい。部下ではなく友人として、だ」

アヴァルは、しくじったな、というような顔をする。「我々は非常に拙い立場に立たされたのではありませんか」

「何がどう拙い」

「青臭いと笑っていただいても構わないのですが、あの没取品を見ると——何と言ったらいいですかね」かぶりを振る。「道義的に、と言いますか。申し訳ありません、それ以上はどうにも」

　ミンゴヴィッツは微笑む。だが、目は笑っていない。「いや、有難う、言わんとすることは完全に明瞭《めいりょう》だ。全く同感だよ。私は党員ではない。君も党員ではない。今ここに党員は一人もいない。だから彼らの到底正気とは思えないハンガリー主義の御託を信じる者はいない。ついでに言うとあの男も党員ではないが、それはまあいいとしよう。だからごく自然な反応として、できれば関わりたくない種類の事柄だ、と思う。非常に不都合な立場に立たされた、とね。後で何らかの申し開きが必要になるだろう」

「できますかね」

「するしかない。そうだろう？」

　アヴァルは見詰めるだけで答えない。ミンゴヴィッツは眼鏡をカンテラの光に翳し、外套の中に手を入れると、ハンカチを出して拭《ふ》き始める。

「だから今から考えておかなければならない。いいかね、委員会には、没取そのものに関わる道義的な責任は一切ない。決めたのは内閣で、実施したのは内務省だ。ユダヤ資産管理委員会は、結果として発生した国有財産を管理するだけだ。従っていかなる道義上の責任も発生しない」手を止めて、眼鏡のレンズを見る。「それに、私も、君も、委員会に配属されただけだ。一応の打診はあったが、拒否はできなかった。積極的に志願する理由もない。内務省の管轄に移された、という結果からすれば明らかだろう。不正を働く意図でもなければ、何の得にもならない部署だ。そして不正に関して言うなら、規則を遵守する限り、不可能だ」

「理論上は」とアヴァルは答える。

「では、可能な限り理論に近付けよう」

「管理に着手した段階から群がって来たような連中の件はどうです。委員長には何度も便宜を図ってやるように言われて、一部を譲る羽目になっている。理論上もへったくれもない」

　ミンゴヴィッツはハンカチを外套のポケットに突っ込む。眼鏡を持った手を膝の上に下ろし、何か新鮮な発見があったと言わんばかりにアヴァルを見遣る。「何故従ったんだね」

「拒否できましたか」

「できる筈もない。委員長命令だ。だから責任は全て委員長にある」

「それで納得しているんですか」

「納得は、していない。だがこれは申し開きの話だった筈だ」

「通りますか」

「通るさ。没取財産を、全体としては、守り抜けばね。一部の喪失については、いつ、誰の指示で、誰に何を、を私は知っている範囲で記録している。何といっても、委員長は国有財産をどう管理すべきなのかについては素人だ。突然手元に発生した動産という以上の認識はない。妙な気を起こす可能性もないとは言えない。特に今のような状況ではね。それを規則を守って正しく管理するのが我々の職務であり、道義だ。最終的に問題にされるのはそのことだけだよ。違うかね」

　アヴァルは黙り込んでいる。

「そしてもっと純粋な意味での道義はと言うとだね――とっくの昔に破綻《はたん》しているよ。委員会だけじゃない。この国も丸ごとだ。地獄に投げ落とされても文句は言えんな」

「私はそうは思いません」

「君にはそう思わないだけの理由がある。ヴォイヴォディナの占領軍にはえらく嫌われたらしいじゃないか」

「地元なので」アヴァルは低い声で答える。「どうしようもありませんでした。親戚も知人もいる。軍に好き放題をさせる訳にはいきません」

　ミンゴヴィッツは幾らかの皮肉を込めて、羨《うらや》ましいね、と言う。眼鏡をケースに仕舞って腰掛け直す。「トゥルヴェルジ前委員長の人選は正しかったな。倫理と職務の板挟みには慣れている。どちらにも簡単には転ばない」

　アヴァルは何か抗弁しかけて、やめる。ミンゴヴィッツも敢《あ》えて促そうとはしない。ところで、と言う。「バログ君は、委員長から、我々が動揺していないか報告するよう求められたそうだ」

　アヴァルはバログをちらりと見遣る。目には困惑が浮かんでいる。「とすればこんな話は拙いのではありませんか」

ミンゴヴィッツは愉快そうに笑う。「さあ、どうしたものかね——君はこの話を報告するかね、バログ君」

バログは溜息を吐く。「報告はしません」

「そうもいかんさ。トルディ大佐の信頼を失うことになる。それでは皆が困る」

「ではどのように」

「そうだな——会話があったことは報告して構わない。どこをどう端折《はしょ》るかは君の常識に任せる。道徳的な抵抗感は皆無ではないが、職務に対する責任の方が遥《はる》かに重いということで一致した、とでも言っておきなさい。よろしいですか、次長」

アヴァルは頷く。

「賢明な御判断です」と言ってミンゴヴィッツは立ち上がる。持っていたケースをコートのポケットに押し込む。「今日はもう引き揚げよう。明日はまたオーバーニャだ」

「車を頼みましょう」とアヴァルは言う。

「駅に行けば誰かいる。いなければ頼もう。車はあるし、兵隊は山のようにいるからな」

所帯がどれほど多くの物から形作られるのかを目の当たりにして、バログは呆然《ぼうぜん》とした。バログ自身は、持ち物と言えるようなものは殆ど持ってはいなかった。下宿は家具付きだし、他には着るものくらいしかない。寝に帰るだけだから、物を増やそうという気にもならなかった。自転車と、小さな蓄音機。親が遺《のこ》したものは、育ててくれた叔母《おば》の家を出る時に置いてきた。何年も訪ねていないから、どうなっているのかも知らないし、気にもならない。結婚したという報告は、写真と一緒に送っておいた。

バログとカタリンは借りたばかりの空っぽのアパートに家具を入れた。必要最小限の、ささやかなものばかりだ。寝室には寝台。枕。枕カバーとシーツ。毛布。冬用の上掛け。ベッドの両脇に置く小机。小机の電燈。食堂には食卓。食卓の椅子。婦人服店の上の部屋には妙に立派な洋服簞笥があったが、カタリンはそれを寝室に入れた。母親の形見だ、と言った。両開きの扉の下には幅一杯の抽斗《ひきだし》があり、中にはカタリンの肌着やブラウスが収められ、余った三分の一ほどに、バログは自分のシャツと下着を入れた。居間兼客間用の長椅子と安楽椅子は古道具屋で買った。その前に敷く敷物と低いテーブルが必要になった。長椅子の脇にはバログの持ち込んだ蓄音機を置く台が現れた。やがてラジオが出現し、台の代りに両方を並べて置ける棚が必要になった。台所の作り付けの戸棚には、皿と深皿と小皿、コーヒー茶碗《ぢゃわん》と揃いのポット、スプーンとナイフとフォークが収まった。茶匙《ちゃさじ》はコップに入れて立てた。大小の鍋やフライパンはカタリンの元の部屋から来た。大抵のものはカタリンとマルギットが揃えていて、マルギットが要らないというので、そのまま持って来た。各部屋にぶら下げる電燈が必要だった。カーテンが必要だった。カーテンを纏める紐が必要だった。幸いなことにカーテンレールは残っていた。カタリンは居間にビーズ飾りの付いた背の高い電燈も置きたがり、これは二人の間で激論の対象になったが、結局バログが折れた。花瓶も欲しがった。カタリンの希望を聞いてバログが買って来たが、彼女は納得しなかった。花を生ける花瓶に花柄って。花がなくても綺麗じゃないか、というバログの弁明をカタリンは受け付けなかったが、それでも、その花瓶は最後まであった。死んだ日に薔薇を生けた花瓶だ。ああいうものは一度買ったが最後、いつまでも残る。

それだけ色々なものを入れたのに、広くもないアパートはまだがらんとしていた。

日曜日に招かれて行ったヴァイスラーの新居はもっと大変だった。例えばヴァイスラーは愛書家だったし、だから本を入れる大きな書棚が必要だった。レコードも少なくはなかったので、入れる低いキャビネットが必要だった。キャビネットを入れれば上に何か置かなければならず、ヴァイスラーは実家から古い飾り燭台《しょくだい》を持って来た。直接は置けないのでキャビネットの上にはレースの小さな敷物が敷かれることになり、天井までの壁が妙に寒々しいので、適当な絵を見繕って掛けることになった。一事が万事この調子で、自分のアパートに流れ込む物の奔流に溺死《できし》寸前だったバログは、ヴァイスラーにいたく同情した。尤《もっと》も、ヴァイスラーは全く頓着していなかったが。

そうやって家の中に溢《あふ》れ返り、小さな世界を形作っていたものが、ばらばらにされて運び出され、今、ここにある。金の装飾品を詰めた箱の次には、銀器が運び出される。大皿、ソース入れ、塩胡椒《こしょう》入れ、燭台。ユダヤ人には祭日に蠟燭《ろうそく》を灯《とも》して家族で食事する儀式があるんだよ、とヴァイスラーは言ったが、それが何十箱も出て来た。運び出し終えるとその陰から、ラジオと大小の蓄音機の山が現れた。これは後でいい、とバログは言った。兎も角、運び出して列車に積むのは貴重品からだ。絨毯は丸められて積み上げられている。手織り機械織り国産輸入物混在で、これは見ておいたほうがいいですよ、目の保養です、と税関吏が端を広げて見せてくれたのはシナゴーグに敷かれていたとかいう本物のペルシャ絨毯だったが、殆どはバログが居間に敷いていたものと大差がない。絹のカーテン紐も途方もない量だ。これも後でいい、とバログは指示する。首飾りや耳飾りの類は本物と模造品が分けて詰め込まれており、指輪や歯と同じくらいの重量があって運び出しは二人掛り、甘く見て一気に持ち上げようとした兵士の一人が腰を痛めた。細工に価値のないものの殆どは既に石が外され、台とは別に手提金庫の中に収まっていた。バログはそれを膝に載せて駅まで運んだ。

空になったヴァイスラーの家を、バログは思い出した。ヴァイスラーは賄賂《わいろ》を払って見逃して貰ったマットレスを直に床に敷いていた。全面的な解体、とヴァイスラーは言ったものだ。実に徹底してるよ、いい仕事だ。屋根と壁がまだあるのは奇跡だな。

最後のトラックが出発を待っているところで、バログはアヴァルと城の中を点検して回る。何一つ残すな、というのがトルディの指示だ。財務警察が寝泊りしていた窓のない部屋は、火を焚いたらしく天井が煤《すす》けている以外は何も残っていない。税関吏たちの部屋も空だ。机も折り畳み寝台も毛布も消えている。窓には相変らず紙が貼られているが、それはまあいいだろう、ということになる。階下に下りる。広間からは積み上げられていた木箱も袋も綺麗になくなっている。一回りしてから地下にむかう。

煙の匂いは、階段を下りる間にも地下から流れて来る。虚ろな地下にまだぶら下げられたままの電燈の光で兵士が二人、ドラム缶で火を焚いている。何をしている、とバログは訊く。

「これを全部焼けと大佐殿の秘書官に言われまして」ザヤーッのことだ。脇に積み上げられた紙袋の山を示す。

アヴァルは平静を装おうとしている。中止だ、とバログは言う。

「トラックはもう出る。日のあるうちに駅での積み込みを終らせたい。残りはトラックに積め」それから付け加える。「火の始末はちゃんとしろ」

アヴァルとバログは地下を点検して回る。奥の柱の陰に、木箱が一つ残っている。バログが蓋をずらすと、中にはユダヤ教の銀の燭台が綺麗に収められている。兵士を呼ぼうとするが、一人は紙袋の山を抱えて階段を上がって行くところだ。もう一人は火が消えるのを待っている。アヴァルが、我々で運び出そう、と言う。

二人で両側から箱を抱えて持ち上げる。メノーラー、と言ったか。ユダヤ人が使う枝分かれした燭台。大きいものではないし細工も凝ったものではない。家で使っていたものだろう。嵩張るだけで、持ち上げてもそう重くはない。最後に残っていたトラックの荷台に積み込ませ、出発を待っている財務警察官を三人呼んで、発電機と電燈の回収を頼む。バログも一緒に行って、地下に戻って兵士に声を掛ける。「トラックが出るぞ」

「まだ燃え残っていますが」

バログはドラム缶を覗く。燻《くすぶ》っているが、殆どが灰だ。大丈夫だよ、と言って、一緒に地下室を出る。空に色が残る城の入口に、アヴァルが立っている。

「記録は取ってあります」

「そういう問題じゃない」とアヴァルは言う。「これはそういう問題じゃない」

＊　＊　＊

作業員が注視する中を、機関車は徐行する。白い蒸気が灰色の煙に混じって、煙突から慎重に規則正しく噴き上がる。軽い冷たい雪が蒸気と煙に巻かれ、融けて消える。蒸気は後部の車輪の上からも吐き出される。車輪とレールの擦れ合う甲高い音と駆動部の轟音《ごうおん》はかき消され、車体は包み込まれて殆ど見えなくなる。機関車はゆっくりとカーブを抜ける。炭水車と食堂車が後に続く。曇った車窓の中で人が動き回っている。

「こんな重い列車を入れる線路じゃないんだよ」機関士の脇で、ショプロンの駅から乗って来た鉄道員は後方の様子を見ながら繰り返す。「普段は石炭の運び出しだけだからね」

機関士は答えない。もともと無口なところに加えて、加減弁の操作に集中している。機関助士が反対側に身を乗り出しているが、蒸気は両側の木立まで流れて後方をかき消している。鉄道員は飛び降りて後方に向かって歩き出す。どうだ、と蒸気のむこうに大声で訊ねると、保ってます、と答がある。

最初の客車がカーブを通過する。車窓の中で、大人は首だけひねって、子供たちは硝子《ガラス》に張り付いて外を見ている。後には貨車が続く。木立の中で雪が落ち、枝が跳ね上がる。空は明るい。冷たい粉雪は小止みになっている。鉄道員は作業員たちに合流する。

貨車の最初の一輛が滑らかに軌条の湾曲を乗り切る。路盤が緩んで崩れ始める様子はない。二輛目、三輛目が続く。重い。連結部が伸びきっている。一体何を積んでいるのかと鉄道員は思うが、訊いてはならないと言われている。得体の知れない荷を積んだ、お役所のお偉いさんたちの列車。ブダペシュトではどんぱちが始まった。あれが陥《お》ちたらここまではすぐに来る、と言われている。

露助《ろすけ》は怖《こえ》え、とひいじいさんは言っていたものだ。露助が通った後はなんもかんも盗られて草も生えねえ。彼自身は必ずしも信じている訳ではない。ロシア人が攻めて来たのは百年も前の話だ。ひいじいさんも子供だった。鉄道員たちの間では密かに話が纏められている。ロシア軍が来ても抵抗はしない、と。何もかも盗るのはドイツ軍も一緒だ。

夥《おびただ》しい数の車輛が何箇月もの間、膨大な荷を積んでショプロンを通過し、国境を越えて去るのを見ていたらそう言うしかない。工場を丸ごと運んでいることさえあった。露助が何か盗ろうったって、盗るようなものがまだ残ってんのかねえ。ロシア人は泥棒だが、ドイツ人も泥棒だ。

車輛は次々に通り過ぎる。依然、路盤は緩まない。他のところはどうか知らんが、ここは大丈夫だ。がっちりしたもんだ。土を固めただけだと聞いてたけどこりゃなんか入ってるな。帝国時代の工事だもんな。

最後の車輛が通過したところで作業員たちに、もう大丈夫だぞ、と言う。貨車の脇を走って、一緒に客車に飛び乗る。先頭の車輛まで通路を足早に歩く。車室の扉は閉ざされたままだ。重い、長い、こんな列車がブレンベルクの炭鉱鉄道に入ったことはない筈だ。後々の語りぐさだな。飛び降りて走り、開いた扉から機関車に乗り込む。

「大丈夫だ、持ち堪《こた》えた」

機関士は答えずに加減弁の引き手を動かす。無口な上に、鉄道員の饒舌《じょうぜつ》にはうんざりしている。列車は速度を上げるが、徐行のうちだ。

寝台車ではナプコリの老母が顔を上げて、窓の外を見遣る。曇った硝子窓越しに、木立が前よりは速く後方へと動き始める。下ろしたままの最上段の寝台からは、女の子の脚が四本ぶら下がっている。小さなお喋りが聞こえる。お下げのイダが下の座席の上に置いた蓄音機のハンドルを回し、レコードに針を落とすと、老女は薄く笑みを浮かべる。

列車は小高い丘の中腹を横切り、炭鉱鉄道の操車場に入る。開け放った車室の扉のむこう、通路の窓に教会と、浴場と、居酒屋が現れる。トロッコの線路が、建物と列車の間を走っている。空の石炭運搬車が小高い森の中に消え、別の運搬車が丘の下から高架を走ってくる。奥にある役所の建物のむこうに高い煙突の胴だけが見える。先端は再び降り始めた軽く冷たい雪にぼやけて消えている。

トルディはアヴァルを促して列車を降りる。浴場から三人の男が出て来る。一人は矢十字党の制服を着ている。トルディと次々に握手をする。私服の一人がアヴァルを連れて側線の脇を歩き去る。一部を借りた炭鉱事務所へと案内する為だ。軍用乗用車を先頭に、先にブレンベルクに着いていたトラックが二台現れる。出迎えだ。ミンゴヴィッツが職員を一人走らせて下車を告げさせる。自動車から降りて来たザヤーッがトルディ大佐に何か言い、トルディは頷く。

バログは機関車まで行って酒のケースを一箱、鉄道員に渡す。みんなで分けてくれ、と言ってから、機関士と助士にも一本ずつ手渡す。キラチコによろしく、と言うと、機関士は捻《ね》じ曲がった笑いを浮かべて、会うことがあったら伝えるよ、と答える。いい新年を、とバログは言う。何人かが苦笑いする。炭鉱の小型の機関車が、貨車を数輌ずつ切り離し、喘《あえ》ぐようにゆっくりと側線の一番奥へと引いて行く。

炭鉱事務所の会議室を一つ借り切って事務所に使う。家族のいない職員や税関吏は財務警官やジルッで合流した砲兵隊の兵士らと上の階の空き部屋に軍用寝台を並べて寝起きする。バログには学校の共同寝室を思わせるぞっとしないねぐらだが、ジルッから来た者には天国だ。暖房もある。ストーヴで湯も沸かせる。憲兵隊は浴場に行く。家族連れは当座、二軒ある宿屋に分宿した。

ブダペシュトから人が来るものですからね、と高い方の宿屋の女主人は言った。ここにあるのは出先だけなんで、偉い人はブダペシュトから来てうちにお泊りになるんですよ。今は全然。皆さんショプロンに本社を移してしまわれましたから、行ったり来たりで。それに、ねえ。

ブダペシュトは完全に包囲されたらしい、という噂を、バログは耳打ちされる。

朝、税関吏たちは接収済みの浴場に出勤する。

貨車に積まれたままの物品は一輛ずつ外され、炭鉱の機関車が浴場の前まで引いて行く。降ろして、運び込んで、木箱を開き、税関吏たちが査定をする。純金とそうではないもの、宝石と模造品、細工に価値があるものとないものの区別は彼らにしかできない。価格を割り出す。メモを取る。メモはそのままトルディ大佐に渡される。職員のところには回って来ない。戦時には全てが許される、と、職員を集めた前でトルディは言った。没取財産については絶対の守秘が必要になる、故に記録は残さない、とも。

アヴァルは平静を保った。ミンゴヴィッツは表情も変えずに、勿論です、と答え、トルディが浴場の直接指揮の為に立ち去った後、バログを呼んだ。

「税関吏たちにメモの控えを取らせろ。判読できればいい。回収して整理する仕事も頼む」

「正式な書類にするには十分ではないかもしれませんが」

「正式な書類は作らない。記録は一切残さないという方針は遵守だ」わかるな、という顔を、ミンゴヴィッツはする。わかりました、とバログは答える。

「銀行預かりの貴重品袋は」とアヴァルは訊く。

「焼くことになるでしょう」

「焼いたことにして持ち出せないか」

「是非にというなら試してもいいですが」

「諦《あきら》めよう」とミンゴヴィッツは言う。「委員長が気付いたら面倒なことになる」

それから二人は職員を引き連れてトラックで出掛ける。ショプロンケヴェジュドの集積所の物品を運び出さなければならない。皆は家族を残して泊り込みだが、アヴァルとミンゴヴィッツは夕方戻ると言った。ナプコリとバログが残る。電話を前に腰を下ろして、ナプコリは煙草に火を点ける。

バログは浴場への出入りを許される。

トルディ大佐は滅多にいない。専らショプロンだ。政治家たちの間を飛び回っている。いれば、バログは報告をする——次長と参事官は夕刻には戻って来るつもりのようです。

トルディは幾らか心外といった顔をするが、バログは付け加える。

「次長は夫人と双子の心配をしていますし、参事官は腰が痛むのでまともな寝台で寝たいと言っていました。他の者はむこう泊りです」

だが大抵は、ザヤーツに報告することになる。ザヤーツは横柄な態度でバログの報告を聞き、最後は必ず、行っていいぞ、と言う。バログは幾らか腹を立てるが、顔には出さない。

帰りがけに、バログは税関吏たちの仕事を見て回る。三名は運び込まれる箱を開け、査定済みのものはそのまま再梱包させる。未査定のうち大きいものはその場で査定してメモを取る。小物は箱ごと、窓際に机を並べた五名のところに運ばれる。ショプロンケヴェジュドから来た紙袋は開けて査定をする。純度の高い貴金属とそれ以外。純度は低くとも細工に価値のあるものは別にされ、価値なしと見做《みな》されたものは、石が嵌まっていれば石を外す係に回す。彼らは密かにメモの控えを取る。処理済みの箱番号。箱単位の査定額。机のところまで運ばれた箱の番号。内容物の査定額。バログは控えを回収する。時々は袋も回収する。

全部は無理です、焼く為に渡すよう言われています、と税関吏のエルチェは言う。

「高額なものはなるべく残してくれ」

「やってみます」

「君らを信用して構わないかね」

勿論です、とエルチェは答える。「こういうのはちょっと我慢できません」と浴槽の方を示す。憲兵たちが派手な音を立てて箱の中身を次々にぶちまけている。浴槽の底には黄金の山ができる。エルチェは、浴槽の底に立っているザヤーッに軽く顎をしゃくる。

「あいつはただの従僕でしょう」

査定の終った箱は詰め直され、積み出される。一部は坑口から地下に下ろされ、廃坑に収められる。残りは貨車に戻され、側線の一番奥まで送られる。財務警察の警備が二十四時間付けられている。宝石類はトルディ大佐の宿泊先に、ザヤーツが運ぶ。

「一番安全だと言っていましたが」

「それはそうだろう」とアヴァルは苦々しく言う。

一度、噂が立ったことがある。大佐の宿泊先で女中をしていたザヤーツの妻が立ち聞きをした——奥様が娘さんたちを呼んで、あなたたちも好きなのを一つ取ったら、と言っていた、と。お喋りの好きなザヤーツ夫人は知り合ったばかりの女たちに耳打ちし、それはブレンベルク中に広まった。

次長はショプロンまで行って前委員長に直訴したらしい。ブレンベルク炭鉱で行われていることは滅茶苦茶だ、と。蔵相付秘書官に栄転した前委員長は溜息を吐いただけだ。委員会は今や完全に内務省の管轄だよ、私には何の権限もない。

そんなものだろうな、と言って、ミンゴヴィッツは、ナプコリが隠しておいた手提袋を覗き、バログが確保した控えと紙袋の束を見て幾らか感心したような顔をする。「大佐殿の言う通りだよ。戦時だ。なんでもありだ」

浴場が処理できる量は限られている。手狭だし、投入できる人員にはトルディの秘密主義の限界がある。財務警察十五名は砲兵隊の一部と交代で列車の警備を命じられている。浴場周辺の警戒は砲兵隊が主に担当する。中で働くのは憲兵隊四十名だけだ。しかもショプロン方面からは毎日トラックが来る。切りがない。

浴場の出口には憲兵がいて、一応、身体検査がある。大抵は曹長がやってくれる。コートの上から軽く体を叩いて調べるだけだ。一度、紙袋の感触で手を止めたが、何も言わずに、俺は休憩だ、と部下に言って付いて来た。外で言われた。困りますよ。

「黙っていてくれるだろう?」

「黙ってますけどね」

「こっちにも事情があるんだよ。大佐のやり方では、後で省内の査問を受けた時に困る」次長は神経が参る寸前だ、と言って、煙草を一箱渡す。

「どこで手に入れて来るんです」

秘密だ、とバログは答える。曹長はふと目を上げ、大声を上げながら走り出す。子供たちがしがみついていた窓枠から飛び降り、逃げ出す。女の子の短いお下げがぱたぱたする。ゾルナイの娘だ。走りっぷりは男の子並みだ。薄く積った雪の上を逃げて行く後ろ姿では、もう地元の子供たちと見分けが付かない。嬉しそうな金切り声と笑い。小さな靴の立てる音。甘く見られている。捕まってもどやしつけられたりぶたれたりが精々、ということをよく知っている。

夕方、家に戻った時に、カタリンは開いた窓際に椅子を置いて坐っていた。彼らのアパートの窓からは、覗き込まないと街路は見えない。ただ、音は聞こえる。走り回り飛び跳ねる足音。ボールか何かが壁に当たる音。笑い、叫び、お互いを呼ぶ声。表情のない顔で屋根と空を眺めながら聞き入るカタリンは、バログが入って来たことにも気が付かない。

小振りな機関車が貨車を押して、徐行とは言えかなりの速度でやって来る。バログは足を止め、話に夢中になっている若い事務員モルナルの袖《そで》を摑《つか》んで引っ張る。すぐ前を機関車が通過して行く。機関士が罵声《ばせい》を上げる。

機関車が側線の奥へと行ってしまうと、バログは、道に下りよう、と言う。二人は残った煙の中を抜けて側線を渡る。機関車が戻って来る。ポイントで隣の線路へと移り、再び奥へと後ろ向きに走って行く。まだ整理を付けていない貨車を引いて行く為だ。

あれは拙《まず》いですよ、とモルナルは言う。貨車に積んだままの絨毯《じゅうたん》が濡《ぬ》れる心配をしている。

「雨漏りはしていない」

「あくまで、まだ、です。屋内の倉庫に移せませんか」

「場所がないよ」バログは溜息《ためいき》を吐く。「シートを掛けるくらいしか手はない」

「今日みたいに暖かいと拙いです」

「わかった。早目に手を打つ」

二人は坑夫住宅の前の道に下りる。小さな子供たちの声が聞こえる。女学生のようなミンゴヴィッツ・ティボール夫人が、子供たちより大声を出している。高校生のような夫の方は、今日は父親とショプロンケヴェジュドだ。数人が何かを追い掛けて走り回り、彼女は監督よろしく脇に立って叫んでいる。そこそこ、そこだ、行け。住宅の、空気を入れ替える為か細く開けた窓の中で、誰かがレコードを掛けている。年嵩《としかさ》の女の子たちの話し声がする。

ふいに、誰かが指笛を吹く。女の子たちの話し声がぴたりと止る。庭の柵の前に数人の子供が屯《たむろ》している。薄汚さよりは、着ているものの奇矯さが目立つ。飛行士のような帽子。裾《すそ》を切ったフロックコート。袖と裾を捲《まく》った大人物の部屋着。少女たちが窓辺に現れて、口々に何か言い立てる。浮浪児たちは無遠慮に嘲笑《ちょうしょう》する。一番大声でからかっているのは、例の赤毛だ。

いや、まさか、とバログは思う――ジルッから追い掛けて来たなんてことはあるまい。どこの駅もジルッと同じ状態になっている。ショプロンまで行った時には、駅やその周辺で宿もなく屯している難民の群に出会《でくわ》した。お偉い方々のお車が無遠慮にクラクションを鳴らして掻《か》き分けていた。呆気《あっけ》に取られて眺めていると、初老の男が寄って来て、バログさん、と声を掛けた――雇員だったノヴァクです、覚えておいでではありませんか。覚えはなかったが、バログは曖昧《あいまい》に返事をした。家族も一緒ですが着の身着のままで、と言う顔色はぞっとするくらいに悪かった。仕方がないので慰めの言葉を掛けて少し金を渡し、次からは駅は避けようと思った。だがブレンベルクまで流れ込むのはごく僅《わず》かで、多くは臆病《おくびょう》な高官たちだ。爆撃の時に、防空壕に案内される首相を見掛けたという者さえいる。

窓辺の少女たちはいきり立って口々に何か言い返す。赤毛が愉快そうに何か叫び返すと、憤然たる罵《ののし》り声とともに、窓は閉まる。レコードの音は聞こえなくなる。

あばよ、悪友ども、とヴァイスラーは言う。

結婚してから何年か経った頃だ。ヴァイスラーも役所にいて、どちらの夫婦にもまだ子供はなく、だから週末の夜は相変らず、一緒に映画を見に行ったり、踊りに行ったり、映画を見てから踊りに行ったりしていた。男二人はいっぱしの遊び人のように粋なスーツを着込み、女たちも流行りの服を身に着けて、映画館を出るとヴァイスラーとバログは揃って帽子を被《かぶ》り直し、歩き出した。バログが上機嫌で口笛を吹くと、ヴァイスラーはそう言った——あばよ、悪友ども、長い付き合いだったな。

うわ恰好《かっこう》いい、とマルギットは言った。何それ。

歌詞だよ。

ヴァイスラーは彼が口笛で吹いた曲を歌い出した。

何語?

スペイン語。

カタリンがバログの手を引っ張って踊り出した。ヴァイスラーは歌いながらマルギットの手を取って軽くステップを踏んだ。通行人たちは非難の目で彼らを眺めながら避《よ》けて通ったが、それもまた愉快だった。

ダンスホールに行って、飲んで、踊って、タクシーに相乗りで帰る間も、彼らは大いに巫山戯《ふざけ》た。傍若無人で傍迷惑な四人組だった筈《はず》だが、遠巻きに非難の目を向けられることはあっても、それ以上がなかったのは、同じような連中が山のようにいたからだ。男たちは、戦争帰り。まだ若くて華奢《きゃしゃ》な女たちを脇に抱え、彼女らもご機嫌で、金もそれなりにあったし、なかったとしても大して気にもならず、ひたすらに飲んで、戯れて、笑う。バログたちがアパートの前で降りてタクシーのドアを閉めると、マルギットが窓を開けて叫んだ。

アディオス!

ヴァイスラーが車内でくすくす笑うのがわかった。タクシーが走り出しても、マルギットはずっと、アディオス、と繰り返していた。

浮浪児たちは愉快そうに歩き出す。一体全体何故、と後に付いて歩く恰好になりながらバログは考える。若いとあんなにどうでもいいことで笑えるのだろう。カタリンが最後に笑ったのはいつだっただろう。自分は。ヴァイスラーが笑う顔は最後まで思い出せるのに、自分がいつ笑ったか思い出せないのは奇妙じゃないか。赤毛が手を振ると、夢中になって子供たちと走り回っていた若いミンゴヴィッツ夫人は手を振り返す。氷の塊を蹴《け》る即席のスポーツをやっていたらしい。ゾルナイの息子が住宅の垣根のところで煙草をふかしていたが、浮浪児たちを見ると、咥《くわ》え煙草のまま顎《あご》をしゃくる。挨拶《あいさつ》のつもりらしい。浮浪児たちも同じように挨拶し、そのまま歩いて行く。

浴場の前で、バログとモルナルは再び側線を渡る。ショプロンケヴェジュドから来たトラックが待っている。まだ若い憲兵が苛立《いらだ》った様子で脇に立っている。

「何とかするから、あまり騒ぐな」とバログはモルナルに言う。「トルディ大佐を苛立たせるのは拙い」

わかってます、と言って、モルナルはトラックまで走って行く。バログは隣に止っている軍用乗用車の運転席にいる憲兵に声を掛ける。

「聖イシュトヴァン坑口の浴場まで行って貰《もら》えないかね」

腰に、浴場の入口で渡されたタオルというよりはただの布を巻いて、バログは蒸し風呂のベンチに腰を落ち着ける。目を瞑《つむ》る。今やブレンベルク炭鉱唯一の公衆浴場は、彼らが接収した中央浴場ほど大きくはないが、一通りのものは揃っている。坑夫たちが仕事を終えた後ぶつくさ言いながら歩いて来るまでの間、ここは彼のものだ。じきにヨースカも、いつも通り、煙草や酒や粉ミルクの包みをロッカーに入れてやって来る。少し世間話をして、時々は一緒にビールを一杯飲んで、別れる。バログは闇物資を持って帰る。これがあるから、概《おおむ》ね業務の一環と看做《みな》されて、抜け出して楽しむことも許されている。

蒸気の流れが変る。扉が開いた。バログは目を開く。薄暗い灯と蒸気の中にいるのは、一人はヨースカだ。ずんぐりした影でわかる。もう一人は、失礼するよ、と嗄《しやが》れた声で言いながら横に坐る。六十絡みの男だ。いかにも年寄り臭く息を吐く。ヨースカは木の腰掛けを持って来て、斜め前に腰を下ろす。

「仕事は進んでるかね」

バログは男を見遣《みや》る。頭を前に垂れて両手を膝《ひざ》に乗せている。禿頭《とくとう》の頭皮には濃い染みが幾つも散っている。バログは蒸気の靄《もや》越しにヨースカを窺《うかが》う。いや、どうしてもあんたと話がしたいと言うんで、とヨースカは口を挟み掛けるが、途中で黙ってしまう。

「何もそんなに警戒することはなかろう。世間話だ」

「できれば仕事の話はなしにしたい」とバログは答える。答えた後で、私にしては上出来だな、と考える――幾ら気のいい闇屋でも、その友人は犯罪者である可能性が高くはないか。だが、怯《おび》えていることはおくびにも出さずに答えられた。

「こんなところに、お偉方が何十輛《りょう》も貨車を引っ張って来て、夜も昼も警備の兵隊を張り付けた上、中央浴場に何やら運び込んで籠《こも》りっきりでごそごそやってたら、誰だって興味津々だ。訊《き》かなかったら却《かえ》って不自然じゃないか」

「そんなに目立つかね」

「目立つさ。で、仕事はどうだね」

「残念だが、話せない」

「まあ、そうだろうな」と男は言い、体を起こして顔を頭頂部まで撫《な》で上げる。手首にロッカーの番号札がぶら下がっている。「誰にだって話せないことはある。だが、今日はそういうのはやめにしようや。時間も労力も倹約できる。おれは盗みを生業《なりわい》にしてる。

半殺しにして締め上げるとか、具合の悪いねたを探り当てて脅し付けるとかもやる。専ら請負だな。殺しも、何度かはやった。騒いだり逃げ出されたりすると、他にはどうしようもない。間が悪い、というやつだ」男は手を差し出す。「リゴーだ。懇意に頼む。あんたの役にも立ってやってるだろ。女の煙草の買い出しとかな」

「別に女という訳じゃない」

「いやいやいや、二度寝てるだろ。一度は——女房が流産した時。二度目は去年。女房が死んだ時」リゴーは愉快そうに付け足す。「最初のは、評価が高い。糞真面目《くそまじめ》な顔をしてあっぱれなけだものっぷりだと言うんでな。二度目は、ちっと男を落とした。歳は取りたくないもんだ、とさ」

　バログは身じろぎ一つできないまま坐《すわ》っている。そんなことを一体どこで調べたのか。職員なら、知っている者もいるだろう。だが、聞き出したとすると、どこかで飲ませるか何かした筈だ。

「怒ったかね」

「いや、別に」バログは差し出された手を取る。間が悪いと思われたくはない。リゴー。クロウタドリ。実に馬鹿げてる。「悪いが、犯罪の片棒は担がない」

「もう担いでるじゃないか。列車に山積みになっているのは、ユダヤ人からがめたお宝だろ」

「国有財産だ」

リゴーは笑う。「強殺だよ、おれに言わせりゃな。取っ捕まえて、身ぐるみ剝《は》いで、殺す」

ヴァイスラーが、一際大きく微笑して、背を向けていろ、というように指をくるりと回す。頼むよ、と言う。歳相応に老けて、太って、それでもその笑みは昔と変らない。

リゴーは続ける。「おれたちが一人でもやって捕まりゃ死刑だが、仲良くお揃いの制服を着てれば、何万人やろうと何十万人やろうと、お国の為だ。ところでそのお国がいつまで保つか、考えたことがあるかね。押し入り強盗の金庫番だろ、あんたらは」

「命令された仕事をやっているだけだ」

「親玉はフェイエルの元県令殿だろ。評判悪いぞ。取っ捕まえた奴を端から、まだ何か隠してるものはないかと痛め付けて、洗いざらい吐き出させて、これ以上搾り取れないとなると貨車に放り込んで送り出してた。まだ息のある奴も死んだ奴も一緒くたにな。人でなしのドイツっぽどもも顔面蒼白《そうはく》だ。しかも、没取《ぼっしゅ》品からくすねてひと財産作ったって、もっぱらの噂だ。お友達の末路を覚えてるだろ」

「死んだよ」とバログは答える。

「子供は生きてる」

「どこに行ったのか、私は知らない」

リゴーは蒸気で曇った視界のむこうで薄く笑っている。「あんたは善人だ。気の毒なくらいにな。だから一つ頼まれてくれないか」

「犯罪には加担できない」

「ああ、そうだろう」リゴーは声を立てて笑う。「だが、人助けだ、と言ったら、どうだ」

「あんたが言うほど善人でもない」

「まあ、聞け。泣けるぞ。チューリヒに爺様《じいさま》が一人いてな、若い頃から糞真面目に働いて、女房が死ぬ頃には、ずらかって悠々自適程度の金は拵《こしら》えた。だが息子夫婦は残った。多分もう生きちゃいないだろうと思ってる」わざとらしく溜息を吐く。「その爺様がせめて取り戻したいと思ったものがある。燭台《しょくだい》だ。枝分かれした、ユダ公が使うやつだ」

「メノーラー」

「詳しいな。お友達に聞いたのか」

「ユダヤ教徒じゃなかったよ」

リゴーは頷《うなず》く。「そりゃお気の毒に。兎《と》も角そのメノーラーだ。銀製で高さは二十センチもない。市場で売ってるようなしょぼい代物さ。所帯を構えた時に奮発して買って、息子が結婚した時にやった。親の苦労を忘れるな、って訳だ。どこにある。列車の中か」

「そういうことには答えられない」

「お互い正直が一番、ということで納得したと思ったがね」

「答えないんじゃない。答えられないんだ。そういう品物は各地で集めた上、我々のところに送られて管理下に入る。それ以前にどのくらいが着服されるかには目を瞑っている。集めた後も、何度か赤十字に寄付させられているし、矢十字党の党員が欲しいと言うものは譲れと命令されている。職員も給料天引きで購入ができる」

「それなら簡単だな。あんたが買い取ればいい」

「見つけられればだ。もうない可能性が高い」

「調べて貰えないか」

「私にそんな権限はない」

「上司に頼め」

「お断りだ」それから思い直して付け加える。「状況が落ち着けば、調べ直す機会も来る」

「その時には、値打ちがだいぶ下がる。今なら礼ははずめるがな」

礼。幾ら、とバログは訊いている。リゴーは笑う。

「手に入れば一万スイスフラン。お国が潰《つぶ》れてもよそへ行ってやり直すには十分な金だ」

バログは考える。よそへ行ってやり直す。それは考えたこともなかった。ブダペシュトに戻っても、誰もいない。何もない。見知らぬ町も同然だ。ミンゴヴィッツが言う通りにやれば監獄に送られることはないだろうが、厚遇されるとも思えない。ユダヤ資産管理委員会にいた、ということになれば尚更だ。

いずれにしても、とバログは答える。「そういう交渉は時期尚早だ。買取の仲介をしようにも、銀器はまだ整理も終っていない」

「慎重なのは結構なことだが、こっちにも引き延ばしの材料は必要だな。例えば、ものがまだあることだけでも確認しちゃくれないか」

「あまり無理は言わないでくれ。私には、一人で貨車を探る権限も箱を開ける権限もない」

「せめてその箱がどれかわかるといいんだがな」

「押し入るつもりなら言っておくが、銀製品だけで何百箱もある。増え続けている。銀のメノーラーがどのくらいあるか見当も付かない。夜も警備を付けている。そんなところで箱を端から開けて見付けるというのは実に馬鹿げている。途中で捕まるのが落ちだ。あんたも困るし、私も困る」

そうか、とリゴーは言う。「女に訊くか」

「彼女にもできない。脅すのはやめてくれ」

「じゃ、やってくれるか」

「押し入ったりしない、と約束してくれれば、見付けた時には覚えておく。買い取って、転売してもいい」

「なるほど、それが一番だな」リゴーは立ち上がる。ヨースカに、後でこいつに写真を見せてやれ、と言う。「いい取引になりそうだ。ちゃんとやってくれよ、バログさん」

バログとヨースカは並んで乾サウナに行き、並んで湯船に浸かり、一緒にロッカー室に入る。二人とも黙り込んだままだ。服を着て、ヨースカは無言で物を詰めた背嚢《はいのう》を寄越し、バログが札入れから六十ペンゲーを渡すと、十ペンゲー札を一枚返して来る。バログは暫《しばら》くヨースカの顔を眺めているが、結局はむしり取るようにして受け取る。ヨースカは写真を見せる。

恐慌の前だな、とバログは考える。短い黒い髪にあっさりしたヴェールを被った美人ではない花嫁と、今となってはいささか古めかしいモーニングを着込んだ、幾らか間の抜けた顔の花婿が、新居らしい部屋の中に立っている。脇に低いキャビネットがある。ヴァイスラーの家にあったものによく似た贅沢《ぜいたく》でモダンなキャビネットの上には、同じように、ただし不釣り合いに粗末なメノーラーが置かれている。

アヴァルと一緒に地下から運び上げた木箱に入っていなかったか、とバログは考える。写真を注視する。確証は急速に薄れる。似たようなものは幾らでもある。文字通り、市で投げ売りしているような代物だ。

「無理だ。こんなものは幾らでもある。見分けが付かない」そう言いながら、安堵《あんど》と同時に失望を覚えている。

ヨースカは写真を裏返す。緑のインクで文字が書かれている。

Telkes Josef 1898

「台座の裏側に爺さんが彫り込んだらしい」

失望が反対側に振れる。じゃあ、やるのか。本当に。「こういうことには不慣れなんで訊きたいんだが、私はあのリゴーをどのくらい怖がる必要があるんだ」

ヨースカは唸《うな》る。「いやそりゃ怖がって貰わないと困るよ」

「何故」

つまりさ、と言ってヨースカは口籠る。「わかって貰いたいのは、おれに悪気はない、ってことなんだよ。これであんたが馘首《くび》になったりしたら、後悔するよ、悪いことに巻き込んじまった、って。それよりもっと悪いことなら尚更だ。だから本気で怖がってくれないか」

「もっと悪いこと？」

ヨースカは舌打ちをして喉《のど》を掻き切る動作をする。「いや、冗談でも何でもなく」つまり、間が悪い、というやつだ。

「憲兵に捕まえさせるぞ」

「やるって言っちまった上はもうできない、って、あんたも知ってるよな」

二人は連れ立って外に出る。最初の坑夫たちが辿《たど》り着くところだ。バログはコートのポケットからリストを渡し、来週も頼む、と言う。どのみち頼まざるを得ない。粉ミルク四缶。アヴァルの注文。上等なパーリンカ一本。ミンゴヴィッツ。他に何でもいいから強い酒を五本。高く売れる。一本は自分用。じきに切れる。煙草を二十カートン。あればチョコレート。ビスケット。兎も角甘いもの。母親たちが子供たちにやりたがる。歯磨き粉と石鹸《せっけん》。剃刀《かみそり》。どれも、今ではショプロンでさえ容易には手に入らない。

　運転の憲兵に煙草を一箱渡して、バログは事務所に戻る。ナプコリは反故紙の裏に雑に描いた格子を一つずつ斜線で消して遊んでいる。背嚢を下ろして、中から煙草を一カートン取り出し、彼女の机の上に置く。次長たちが来るって言ってたんだけど、とナプコリは訊く。

「来る様子はないな」

　じゃ休憩する、とナプコリは言う。「あんたは」

「配達だ」

　ナプコリは半ばひしゃげた煙草の箱を取って立ち上がる。バログは背嚢の中身をロッカーに入れて鍵《かぎ》を掛ける。薄紙で包んだパーリンカの瓶とミルク缶は別だ。背嚢に入れたまま手でぶら下げる。ボガ裁判長に見付かったら、闇物資を売り買いしていることに嫌味の一つも言われるだろう。幸い、今はショプロンケヴェジュドだ。

　外に出ると、もう暗くなっている。ナプコリは歩きながら煙草を咥え、一本をバログに差し出す。バログはかぶりを振る。ナプコリが側線に踏み込むのに、危ないぞ、と声を掛けるが、こんな時間にトロッコなんか来ない、と彼女は答える。

「列車はまして来ない」

彼女は暗がりの中をどんどん先に進み、操車場の端に立つ。バログは付いて行く。坑夫住宅が並んでいる。窓に灯がある。ナプコリは暫く無言で立っている。煙草の灰が落ち、コートを手で払う。

「暗くなってから、こうやって灯のある窓を見るのが好きなのよ。特にこの時間ね。中で何やってるのか想像すると楽しいから」

「何をやってる」

「父親は、まだ帰って来ない。母親は、夕御飯の支度をしている。子供たちは——さあね、勝手にやってるでしょ」煙草を持った手で窓の一つを指す。「あれは、違うね。うちの窓だから。婆《ばば》あと家主しかいない」

バログは何と答えたものか困惑する。こんな寂しいものをわざわざ見に来るのかと思うと、一抹の申し訳なさを感じる。だがナプコリはふいに、あ、と言う。

「ほら、そこそこ」

赤毛が、一人でいる。夕べの薄明かりで髪が光っている。口笛の音が微《かす》かに聞こえる。あばよ、悪友ども。赤毛は勿論《もちろん》、歌詞も意味も知らないだろう——おれはもう降りる、運命には逆らえない。窓がそっと中から開く。赤毛は身を屈《かが》めて駆け寄り、垣根を乗り越える。

やるねえ、とナプコリは笑う。

「ジルツで見掛けた」

「付いて来たのかな。若人《わこうど》はご苦労さんだね」

ちょっと気になるんだよ、とバログは言う。「こんなところまで来る理由がない」

「ショプロンを追い出されたんでしょ。時々追い立ててるから。どこで寝泊りしてるのか知らないけど」ナプコリは体を捻《ひね》って線路に煙草を投げ捨てる。赤い火が弧を描いて飛び、砂利の上で火の粉を飛ばして、消える。「それに恋ね。相思相愛かな」

バログは答えない。ナプコリは襟元をかき合わせる。寒いから戻る、と言う。

「まだ残るのか」

「八時くらいまでは待ってみる」

彼女は炭鉱事務所にむかって線路を越えていく。時々足を取られたようによろけるが、気にしている様子はない。聖イシュトヴァン坑口の浴場の件を話さずに済んだことに、バログは安堵する。

Ⅱ 一九四五年三月二十八日——28. III. 1945

カタリンの妊娠がわかったのは、デブレツェンの義兄の家でのことだった。正確に言えば近郊の村で、結婚してから何年かは夏の休暇の度に訪ねたが、その最後の時だ。義兄は駅まで小さなトラックで迎えに来た。荷台に乗って農場まで行った。義兄の子供たちが三人同乗してカタリンとずっと話していた。四人目は運転席の父親の隣だ。雲ひとつない空と遮るものもない畑が広がっていた。暑かった。

晴天は永遠のように続いた。乾き切った空を、頭部の毛が逆立った鳥が鋭い叫びをあげて過《よぎ》るのを、バログは何時間も眺めた。薄暗い、ひんやりした台所のテーブルでも、カタリンと並んで冷たい飲み物を飲みながら、開け放った勝手口の外に広がる空と、見えない鳥の姿を探していた。

変った男だな、と義兄は言った。バログは答に詰って作り笑いを浮かべた。

カタリンは食欲がなかった。無理もない暑さだったのでバログは気にも留めなかったが、義兄の妻はすぐに気が付いた。医者を呼ぶから、と言われても、彼には見当も付かなかった。村医者がやって来て、診察をして、おめでたです、と言った。

その晩、義兄はバログを村の居酒屋まで連れて行った。

農場は小さくはなかった。農地も思ったより広く、何に使うのかわからない機械も入っていた。家畜もいた。人も使っていた。もっと経営規模を広げるつもりだ、と義兄は話した。そうなればほぼ地主様だろう。つまりは相当に裕福な農民と言って良かった。だが、村の居酒屋では近隣の小作人たちとお前おれで話し、向こうは微妙な敬意を滲《にじ》ませながら気軽に話をした。義兄は、カタリンの婿だ、ブダペシュトのお役人だ、とバログを紹介し、カタリンが孕《はら》んだことを明け透けに語った。農民たちは隠す気もなく性的な揶揄《やゆ》を交えて祝福してくれた。露骨に政治的な会話まで当たり前のように出た。義兄は、小作料を下げさせなきゃどうにもならんな、と、バログと話をする時とはまるで違う声音で言った。それから、彼らが気を利かせて行ってしまうと、おれは共産党のシンパでね、と秘密のように語った。

酔って帰ってから、寝苦しそうなカタリンに、お義兄《にい》さんは本当に共産主義者なのか、と訊いた。ずるいからね、と彼女は答えた。共産主義政権の間は先頭に立って農地解放を呼び掛けていた、白色テロの間は夫婦で隠れていて、何度も捜索されたが誰も見付けることはできなかった、と。結局逃亡したのだろうということになったが、実は村からは一歩も出ておらず、状況が収まって明るいところにまた顔を出した時には、ちゃっかり農地を広げていたのだと言った。

まあそういうものだろう、とバログは考える。役所の外など知ることもなく来た身には想像もできない世界が広がっているのだろう。浴場の向かい側にある居酒屋で、炭鉱夫たちに交じって一人でお粗末な夕食を取り、得体のしれないものを飲む間も、自分が何故こんなところにいるのか、ずっと不思議に思っている。それを言うなら役所にいる間も、不思議なところにいると考えていた。では、不思議ではない場所にいた時のことを考えてみよう。子供の頃。記憶が殆《ほとん》どない。叔母《おば》に引き取られてから。叔母の方が不思議がった。世話になる以上、余計な手間を掛けさせてはならないと思っていたのは事実だが、叔母夫妻にはそれが実に妙なことらしかった。ギムナジウムの寮。奨学生だったのでいい成績を取って卒業すること以外は考えていなかった。友達もいたが、今では名前も覚えていない。大学への進学も勧められたが断った。あれは正解だった——名前に博士が付いても責任が増すだけだ。おまけにこの博士号は従妹《いとこ》付きだった。全く馬が合わない従妹だったが、叔母夫婦はバログが博士号を取り、お役人になり、嫁にするものだと決め込んでいた。ギムナジウムを出ても大学には行かない、と宣言した時にそう言われて、バログは拒否し、以来疎遠だ。従妹は今でも独り身らしい。それから。下宿。寝に帰っていただけだ。ではブダペシュトのアパートはどうだ。カタリンと二十五年近く暮したアパートは。

突然、錯乱に近い憂鬱《ゆううつ》の気配を感じて、バログは慌ててビールを飲む。引っ越している筈だった。二十年も前に。美しいヴィラの二階。手付けまで払ったのに。

さすがに自転車で通うのは無理だろう、と、出向先のセゲドからの電話で、ヴァイスラーは言った。

近くはなかった。自転車は諦《あきら》め、市電を乗り継いで通うつもりでいた。だが、役所とは必ずしも場所ではない。ある意味遍在する。ブダペシュト市内。セゲド。セケシュフェヘルヴァル。ヴォイヴォディナ。トランシルヴァニア。県の財務は大蔵省の管轄だ。省は、今はショプロンにある。ケーセグやショプロンケヴェジュドの保管庫もある。職員はその間を行き来し、お互いを知っている。職員たちが作り出して国全体を覆う網目が、省の実体だ。出世の階段が見えていた職員にはエジプトのピラミッドの頂点が本省の建物にあるように見えるのだろうし、バログはそのことをよく知っており尊重してみせてはいたが、自分の立場からはそうとしか言い様がない。やはり奇妙な場所だ。

今、網目の一部は切り離され、省外の人員を加えられて内務省の管轄下にある。

おい、と声を掛けられて、バログは顔を上げる。リゴーがいる。幾らか狼狽《ろうばい》して辺りを見回すが、幸い、職員は誰もいない。浴場組もいない。職員はショプロンケヴェジュドに出払っている。浴場組の溜まり場は別な店だ。近くでは飲みたくないらしい。

「あれはどうなった」

バログは溜息を吐いて、前の席に掛けるように言う。リゴーは腰を下ろす。

「うやむやにしておけば諦めるとでも思ってたか」

「ヨースカには毎週、途中経過を報告している。まだ出て来ていない」

「逃げ口上だと言ってたがね」

「逃げ口上じゃない」バログは溜息を吐く。「あんたには十分な敬意を払うように、と言われた。でなければやばい、とね。ただこれはそう簡単な話ではない。それに、確認しておきたいこともある——君が私に寄越す、と言っていた謝礼だが、あれは妥当かね」

リゴーは笑い出す。幾らか強迫的な笑いだ。「もう欲が出たか」

「純然たる疑問だ。銀の燭台一つで一万スイスフラン、というのは微妙な値段だ。もの自体の価格としては高すぎる。精々五十ペンゲーというところじゃないか。ということは五十二・五フランだ。あんたは概算で一九〇・五倍払おうとしている。正確に言うと」バログはポケットを叩《たた》いて確認してから手帳を取り出して開き、首を突き出すようにして読み上げる。「一九〇・四七六一九倍」手帳を閉じて戻す。「しかもスイスフランで」

「一々書いておくのか」

「覚えておこうとは思わないよ。間違えたくはないからね。確かめておきたいのは、君らは幾らで請け負ったのかだ」

「そんなことをべらべら喋《しゃべ》ると思うか」

「喋らないだろうが、見当は付けられる。君らも経費は節約したいだろう。だから見込める報酬の十分の一以下で収めようとする。ということは十万以上だ。ただ、どんなに金持ちでも、二十万はまず出さない」

リゴーは意味不明な作り笑いを浮かべる。「それがあんたの考える感傷の値段かね」

「そういうことになるかな。ただ、それでも常軌を逸している。そのご老人が私に相談してくれたなら、間違いなく止めたよ。何か他の理由でもあるのでない限りは、到底勧められない」

「一つ忠告しておこう」とリゴーは言う。「おれは請け負っただけだ。それ以上は考えないことにしている。あんたも考えないことだ。五十ペンゲーもしない燭台一つで一万スイスフランは大儲《おおもう》けだろう？」

「二万」とバログは言う。「普通、この種の取引の仲介料は二割か三割は取る。違うかね」

「他の奴に当ってもいいんだぞ」

「私の試算は、他の誰でもする試算だ。改めて誰かに話を持ち掛けることも可能だが、騒ぎ出されないとしても、もっと厄介な相手に勘付かれたくはないだろう」

「それは一体誰だね」

「委員長」馬鹿と、悪党と、馬鹿な悪党。「間違った誰かに持ち掛ければ、言った瞬間に騒ぎになる。たかり屋が群がって来るのに苛々しているんだよ。だがそれはまだいい方だ。委員長に近い職員や憲兵に持ち掛ければ、すぐに話が行く。あの人が、何と言うか、そう、容赦のない人だと言ったのはあんただ。配下の憲兵は概ね良識があるが、若い連中はかなり荒っぽい。捕まったら洗いざらい白状するまで締め上げられるぞ」

リゴーは暫く黙り込んでいる。それから言う。「二万だな」

「構わないかね」

「ちゃんとやってくれるならな」

十五万以上は取ってるな、とバログは考える。お涙頂戴《ちょうだい》が本当かどうかは考えない方が良さそうだ。「簡単ではないことは承知してくれ」

「承知はしているが、時間はない」それからいかにも愉快そうに付け加える。「ロシア軍がラバ川を越えたぞ」

バログは呆気にとられる。「それはいつの話だ」

「おれもさっき聞いたばかりさ」

居酒屋を出ると、眩《まばゆ》いばかりの星空の下を、緩んだとはいえ充分に厳しい寒気が満たしている。バログはコートの前をかき合わせながら足早に歩く。ポケットを手探りする。事務所の鍵が入っている。まずアヴァル次長に、それからミンゴヴィッツに電話を掛けなければならない。今夜はこっちに戻っている筈だ。

だが、事務所の扉の鍵は開いていて、二階に上がるとアヴァルは電話中だ。ですが、はい、と何度か言って電話を切る。ミンゴヴィッツは白け切った顔でパイプをふかしている。そら見たことかと言わんばかりだ。アヴァルはかぶりを振る。

「何が、じきに押し返す、心配はいらない、だ」それから気が付いて、ああ、バログ君、と声を掛ける。「憲兵隊に言って車を出して貰えないか。すぐにショプロンケヴェジュドに戻らないと」

　それはどんなものかね、とミンゴヴィッツは殊更に気怠《けだる》そうに口を挟む。「敗残兵が押し寄せて来るとしたら、道中は危険だぞ」

　アヴァルは恨みがましい顔でミンゴヴィッツを見遣る。ミンゴヴィッツは今までアヴァルが使っていた電話を取り、誰かいるかな、と言いながらショプロンケヴェジュドの保管庫に繋《つな》がせる——やあ、今晩の警備は君だったか。ああ、そう、その通りだ。ジュールはもう駄目だな。ドイツ軍は敗走中だ。そう、そういうことになる。いや、落ち着いて聞いてほしい。非番の警備を呼び出して、人数を倍にするんだ。いや。いや。ほんの用心だよ。いや、職員に銃を持たせるとか、そういうことは考えていない。扱えないよ。危ないだけだ。全員を帰そうと思っている。泊り込みもなしだ。

　アヴァルは驚いて食って掛かろうとするが、ミンゴヴィッツは手を振って押し留《とど》め、話し続ける。

　そう。そう。そういうことだ。君らもだね、警備は強化するが、万が一のことがあっても抵抗はしないように。攻撃されるようなら逃げることだ。職員は誰か残っているかね。ああ。トゥッテヌイ。ちょうどいい。済まないが替ってくれないか。

　ミンゴヴィッツは耳から受話器を僅かに離す。話して構わない、という意思表示だ。

「私は反対です」とアヴァルは言う。

「次長の指示とあらば従わざるを得ないが——しかし考えてもみたかね、敗走中の兵隊が、ドイツ兵は言うまでもないがハンガリー兵も、どれくらい荒れているか」

　ああ、それは、とバログは思う。

「私は知ってるよ。経験がある。そんな連中相手に、保管庫にいるような憲兵だの財務警察だの、まして職員だのが死ぬ気で抵抗したって、守れる訳がない」

　それからまた電話に戻る。やあ。済まないね。ああ。えらいことになったよ、全く。ああ。委員長は楽観的だがね。うん。うん。店仕舞い。そう、店仕舞いだ。兎も角出来るだけこっちに運び込もう。そう。そうそう。そう。準備がいいね、さすがだよ。ああ。そう。いや、明日の朝八時にはそっちに着いているようにする。八時に作業開始だ。そう、夜間の泊り込みはやめよう。万が一のこともある。いや。いやいや、無茶だよ。無茶はよそうじゃないか。そう、警備だけ残して空にする。ああ。ああ。納得してくれたかね。そうか。それは確かにそうだが。細かいことは明日説明するから、今夜は言う通りにしてくれないか。ああ。ああ。そうだな。明日相談しよう。いいね。頼んだよ。

　ミンゴヴィッツは受話器を戻さずフックを押して切る。アヴァルが何か言い掛けると、ケーセグだ、と遮る。「トルナイがいる筈だ」

　電話はしばらく繋がらない。向こうが出ると名乗るが、暫くは無言だ。受話器から興奮気味のトルナイの甲高い声が漏れてくる。ミンゴヴィッツは小さくかぶりを振る。

「まあ、落ち着け」

落ち着けるか、という声が一際高く聞こえるが、その後は声を落としたらしい。ミンゴヴィッツは相槌《あいづち》も打たない。それから、そういうことだ、と答える。全く同感だよ。ああ、ショプロンケヴェジュドにもそう指示した。他にはどうしようもない。そうだな。積み出しを急ごう。ああ。手配は済んでいる。トゥッテヌイがやってくれる。そうだな。頼むよ。

電話を切ると、トルナイも同意見だ、とアヴァルに言う。「敗残兵が略奪に掛かれば防衛は不可能だ、警備は強化するが、いざという時には放棄するしかない、とさ。我々の世代はみんな知っているよ。しかも最近のドイツ兵となれば荒れようは比ではない」

「坑道に運び込んで爆破、ですか」

「国内に留めて略奪を免れる唯一の手段だ」

「委員長は否定的でしたが」

「やってしまえばどうしようもない。責任は私が取る。勝手にやったとでも何とでも言えばいい。実際これは」電話を指差す。「勝手にやった訳だよ。君には止める暇もなかった」

ミンゴヴィッツは立って、コート掛けの外套《がいとう》を取る。片袖を通したところで、アヴァルが、帰るんですか、と訊く。

「明日は六時には出ないとな。ショプロンケヴェジュドで八時に仕事を始めようと思えば」

「誰かが電話して来たら」

「頼めるかね」とミンゴヴィッツはバログに言う。

「問い合わせにはどう答えますか」

「全て把握している、問題はない、と」ミンゴヴィッツは笑う。「結局のところ、そう言うしかない。じきに押し返す、は言い過ぎだがな。事態が急変したり別途指示が必要だったりするなら、私のところに電話してほしい。夜中でも構わん。さあ、君も帰るんだ、アヴァル君」

　二人は事務所を出て行き、バログは長椅子で寝る支度を始める。別に泊り込みを命じられなくても、最近は事務所で眠る。大部屋よりはましだ。

だが結局のところ、誰も電話は掛けて来ない。底の抜けた長椅子で、バログは翌朝までぐっすり眠る。

　ショプロンケヴェジュドからのトラックは二、三台が列をなして到着する。決っている訳ではないが、一日に三便。午前に一便、午後に一便、夕方暗くなる頃にもう一便。積荷を下ろしてとんぼ返りする。ケーセグからのトラックも同様だ。ザヤーツとバログが積み下ろしを監督する。箱に金と記されているものをザヤーツは浴場に、それ以外は側線の奥から引いて来た貨車に運ばせる。ケーセグから来た美術品の扱いについてはジュールの国立美術館の職員を交えて長々と話をする。

「版画があるんです。坑道なんて無理です」

ザヤーツは納得しないが、兎も角執拗《しつよう》に拘《こだわ》っている、ということは理解する。百点以上の美術品は貨車に積み込まれる。


トゥッテヌイは最初の日の午後の便で到着する。北部のどこかの炭鉱の技術者で、引き抜かれてブレンベルクの坑道調査をやった後は、妻子を残してショプロンケヴェジュドにいた。バログは憲兵隊の曹長に話を付けて、ミンゴヴィッツの電話での指示通り、閉じたままの木箱を一つ、そのまま坑道に運び込ませる。いや、何、お偉い方の私物さ、とバログはちらりと嫌らしく笑って見せる――開けるなよ。それから煙草を半カートン、目の前で包みを破いて渡す。まるまる渡すのはわざとらしい。曹長はそれを一番信用できる何人かと分ける。トゥッテヌイは呆《あき》れ顔で見ている。

「おれにはよくわからないんですが、何かやばいことになってるんですか」

役所の内輪《うちわ》揉《も》めだ、とバログは答える。「よくあることだよ」


それから事務所で打ち合わせをする。中の状況を確認する、という名目で坑道に入り、目立たないように下見をする。バログも一緒に入る。

「できるかね」

「一人でもできますよ。準備して来ましたから、箱を開けて仕掛けるだけです。いつやりましょう」

早過ぎず遅過ぎずのタイミングを見計らうのは結構難しい。浴場からの運び込みが続いている、もう少し待とう、とバログは言う。出入りが多いうちは見付かる可能性が高い。兎も角ザヤーツは誤魔化す必要がある。

「ところで、今朝親衛隊《SS》の将校が来て、葉巻五百箱とパーリンカを五百本持って行きました。ミンゴヴィッツさんは嫌な顔をしていましたが、委員長の指示ですから。何なんです、あれは」

賄賂《わいろ》だな、とバログは考える。何の賄賂かは全く見当が付かないが。

浴場の前に戻るとトラックが出るところだ。憲兵隊のグリルが乗り込みを指示する。傍に行って、気を付けて帰れよ、と声を掛けると、大丈夫ですよ、と言って手提鞄《かばん》を開けて見せてくれる。中には銀時計が二、三十個入っている。

「ショプロンケヴェジュドが持たせてくれました。何かあったらこれで買収しろと。確かに効きます。ドイツ兵にも効くといいんですがね」グリルは笑う。「無敵ですよ」

トラック隊を見送ってから、バログは宿屋に行く。キシュに知れたら大佐殿に筒抜けだ、とミンゴヴィッツが言うからだ。事務所には滅多に来ないが、一応の用心だ。電話を借りてショプロンケヴェジュドに泊り込みのミンゴヴィッツにお伺いを立てる。今日明日で見切りを付ける、その後だ、という返答がある。「ジュールが陥落した。そろそろ限界だ」

ナプコリのタイプにはむらがない。全ての文字が均一な濃さと太さで紙に刻印される。

不慣れなタイピストは力尽くでキーを叩いて濃い印字を目指すが、バーは遅れて絡み、疲れると文字は薄れる。手指の力が均一でなければ、濃さも太さもまちまちになる。濃すぎる文字は保管にも向かない。テープの油性のインクは時間が経つにつれて紙に浸透し、滲み、判読が困難になる。だから文字は余計なインクを含むほど濃くてはならない。

彼女のタッチは軽く、鋭い。リズムは狂うことがない。指はキーに触れるだけのように見える。仕上がりを確認し、ストッパーを上げて紙を抜く。紙の間から擦れないようカーボン紙を取り、既に打った分と揃え、眼鏡を外してから傍に立ったままのトルディに渡す。

「何名だね」

「二百十三名です。ここに通し番号が」と言って、トルディの持っている書類の端を指差す。

トルディ委員長は頷く。今日も制服だ。ぐっと来るねえ、とナプコリは眉《まゆ》ひとつ動かさずに考える。見るからに厄介な男だけど。これ何なのかね。何十年も女やってるけど未《いま》だにわからんわ。

だが彼女には、終ったら宿に戻って母親の愚痴を聴きながら家主の出してくれる夕食を食べるという職務がある。あんなしょぼくれた事務員といつまでもつるんで、奥さんが死んでも結婚さえしてくれないのに——うるさいよ、とは彼女は言わない。仕事仲間ってだけ、と答える。もう少しましな男と寝なさいよ、と母親は言い募る。あんた娘を幾つだと思ってんの。もう五十だよ。寝る男がいたら御の字って歳なんだから、ぐちゃぐちゃ言うのやめてくれる？

　まるで息子さんみたい、と家主は言い、母親は、全くねえ、なんでこんな風になっちゃったのか、と答える。上等だ。あたしは腕一本で稼いでる、とナプコリは思う。腕一本で役所に食い込んで、生き残って、お袋を養って、ここまで辿り着いた。でなけりゃ今頃ブダペシュトで親子して抱き合って、露助《ろすけ》怖さに震えてた。瓦礫《がれき》に潰されて死んでなければだけど。威張れよ、お袋、こんな出来のいい娘が他にいるか。

　トルディは名簿を重ねたまま畳んで、内ポケットに収めて出て行く。ナプコリはタイプにカバーを掛け、灯を消し、コートの前を留めながら事務所を出ようとして、ドアを細く開けたところで手を止める。自動車とオートバイが二台、事務所の前に止っている。トルディは立ち話をしている。私服の、小柄な若い男と一緒だ。ききっ、と小動物が鳴くような笑い声を立てる。革ずくめのＳＳがどこからか駆け戻って来て車のドアを開け、トルディが乗り込む。若い男が煙草を投げ捨て、トルディの脇に乗り込みながら何か言うと、ドアを開けたＳＳが敬礼をする。子供みたいな顔なのに偉い奴らしい。ナプコリはサイドカー付きのオートバイを前後に従えた車が走り去るまで戸口から動かない。

「まあ、だからＳＳ絡み」とナプコリは話をする。「なんかやばい感じ。危ないお友達同士っていうかさ。委員長も来る前に電話寄越して、誰もいないか、って確かめたし。

次長もミンゴヴィッツも知らないんじゃない？」

外は快晴で、事務所の中は明るい。バログは長椅子に浅く腰掛け、背中を丸めて煙草を吸っている。膝が妙な具合に胸の辺りまで来ている。長椅子の底が抜けているからだ。何故わざわざそんなところに坐るのかわからない。昔から漫画の蜘蛛《くも》みたいだったが、猫背は非道《ひど》くなった。しょぼくれてる？　確かにね。前よりしょぼくれたかも。

「あんたの名前もあたしの名前もあった。こことショプロンケヴェジュドとケーセグの職員全部。財務警察と憲兵と陸軍の兵隊さんも。家族も全員。名前と役職だけじゃなくて、生年月日と出生地まで」

バログは立って、電話を掛ける。どこ、と訊くと、浴場、と答える。相手が出ると、ちょっと驚いた様子をする。

「おはようございます。そちらにおられるとは思いませんでした。いえ、委員長に伺いたいことがありまして。ああ、不在ですか。どちらに。ああ、なるほど。いえ、大したことではありません。戻ってからで大丈夫です、はい」受話器を戻す。「何かごたごたしているらしい。キシュが出た」

「へえ。で、委員長は」

「ウィーンだ」

「ウィーン？」

「そう、ウィーンに行った」

「何しに」

バログは答えない。いますか、と言ってトゥッテヌイが扉を開けて顔を覗《のぞ》かせる。入って来ようとはしない。

「ちょっと来て貰えます？」

バログはコートを羽織り、一緒に外に出る。線路に沿って歩いて行く。浴場の前のトロッコから憲兵が箱を下ろしている。

「坑道から運び出してます」

それ以上近付こうとはしないトゥッテヌイを残して、バログは荷下ろしの指揮を執っている曹長のところに歩いて行く。

「何をやってる」

「坑道に入れたものを出すように言われまして」それから声を落として続ける。「やばい箱はもう貨車に積みました」

「ありがとう。キシュ審議官がいる筈だが」

曹長は中を示す。バログが入って行くと、キシュは外套を着たまま満足そうな顔で、何故か時々頷きながら、作業を眺めている。指図をしながら箱を積み分けさせているのはザヤーツだ。税関吏たちも手伝っている。エルチェはバログを見るとちらりと、お手上げです、と言わんばかりの顔をするが、手は休めない。

撤収だよ、とキシュは上機嫌に言う。「ショプロンケグヴェジュドとケーセグにも指示を出した。じきに戻って来るだろう。さらば祖国」

「撤収ですか」

「そう、ロシア軍が来るからな」

「何も聞いていませんが」

「委員長が戻ったら話すだろう」

「ウィーンですよね」

キシュは少し困った顔をする。「内密にしてくれよ。夜には戻る。きみはそれまで事務所で待機していてくれ」

「何かあったらここの二階の事務所に電話しますか」

「ああ、午前中は。午後には家に戻っている。荷造りしないとな」

バログは失礼しますと言って引き下がる。外に出ると、炭鉱の機関車に遭遇する。重量に喘ぐようにゆっくりと側線の奥にあった貨車を五輌引いている。貨車の脇にいた財務警官がバログに気付いてやって来る。

「満載のものから順に動かしています。編成はどうしましょう」

「食堂車が先頭、寝台車、二等車、簡易寝台車、貨車の順だろうな。変更があったら後で伝えるよ」

ケーセグからはトルナイとゾルナイが、昼前に、どこで調達したのかわからない乗用車で到着する。運転手はそのまま引き返して行く。何、金の力さ、とゾルナイは言う。トルナイは、次長たちはまだ着かないのかね、とバログに訊く。

「トラックはさっき着きました」

昨日ケーセグを出たトラックだ、と長椅子に腰を下ろしたゾルナイが言う。「ケーセグは空だ。全部ショプロンケヴェジュドにやった。いい仕事だろう？」

「最後の荷を積んでいましたが、職員は乗っていません」

「気の毒にねえ」トルナイは愉快そうだ。「それじゃあ、歩くしかない」

「三十キロはある」とゾルナイは指摘する。

「まさか」

「地図で測ったことがある。三十キロだ」

実際、一行は徒歩で到着する。もう日は傾いている。最初に泥だらけの靴で事務所に入ってきたのはミンゴヴィッツで、手に下げていた書類鞄を机の脇に音を立てて放り出し、外套を脱ぎながら、いやはや、結構な遠足だったよ、と言う。「三十キロくらいは背嚢背負っていても屁《へ》でもないと思っていたがな」

若造みたいな叛乱《はんらん》を企てるからだよ、と、ずっと長椅子で待っていたゾルナイは言う。

「いい加減落ち着けばいいのに」

「昔はよくやった」と傍にいるトルナイは付け加える。

「ああ、昔はね」

後から入ってきたアヴァルは不快そうに眉を顰《ひそ》めるが、反論はしない。惨憺《さんたん》たる有様だ。転んだらしく、ズボンの左膝から下に乾いた泥がこびりついている。

「何が起ったか説明してくれないか」とアヴァルは擦れた声で言う。

バログは報告する。朝になって急に動きがあり、浴場組が坑道の没取品を運び出していること、一部は列車への積み込みを進めているが、残りは浴場に別にして置かれていること。どういう区分が行われているのかの情報は、一日、収集に努めたがまだないこと。キシュ審議官は撤収だと言っていること。委員長はウィーンにいるが、夜には戻る予定であること。前夜、ナプコリがブレンベルク、ケーセグ、ショプロンケヴェジュドにいる職員および財務警察、憲兵隊、砲兵隊とその家族全員の、出生地と生年月日入り名簿を作成させられ、委員長はそれを持ってSSの車でウィーンに行ったのではないかと推測されること。

「ウィーンに？」とアヴァルは訊く。

「ウィーンです」

「一体何故」

「やられたな」とミンゴヴィッツが口を挟む。「没取品を持ってオーストリアに行けと言われるぞ」

アヴァルは黙り込む。ミンゴヴィッツは立って、再び外套を着込み始める。帰るよ、と言う。

「しかし委員長が」

「何時になるかわからんぞ。夜中かもしれん。それより君も、家に帰って着替えてきたらどうかね」鞄を持ち上げる。「私は靴擦れをどうにかしたいね。腹も減った」

「謀議はしないのか」とトルナイは面白そうに言う。

「手遅れだ。あんたらも帰れ。面白いことなんか何も起らないぞ」

　委員長が事務所に現れるのは夜の八時過ぎだ。残っていたバログとナプコリには目もくれず、他には誰もいない事務所を見回しながら、ケーセグとショプロンケヴェジュドの職員は着いたか、と訊く。

「四時頃、全員到着しました。自宅で待機しています」

「招集しろ」

　バログは繋がる者には電話を掛けて呼び出す。彼らが他の者に伝え、三十分もしないうちに二十七人全員が揃う。文書執達吏、事務員、局付きの運転手二名もいる。リストに名前がある、とナプコリが言うからだ。ミンゴヴィッツは最後に入って来て、一番後ろに滑り込む。揃いました、とアヴァルは言う。

　トルディは妙に厳かな顔で、立ったままの職員たちを見回し、口を開く。

「ジュールが陥落して状況が変わった。前線はすぐにここまで来る。没取品を国外に退避させることに決めた」

「国有財産を国外に運び出すというのはいかがなものでしょう」とアヴァルが口を挟む。

「廃坑の坑道に埋める、ということで同意していただいた筈ですが」

「同意はしていない。名案だが政府の同意は得られない、と言った筈だ」

「確かにそうおっしゃいましたが、説得していただけるものと思っていました」

「残念ながらこれは決定事項だ。国が共産主義者の手に落ちても国有財産は渡す訳にはいかん。守れるものだけでも守らなければならない。話を続けて構わないかね」

　アヴァルは黙り込む。

「我々は二手に分かれてオーストリアに入る。トラックと、列車だ。トラック隊の指揮は私が執り、列車に先行する。私の個人的なスタッフに加えて警備の人員を同行する都合上、職員の同行は最小限になるが」トルディは机の上の紙挟みに挟まれた書類を捲《めく》る。キシュ君、と声を掛ける。「君は確か、運転ができると言っていたな」

「勿論です」とキシュは答える。「運転歴は長いですよ。自家用車も持っていました」

　トルディは頷く。「では、君と家族には一緒に来て貰おう」

　ミンゴヴィッツは口だけを小さく、e、a、u、o、と動かす──この裏切り者《テ・アールロー》が。アヴァルは憮然《ぶぜん》とキシュを見遣る。トルナイとゾルナイは不満そうだ──一緒に行くつもりでいたらしい。何故キシュ、とトルナイは囁《ささや》き、ゾルナイは、売り込んだんだよ、と答える。他の者は、とトルディは続ける。

「列車に乗って貰う。責任者はアヴァル君だ。警備の人員は後で決めて知らせよう。トラックと列車はザルツブルクの南、ハラインで合流する。目的地はアルプス要塞《ようさい》だ」

誰も何も言わない。ミンゴヴィッツだけが呻《うめ》くように、アルプス要塞、と繰り返す。

「お言葉ですが、聞いたことがありません」

「それはそうだろう。極秘事項だ。ドイツ軍はベルヒテスガルテンへと集結中だ。既に一帯は要塞化されている。そこが反撃の拠点となる。我々は一時、友軍の保護下に入り、然《しか》る後に祖国に帰還することになる」

ミンゴヴィッツは石にでもなったような無表情に閉じ籠る。

「オーストリアではドイツ国防軍が我々と没取品の安全の責任を負う。参謀本部からその旨を保証する書面も受け取った」机越しにアヴァルにファイルを渡す。「必要な書類は全てここにある。以上だ。出発の準備を始めたまえ」

トルディが立って事務所を出て行くまで、誰もが黙り込んでいる。それから一斉に喋り出す。冗談じゃないぞ、と誰かが大声を出す。キシュがアヴァルに言う。

「背に腹は替えられない。五十輛もある列車でのろのろ線路を進んでいたら急降下爆撃機にやられる」

「我々はやられてもいいと言うんですか」

「まだそうと決った訳じゃない」

「だから言っただろう、叛乱なんて企てるものじゃないって」とトルナイは言う。「何しろ憲兵さんだ。ばれるに決ってる。私まで巻き添えを食った」

「知っていて黙っていたなら十分共犯だ」とミンゴヴィッツは答える。

ナプコリとバログだけが黙り込んでいる。アルプス要塞、とミンゴヴィッツが忌々しそうに呟《つぶや》くのが聞こえる。

「何て馬鹿話だ」

まだ番地まで覚えている。オーラ小路三番。小綺麗《こぎれい》なヴィラの立ち並ぶ、下級官吏には不似合いな界隈《かいわい》だったが、家主の未亡人は二階を借りて住む人を探していた。瀟洒《しょうしゃ》な庭もあり、子供が生まれるなら遊ばせてもいい、と言ってくれた。

日当たりのいいサンルームで、未亡人はバログとカタリンをもてなしてくれた。上品で控えめな服装、趣味のいい調度。趣味のいい茶器。まるで戦争前の世界に迷い込んだようだった。

カタリンが、子供は騒々しいかもしれません、と言うと、何人、と訊き返した。カタリンは困惑したが、まだお若いし、と未亡人は続けた。

「三人でも、五人でも構いませんよ。私はね、人の声が聞きたいの。子供の声も。ええ、子供なんてすぐ大人になって出て行ってしまうものですけどね、一時でいいから、また庭で子供たちが遊ぶ声が聞きたいんですよ」それから、いいかしら、と言ってカタリンのまだそれほど膨らんでいない腹部に手を当て、男の子ね、と言った。「男の子は大変よ。夕方には母親の方がへとへとになるくらい」

未亡人は彼らを二階に案内した。踊り場に真新しい扉が付けられていた。浴室と台所も新設されていた。部屋数は五つ。幾つかの部屋にはまだ家具があった。立派な、重々しい家具だ。

「古めかしくて、と思われたら言って下さいね、地下室に入れてしまうから」

「いいえ、とても素敵です」とカタリンは答えた。「母から貰った洋服箪笥《だんす》があるんです。とても合うと思います。使わせていただいても構いませんか」

未亡人は嬉《うれ》しそうに笑う。家具も家も、使わないとあっという間に古びてしまうから。日は傾いて、二階は暗くなり始めている。彼らは階下に降りる。契約の仲介をする弁護士を紹介される。老婦人は古い電話で弁護士に掛ける。翌日会う約束を取り付けてくれる。電話を替ったバログに、弁護士は言う。

大蔵省勤務ですか、それは立派だ、官吏というのは一番信頼できる賃借人ですからね。

＊　＊　＊

アヴァルはぼんやりと宙を見据えている。遠い大砲の音を聞いているようでもある。時折眼鏡の奥で、薄い色の睫毛《まつげ》が昆虫の羽のように震えるが、明るい色の目は一点に据えられたままだ。

夕食の後でお加減が悪くなってしまって、と年老いた女中は言った。ブレンベルクに来てから赤ん坊には慣れているというので雇った女だ。寝惚《ねぼ》け顔の双子を抱いている姿には絶対の安定感がある。片方は抱かれたまま寝入ってしまった。この間まではその状態から一人をさっと肩にずらし、もう一人に哺乳瓶を宛てがっていた。あの腕力はどうだ。妻がいつかあんな風になることを考えられるか。

三十五で初産で双子は幾ら何でも無理だった。どんどん面やつれしていく。最近は双子の方がミルクを欲しがらない。そろそろ乳離れらしい。言葉らしきものも話す。少し楽になるといいが。楽に。

寝室に入ると服を着たまま横になっていた妻が目を開き、大丈夫かい、と言うと、大丈夫、と答える――ちょっと目眩《めまい》がしたの。出発することになったよと告げると、困った顔をする。出来るだけのことはするから大丈夫、ロシア軍がすぐそこまで来ている。逃げないと。

ゼンタに帰りたい、と妻は言う。ゼンタ、と訊き返す。私ゼンタが好きだった、あなたから聞いていたより全然素敵なところだった、できれば子供たちはゼンタで育てたい。戦争が終ったらまたセルビア領だよ。アヴァルは屈み込んで妻の頬に接吻《せっぷん》する。もう寝よう、明日は大変だ。そうね、と妻は答えるが動こうとしない。一生帰れないだろうな、占領軍に担がれた身では。遠雷のような大砲の音。まだ鳴っている。

アヴァルはまた瞬きをする。バログは前に立ったまま返答を待っているが、聴いていたのか疑問に思い始めている。貨車の積荷の件ですが、と言ってみる。

アヴァルは我に返って、ミンゴヴィッツはどこだ、と訊く。

「電話がありました。夕方までは来ないそうです」先程申し上げました、と付け加えることは自重する。「状況が急変するようなら連絡をくれと言っていました」

「他の職員は」

「午前中は休みをくれるように、と言ってきた者が殆どです。荷物を纏《まと》める必要がありますから。財務警察官全員と税関の者二名が出て来ていますが、今は貨車の整理をしています」

アヴァルは溜息を吐く。仕方ない、と呟く。「事務所の撤収準備は午後だな」

「作業中の人員から二人ほど呼びますか」

「いや、午後でいいよ」それから、何だったっけ、と言う。

「浴場の憲兵たちが荷を貨車の脇に積み上げています」

「委員長からの指示はあったか」

「兎も角積め、ということのようです。空いた貨車に勝手に投げ込むのは止めさせました。大体、場所がありません」

「評価額が低いものから順に下ろして空けるしかないな。浴場の荷でも該当しそうなものは残せ」

わかりました、と言って、バログは事務所を出る。あれはもつのかね、と内心では思っている。神経が参って辞める奴は何人か見てきたが、これはもうそこに片足突っ込んだ状態だ。

大砲の音が聞こえる。まだ遠い。十キロかそこらはあるだろう。ただ、前進を始めたら、ここまでは一瞬だ。

浴場の前には貨車が数輌停まっている。積み込みの為に引き出して来た貨車だ。浴場の憲兵たちは木箱を外に運び出し、貨車の脇には財務警察官たちが屯している。税関吏の一人がバログに気付き、声を掛ける。

指示が出た、とバログは言う。「貨車にあるものは評価額の低いものから下ろす。浴場の箱は高いものから積む。識別と積み下ろしをしながら整理して、できるだけ場所を空けよう。この貨車は空か」バログは貨車を手で叩く。税関吏の一人が頷く。「浴場から出る箱を運ぶのに使おう。一杯になったら奥まで運び、空いた貨車に積み込む。向こうで下ろした物品を積み込んで戻って来る。どうだね」

「全部やるだけの時間がありますかね」とエルチェが言う。

バログは一瞬躊躇《ためら》うが、ジルツから来て手付かずのものは後に回そう、と答える。あれは、幾らかだが、ましな状態で積み込んだ。それに貨車一杯に積んだままの絨毯を順次積み出すことを考えると、バログでさえうんざりする。重い。長い。筒状に丸めると長いものはぐにゃぐにゃと曲がる。ジルツでの積み出しで懲りた。しかも、シートを掛けたので濡れることは免れたが、湿って重くなっている。

「やるしかない。今日中に終えたい」

「安価、というとどのくらいからですかね」

「陶磁器はよほどのもの以外は全部下ろす。マイセンやその他の高額品は箱に記載がある筈だ。蓄音機、ラジオ、電燈《でんとう》等も同様だ。その後は銀器だ。美術品の車輌には手を付けるな。あれは美術館のもので、我々には権限がない」

　税関吏は財務警察官たちを三班に分ける。一班は側線奥の貨車から指示された荷を下ろし、一班は残った荷を整理する。残る一班は浴場から来る木箱を選《え》り分けて積み込み、運ぶ。バログは構内用の機関車の運転手に愛想よく事情を話して、一日拘束することになるかもしれないが構わないか、と訊き、後でラム酒を一本やる、と約束する。側線奥からの貨車に同乗し、最初の積み下ろしに立ち会う。様子を見に浴場に潜り込み、出て来て積み込み班に、あと二、三百箱だ、と告げる。大丈夫、いけるでしょう、と税関吏は答える。再び箱の前に戻ると、子供たちが群がっている。

　おい、とバログは言う。子供たちが振り返る。例の浮浪児たちだ。屈み込んでいた赤毛が立ち上がる。

「ここは立ち入り禁止だ」

　赤毛は薄く笑う。怯えた様子も、言い訳する様子もない。生意気な口調で何か言い、浮浪児たちはげらげら笑う。呆気に取られてバログは聞き返す。何を言われたのかわからなかったのだ。赤毛は、どうしようもないおっさんだな、とでも言いたげにかぶりを振り、笑い転げる浮浪児たちを連れて歩き去る。

あの時も病院から電話が来た。冬の初めの薄暗く寒い日で、家の前の街路で足を滑らせ、カタリンは転倒した。病院に着くと、医者のところに連れて行かれた。流産の可能性が高い、と説明された。次の妊娠は期待するなとも言われた。空の病室で待たされた。何時間か経って窓が暗くなる頃、血の気のない顔をしたカタリンがストレッチャーに乗せられてきて、看護婦が二人掛りで寝台に移した。

翌週、彼女が帰って来てから、長いこと話し合って引っ越しは取りやめた。バログは家主の夫人に電話をした。事情を話すといたく同情してくれて、なるべく奥さんと一緒にいてあげなさいね、と言ってくれた。実際、カタリンは衰弱していて、暫くの間バログが不器用に家のことをすることになったが、それも年が明けるまでの話だった。年明けにはもう起きて、普通に家事をやり始めた。雪の中を買物にも出た。以前と何も変わりのない生活が戻って来た。性交を拒んだのもほんの暫くだ。普通に朗らかに笑うようにもなった。だがその笑いが、バログには気に掛かった。何か不自然な、無理に笑っているような笑いだったからだ。

バログは覚えている。冬の寒さが緩み始める頃。ちょうど今くらいの季節だ。家に帰ると中は冷え切っていて、灯りも火の気もなかった。居間の窓が開いているのに気が付いて、バログは入って窓を閉め、それからカタリンを探して寝室に行った。

扉を開けると、カーテンを開けたままの窓越しに向かいの家が見えた。映画館のスクリーンのように明るい。帰って来たばかりらしい夫が横切る。いい季節になると窓を開け髭剃《ひげそ》り道具を持ってきて、鏡を翳《かざ》し鼻歌を歌いながら髭を剃るという珍妙な習慣のある男だ。何か言っている。おそらくは奥の妻に向かって。口が開いている。笑っているらしい。五歳の男の子がいるのを、バログは知っている。

カタリンは闇の中で寝台に腰掛けている。ぼんやりと背中が見える。泣いている。初めて会った夜のように泣きじゃくっている。

バログは寝台を回ってカタリンの横に腰を下ろし、手を探り当てて握る。通りのむこうの家の窓が、目の前にある。男と、男の妻。子供がいたのは一瞬だ。いつの間にか大きくなって、兵隊に取られ、ウクライナのどこかで死んだと聞いた。だがカタリンとの時間はその瞬間に釘付《くぎづ》けにされたままだった。並んで腰掛け、手を握り、カタリンは泣き、彼はただ暗闇の中で目を見開いて、目の前には小さな子供が青年へと成長していく様が映し出され、二人は時間の凍り付いた暗闇の中に坐り続ける。

ヴァイスラーと二年ぶりに顔を合わせたのは省でのことだ。必要な書式を貰って戻るところで、正面階段を下りて来たヴァイスラーに出会した。バログは昇進のお祝いを言おうとしたが、ヴァイスラーは遮って、昨日電話したんだが、と言った。

幾らか気詰りだった。ヴァイスラーが出世の階段を上り始めた今や、どう話したものか悩むところだ。が、結局、以前の調子で話すしかなかった。「カタリンの具合が良くないんだよ」

　ヴァイスラーは顔を曇らせ、バログを階段の脇に連れて行った。本気で心配していた。落ち込んでるんだ、と説明した。立ち直れない、というか。だがまあ、精神的なものだから。ヴァイスラーは頷いた。それから言った。

「どうにも知らせ難かったんだが、子供が生まれた。女の子だ」

「セゲドでか」

　ヴァイスラーは頷く。子供のように真剣だ。バログは自分でも気が付かずに微笑みを浮かべる。作り笑いではない、本当の笑みだ。「そりゃ良かった。可愛いか」

「ぶすだ。将来が心配だ」ヴァイスラーは短く笑う。「日曜に、久しぶりに四人で食事をしないか、と言おうと思ってたんだが、難しいか」

仔狐《こぎつね》のような足取りで通りかかったミンゴヴィッツが、笑い声に驚いたようにヴァイスラーを見遣る。興味津々らしい。が、脚は止めない。あいつ誰だっけ、とヴァイスラーは訊く。

「ミンゴヴィッツ。入ったばかりだが、女房と子供がいる」

「無茶なことするな」

「日曜のことはカタリンに言ってみるよ。喜ぶと思う」

今や、ミンゴヴィッツの足取りは仔狐とはほど遠い。上役たちを悩ませた小利口も軽《けい》佻《ちょう》浮薄も落着きのない好奇心も、顎が弛《たる》み胴が分厚さを増すうちに消え失せた。全ては経験済みでしかも糞だったと言わんばかりの顔で、家具と電話しか残っていない事務所の長椅子にだらしなく腰掛けている。書類の積み込みは終った。バログは電話の前に腰を下ろし、机の上に置いた懐中時計の秒針が動くのを見ている。ショプロンの駅に十五分毎に電話を掛け続けている。機関車の手配がどうなっているのかを確認する為だが、何度掛けても誰も出ない。一度誰か出たが、今答えられる奴がいないんだ掛け直せ、と言われて切られた。

　電話が鳴る。バログが出ると、フロップです、と名乗る声がする。財務警察官だ。

　委員長が出発しました。

「どこから掛けている？」

浴場の上の事務室です。浴場の方で動きがあったので見に来たのですが。

委員長が出発したようです、とバログが報告すると、ミンゴヴィッツが立ち上がって机の前に来る。バログは受話器を渡す。ミンゴヴィッツは暫く聞いているが、わかった、今行く、と言って、切る。浴場の様子を見て来る、と告げてコート掛けの外套を取って事務所を出る。

　戸外は外套の前を開けて歩けるくらい暖かい。ミンゴヴィッツは浴場まで歩く。月が明るい。浴場の入口で待っていた財務警察官はミンゴヴィッツの顔を見ると何か言い掛けるが、制止される。次長が来る、と言う。

暫く待っていると、アヴァルが操車場を走るように横切ってやって来る。

「出発したって？」と困惑したように言う。

財務警察官が答える──浴場の前にトラックを持って来て何かやっているのは見えていた。その作業が一段落ついたらしいところで、軍用乗用車が出入りを始め、暫く見ていたらエンジンを掛けて、そのまま出発したので、電話を掛けた。

まるで夜逃げだ、とアヴァルは言う。

「中に憲兵が待っています」

「何人だ」

「二十名ほどです。トラックに乗ったのは十五名ですから。列車の警備をするように命じられたと言っています」

「ご苦労だった。君は戻れ」

ミンゴヴィッツとアヴァルは浴場に入る。小さいホールには大小様々の電燈や蓄音機やラジオが雑然と押し込まれている。シャワー室を抜け、奥の大浴場に入る。

大浴場は完全に空だ。背よりも高い場所にある窓から月明かりが入って水のない浴槽を照らしている。憲兵たちはてんでに床に坐り込んでいる。仰向《あおむ》けになっている者もいる。冷たくはないらしい。一人が立ち上がってやって来る。曹長だ。

「大佐は出発しました。大尉は宿舎です。指示をお願いします」

アヴァルは浴場の天井を見上げている。浴槽に目をやる。奥の暗がりをじっと見詰める。何も言わない。ミンゴヴィッツが曹長に、まだ一働き頼めるかね、と言う。

「何、大したことじゃない。外にある物品を運び込んで貰う。殆どが陶器だ。それほど重くはない。幾らか慎重な扱いが必要なだけだ」

曹長は休んでいた憲兵たちを呼び集める。ミンゴヴィッツはアヴァルに、君は帰って休め、と言う。

「監督が必要でしょう」

「私がやるさ。列車に乗れば、どうせ眠るくらいしかすることはない」

ミンゴヴィッツは五時頃事務所に戻って来る。バログは長椅子で仮眠している。目を開けて、身を起こす。

「ショプロンはどうなっている」

「やっと連絡が付きました。兎も角確保はされています。ただ、編成中だ、という返答でした。客車を何輛か引っ張ってくるようです」

「何時だ」

「まだはっきりしません。出発したら連絡を寄越すそうです」

ミンゴヴィッツは鼻を鳴らす。そんなものだろう。

「次長は」とバログは訊く。

「家に帰した。かなり参っているからな。少し休んだ方がいい。君はここで寝るのか」

「そのつもりでしたが」

確か、とミンゴヴィッツは言い淀《よど》み、続ける。「君は上に泊っていた筈だな。寝台があるだろう、借りていいか」

「構いませんが」大部屋で寝る気らしい。

「どれだ」

「一番東側の壁から二番目です」

電話があったら起こせ、と言って、ミンゴヴィッツは出て行く。バログはロッカーから毛布と枕を出して、改めてソファに寝床を作る。砲声はまだ聞こえている。あれが止んだら、ロシア軍は半日でここまで来る。

ミンゴヴィッツは八時頃、身支度を整えて降りて来る。手に琺瑯《ほうろう》の碗《わん》のようなものと匙《さじ》を持っている。バログは下の湯沸かし室で代用コーヒーを入れ、昨日居酒屋で頼んで持ち帰ったパンの切れ端とサラミを食べているところだ。おはようございます、と言うと、ミンゴヴィッツはおはようと答えて自分の席に腰を下ろし、碗に入った粥《かゆ》のようなものを食べ始める。

いきなり電話が鳴る。ミンゴヴィッツが匙をくわえたまま目で指図するので、バログが取る。矢《や》鱈《たら》興奮して一方的に喋り散らす声の主を特定するのは難しい。他に誰かいないのか誰か、という金切り声で漸《ようや》くわかる。

「キシュ審議官です」

ミンゴヴィッツは碗と匙を取って立ち上がり、電話のある机に置くと、立ったまま一口食べて、受話器を取る。ミンゴヴィッツだ、と名乗ると、まだいたか、と受話器の向こうは言う。

「いるに決っている」とミンゴヴィッツは冷淡に答える。「列車を動かさなければならないんでね」

皮肉になどお構いなしに、キシュは、大丈夫だ、まだ出発していない、と誰かに言う。相手の反応まではわからない。ミンゴヴィッツの顔を、ちらりと軽薄極まりない悪意が過《よぎ》る。椅子に腰を下ろす。今どこだ、と訊く。

オーストリアだ、オーストリアに入ったことは間違いないんだが——そっちの出発はいつになりそうだ。

「さあ」とミンゴヴィッツは答える。「何しろまだ機関車も来ていない。来るのは確からしいがな」碗から粥を掬《すく》ってまた口に運ぶ。

愚図愚図している場合か、とキシュは言う。いいか、街道は難民で一杯だ。夜通し歩いてる。ロシア軍に押し出されているんだ。逃げ損ねても知らんぞ。

「望んで愚図愚図している訳ではない。それは君もよく知っている筈だ。ところで委員長は一緒かね」

電話の向こうは沈黙する。それから低い声で、ここにはいない、と言う。なるほど、とミンゴヴィッツは答える。「放り出されたか」

違う。機銃掃射された。家族と脇の木立に逃げ込んだんだが、出て来たらトラックも自動車もいなくなっていた。

「放り出されたんだな、気の毒に」

嫌味は後にしてくれ。アグファルヴァの駅は通るな？

「通るだろうな。出発できればだが」

だったらそこで拾ってくれないか。

ミンゴヴィッツは受話器の向こうにも聞こえるように溜息を吐き、残念だが、と言う。

「その暇はないと思うね」

キシュは言い募る——私が悪かった、だからお願いだ、助けてほしい、何とかアグファルヴァの駅まで戻る、道は難民だらけだが、昼過ぎには着くようにする、そこで拾ってくれればいいんだよ、ほんの十分じゃないか。

ミンゴヴィッツは美味《おい》しくて仕方がないと言わんばかりに匙を口に運ぶ。「お断りだ。別な列車を見付けて乗せて貰うんだな」

キシュは悲痛な声で訴える——本当にもうどうしようもないんだ、持ち物は全部持って行かれた、着の身着のままだ、飲むものも食べるものもない、妻と子供も一緒だ、下の子は五歳なんだよ、知ってるだろう、頼むよ。

ミンゴヴィッツは暫く口を噤《つぐ》んでいる。匙を持った手は止っている。別に何か考えている訳ではない。十分に間を置いてから、わかった、アグファルヴァだな、と言う。キシュは感謝の言葉を連ねる。ミンゴヴィッツは無愛想に、兎も角急げ、と言って切る。

　キシュ審議官は一体どうしたんです、とバログが訊いても、ミンゴヴィッツは答えない。粥を一口食べる。それからふいに薄く笑って、釘を刺す。

「キシュが電話してきたことは誰にも言うな」

　ミンゴヴィッツは電話の前で粥を食べ続ける。バログは窓の外を覗く。薄《うっす》らと明るくなった外を何かが動いている。側線の下——坑夫住宅の下——ショプロンから来る道を誰かが歩いている。何人かで連れ立って、一人ずつばらばらに、分厚く着込んで荷物を抱えた人影が流れ込んでくる。砲声がいつの間にか止んでいることに、バログは気が付く。


　夜が明けると、職員が家族を連れ荷物を持ってやって来る。荷物は貨車に積み込み、出発まで屋根裏の大部屋で待機する。事務所には他にも荷物を持った家族連れが現れる。炭鉱の幹部たちだ。彼らは下の階を占拠し、代表が二階まで談判にやって来る。

　我々も出発できるかどうかはわからない状態です、とアヴァルは答える。「機関車はまだ来ていません」

「来なかったらどうするつもりだ」

「ロシア軍を待つことになります」

炭鉱の代表者は溜息を吐く。

「兎も角機関車が到着するまで待って下さい。その後で判断します」

トルナイとゾルナイは並んで長椅子に腰掛けている。ミンゴヴィッツは椅子に坐ったまま目を瞑っているが、眠っているのかどうかはわからない。

バログは側線脇の倉庫の外にいる。列車に積む為の食料や必需品を取りに遣らせた財務警察が、問題が起った、と言いに来たからだ。行ってみると、倉庫の前に男たちが立ちふさがっている。家族が荷物を持って後ろにいるのも見える。

「要求は何だ」

「列車に乗せろ、と言っています」と一人は答える。「憲兵隊を呼んで排除させますか」

バログは線路の先を見遣る。避難民が群がっている。人数は膨れ上がり続け、操車場まで入り込もうとするのを憲兵と陸軍の兵士が押しとどめている。「私が話をするよ」

バログが歩み出ても、男たちは動かない。一際大柄な炭鉱夫が、腕組みをしたまま一番前にいる。殆ど巨人だ。野太い声で、これはもう俺たちのもんだ、と言う。

「ここにあるのは軍需省の物資だ。つまり政府のものだ。無理を言わずにそこをどいてくれないか」

男たちはこれ見よがしに笑う。政府だとさ、と誰かが言う。そんなもんどこにあるんだ。

バログは少し気を悪くする。「ハンガリー王国政府がここに備蓄して、我々に委託した物資だ」

「政府は逃げた。露助が新しい政府を連れて来るまで、そんなもんはどこにもない。取ったもん勝ちだ。その石炭もな」側線にある石炭運搬車を示す。「これがなけりゃあんたらはどこにも行けない。違うか。お巡《まわ》りどもに追い払わせようったって無駄だ」

バログは溜息を吐く。向こうにいる避難民に気付かれないように排除することは可能か——難しそうだ。騒ぎになれば一人か二人が必ず逃げて助けを求める。その後のことは考えたくもない。

大男の傍からリゴーが顔を出す。

「おれが話を付けてやるよ。こいつはダチだ」

大男が頷くと、リゴーはバログを倉庫の脇に連れて行く。財務警察官たちが胡散臭《うさんくさ》そうに見ている。

「お前が煽《あお》ったのか」とバログは言う。

「まあ、酔った勢いというやつだ。ロシア人が来たらどうなるか教えてやったら、どうすればいい、と言われたから、列車に乗せて貰えと答えた。どうせ撃つ度胸はないから数で押し切れば乗っ取るのも簡単だと思ったんだが、あの連中は行儀がいいな。とんだ見込み違いさ」

「何故あんたが口を出す」

リゴーは実に感じの悪い笑みを浮かべてみせる。「おれには、騒ぎになって列車が出発し損ねる方が都合がいい。時間を掛けて積荷を漁《あさ》れるからな。積んであるのがとんでもないお宝だってことは噂にはなってるが、それは本当だとおれが言ったら、間違いなくそういうことになる」

「脅すのはやめてくれ。ロシア人に横取りされていいのか」

「まあ、出たとこ勝負だ、そうなればな。だからおれにはどっちだっていいんだよ」

わかった、とバログは答える。「上に掛け合ってみよう」

リゴーは倉庫の脇から出ると、炭鉱夫たちに、偉い奴に話を付けて来るぞ、と大声で叫ぶ。「そこを動かずに待ってろ」

事務所の下の階は下にいた連中とその家族で溢れている。露骨に嫌そうな顔をする田舎の奥様方に、リゴーは愛想よく挨拶をする。バログはリゴーを連れて階段を上がる。中に入ると見掛けたことのない男がいる。炭鉱幹部の一人だ。梃子《てこ》でも動かないと言わんばかりの炭鉱幹部を無視して、バログはアヴァルに、倉庫は炭鉱夫たちに占拠されています、と報告する。

何だと、と幹部は言う。リゴーは禿頭に乗せた鳥打帽を脱いでぺこりと頭を下げる。絵に描いたようなプロレタリアートの真似だ。誰だかわからなかったので、炭鉱幹部は沈黙する。

「取り敢《あ》えず彼が説明します」

「旦那《だんな》さん方にご挨拶を。倉庫と石炭の方はおれらで押えさせて貰いました。貨車で構いませんから、露助から逃げ切れるところまで乗せて貰う訳にはいきませんかね」

　貴様脅迫するのか、と炭鉱幹部は大声を出す。リゴーは困り顔をする。

「旦那方も同じことを頼みに来てるんでしょうが。一緒に交渉してもいいですよ」

「警察を呼んで逮捕させるぞ」

　リゴーは笑う。「矢十字党は居酒屋で気勢をあげてる最中ですがね。あれは酒蔵まで破られます。巡査どもも一緒です」

　炭鉱幹部は口を噤む。全部で何人だ、とミンゴヴィッツが口を挟む。

「男三十人。あとは母《か》っかと餓鬼、全部で八十人ばかりです」

　人数を聞いて、ミンゴヴィッツは絶句する。が、アヴァルは、子供がいるのか、と訊く。

「二十人は子供で。坊もいるし、露助が来るとこに女っこなんか残しちゃおけません。前の時もひどかったいうて爺様から聞いてます」

　アヴァルは明らかに心を動かしている。リゴーはそれ以上何も言わない。だが不意に窓の外の音が沈黙を破る。汽笛だ。

　窓際のゾルナイが外を見る。機関車だ、と言う。部屋中の人間が窓際に殺到し、坑夫住宅の手前に現れた機関車を確認すると、戸口へと向かう。アヴァルが真っ先に廊下に出て階段を駆け下り、外に出る。ミンゴヴィッツがそれに続き、炭鉱幹部は駆け下りながらお前たちはそこにいなさいと妻に叫び、ゾルナイとトルナイ他の職員が後を追う。

機関車は側線に入るところだ。

三等客車が、機関車には連結されている。だがそれ以上に人目を引くのは大金持ちが列車に繋がせるような特別車輌だ。事務所から出た一同は操車場の中を歩いて行くが、目は、ポイントでゆっくりと方向を変えて側線に入る特別車輌に釘付けだ。操車場の脇に屯していた避難民たちも呆気に取られている。機関車がブレーキの音を響かせて止る。避難民は列車に駆け寄ろうと動き出し、何人かは操車場の警備に就いていた陸軍の兵士や憲兵ともみ合いになるが、三等客車から降りて来た男たちを見て凍り付く。ＳＳの制服だ。将校と、兵士三人。

だがその歳のいったＳＳ大尉は、威厳もへったくれもなく局の一行に向かって両手を振る。

彼らが辿り着くと、大尉はミンゴヴィッツに、アヴァル次長ですね、とドイツ語で言う。ミンゴヴィッツは無言でアヴァルを示す。

「遅くなりました、クレックナーと申します。軍需省の命令で機関車を持ってまいりました」

一同は困惑する。何故ＳＳが軍需省の命令で動いているのか。クレックナーはにこにこ笑いながら、いやあ、逃げ損ねていたら軍需省の職員に捕まって、用を頼まれてくれ、と言われたんですよ。まあ制服で、目立ちますから、と言ってポケットから金貨を二枚出して見せる。「これをくれました。彼は何とかいう偉そうな憲兵将校にこれで頼まれたと言っていました。何だったかな」

トルディ、とミンゴヴィッツは言う。

「そうそう、トルディ。どのみち国に帰るところなんで、私らにはちょうどいい」ポケットから手帳を出す。「はい、まず貨車三十七輛。石炭運搬車二輛、客車五輛」奥を見遣って、あれですね、と言う。「プラスこれ。ちょっと長いな、千メートル以上あるな、出せるかな。本当はプッシュプルがいいんですけどね。更に倉庫の物資積み込み。炭鉱職員の退避」

「炭鉱職員の退避、ですか」とアヴァルは訊く。

「名目ですが軍需省のチャーターなので。あなた方と貨車の積荷はついでに運ぶ、ということになっています」背後に炭鉱の鉄道員が待っているのに気が付く。「ご安心下さい。私らはこればっかりやって来たんです。倉庫の方には誰かお一方残してくれれば結構。皆さんは乗車してお待ち下さい。三時には出発できます」クレックナーの部下たちは揃って頷く。「行き先は、ハライン。大丈夫かなあ、入れるかなあ、まあ、ザルツブルクまでは行けるでしょう」手帳を閉じて仕舞う。「あと、あれに挨拶しておいた方がいいでしょう」と言って特別車輛を示す。「ちょっと面倒な人ですが。どうしても繋げと言い張って手間取りました」

「誰です」

「伯爵様」と言って、クレックナーは笑う。「マルコヴィッツ伯爵、と名乗っていますが、どんなものですかね」

　アヴァルは特別車輛《しゃりょう》の扉を叩《たた》く。誰だ、と誰何《すいか》される。

「ユダヤ資産管理委員会次長のアヴァルです。ご挨拶《あいさつ》に伺いました」

　扉を開けるのは陸軍の中尉の制服を着た男だ。車輛の床の上からアヴァルを見下ろしている。入れ、と命令されて、アヴァルは中に入る。中尉は車室の扉を叩き、次長のアヴァルです、と告げる。答は聞こえない。中尉が扉を開く。

　中に広がっているのは、四分の一ほどは、外観から想像される通りの贅沢《ぜいたく》な車室だ。絹を刺し子にした壁張り、木を象嵌《ぞうがん》にした羽目板、金メッキの燭台《しょくだい》を模した照明。緑のカーテンは閉ざされている。絹びろうどで張った据付の安楽椅子に腰掛けているのは、美しいドレスを着た美しい女性と、暖かそうな巻毛を垂らした小さな女の子だ。その脇に、女の子にそっくりの女顔の若い中佐が坐《すわ》っている。

　次長のアヴァルです、と名乗っても、マルコヴィッツは立たないし、坐れとも言わない。横柄に頷《うなず》くだけだ。

「貴様らのこの上の叛逆《はんぎゃく》は許さん、とトルディ大佐は言っておいでだ」

　不意に壁の燭台まがいの電燈《でんとう》が薄れて消える。おい何だ、とマルコヴィッツは誰に言うともなく怒鳴る。

「機関車を外したのです。暫《しばら》くはご辛抱を」

「そんなことはわかっている」とマルコヴィッツは言う。「生意気な奴だ。だが私が来たからには、もうお前らの好きなようにはさせん。特にお前のような、成り上がりの田舎者にはな――名前はなんと言った」

「アヴァルです。アヴァル・ラズロ」

「覚えるにも値しないな。何者でもない名だ。下がっていいぞ」

　華麗な客車の華麗な安楽椅子に腰を下ろしたマルコヴィッツとその妻子の背後には、薄汚れた布で覆いを掛けた家具類が満載されている。アヴァルは怒りより困惑を覚えている――こんな馬鹿者を寄越して、トルディは一体何のつもりなのか。

　乗客を満載した客車が引かれていく。石炭運搬車は既に機関車の後ろに繋《つな》がれた後だ。炭鉱幹部とその家族も乗った。バログは財務警察と一緒に倉庫の前に立っている。炭鉱夫たちとその家族は荷物を傍らに、春先の温まった地面に坐り込んでいる。リゴーとヨースカは例の巨漢の炭鉱夫と話をしている。

　クレックナーが一人でやって来る。ＳＳの制服を見て炭鉱夫たちは逃げ腰になるが、彼はバログの脇に立つと、手を叩いて炭鉱夫たちの注意を引く。

「私、クレックナー、の命令で」と片言のハンガリー語で言い掛け、それから、軍需省は何と言うんだ、とバログに訊《き》く。

「ドイツ語でどうぞ。訳します」

「私はクレックナー大尉だ。軍需省の命令で君らを救出に来た」

バログが訳すと、炭鉱夫たちは歓声を上げる。クレックナーは両手を開いて彼らを静める。

「だがその前にやって貰《もら》いたいことがある。倉庫の中の物資を列車に積み込む仕事だ。道中に必要なものを、既に軍需省は君らの後ろの倉庫に備蓄している。頼めるか」

バログは財務警察官に、貨車の空きを尋ねる。物資を積み込む分は空けてある。あと一輛くらいは何とかなるが、この人数では二輛は必要だ。

「詰め込めないようなら下ろしていい。許可は出ている。兎《と》も角空けろ」

「分別は時間が掛かりますが」

「可能な限りやれ。貴金属類は残せ。炭鉱の連中を使っていい。下ろしたものは倉庫に入れろ。出発は三時だ」

それから、動き始めた炭鉱夫の中にいたリゴーとヨースカを呼ぶ。

「十人くらいを貨車に空きを作る作業に割く。箱を何箱か下ろす。頼めるか」

リゴーは笑い、バログは背を向けて立ち去る。

貨車は本線へと順次押し込まれ、連結される。炭鉱夫たちと家族を乗せた二輛が最後だ。扉は開いたままで、中の男たちが警戒するように外を覗《のぞ》いている。前の貨車に当ると悲鳴と怒声が上がる。

側線の警備に当っていた兵士と憲兵たちは、今は列車の両脇に立っている。避難民たちは操車場を越えて線路脇の、坑夫住宅の前を走る道路に殺到する。その後を、居酒屋から溢《あふ》れ出した男たちが付いて来る。矢十字党の制服を着ている者もいる。何人かは泥酔して足許《あしもと》も危うい。避難民たちを乱暴にかき分ける。貨車から炭鉱夫たちが降りて口論を始めるが、銃を持っていた数人に脅されて貨車に戻る。

　最初に目を付けられたのは特別車輛だ。男たちは警備に立っていた憲兵を押し退《の》けて乱暴に扉を叩く。引き摺《ず》り戻そうとした憲兵は羽交い締めにされる。返答がないのに苛《いら》立《だ》つと飛び上がって平手で窓を叩き、銃の台尻《だいじり》で割る。順に割って行く。女の悲鳴が聞こえる。

　聞いたか、と一人が言う。「お姫様が乗ってるぞ」

　別な者たちが列車に沿って歩いて行くのは客車からも見える。後方の客車にいた職員が気付き、先頭車輛に走る。ミンゴヴィッツの車室を見付ける。

「外を見て下さい」

　特別車輛を狙った連中とは違って、彼らは客車には目もくれない。何人かはライフルや猟銃で武装している。機関車だな、とミンゴヴィッツは言う。さあ面倒だぞ、大して利口ではないとしても、こいつらは薄馬鹿じゃない。クレックナーと部下たちを呼びに遣《や》らせる。網棚の上にあった手提鞄《かばん》を下ろす。トラック警備の憲兵に持たせておいた鞄だ。中身を座席に空け、二十個を取って鞄に入れる。車内を先頭に向かって歩きながら、廊下に並ぶ車室を覗いてアヴァルを呼ぶ。クレックナーもやって来る。

「機関車を乗っ取るつもりだ」とドイツ語で説明する。

クレックナーは困った顔をする。「暴力沙汰《ざた》は避けたいんですが」

「いや、あんたらは立っていてくれればいい。私が交渉する」

その鞄の中身は、とアヴァルは顔を曇らせる。「国有財産でしょう」

「国有財産だが、内容は出庫時に記録してある。伝票を切って経費としておけばいい」

ミンゴヴィッツは扉を開けて外に出る。外にいた財務警察官が止めるが、機関車に用がある、と言うと、頷く。

「後ろの警備にも伝えろ、動き出したらすぐに飛び乗れ」

道路に溢れた避難民が罵《ば》声《せい》を浴びせる。クレックナーとアヴァルは動揺するが、ミンゴヴィッツは目もくれない。泥棒、と言われようが、売国奴、と言われようが平気なものだ。そこにいろ、動き出したら乗り込め、と言いながら警備の後ろを通って機関車まで行く。

酔漢たちは機関士と助士を引き摺り下ろそうとしている。クレックナーと部下たちを見て手を止めるが、それは一瞬だ。一際盛大に酔っ払った男が、ドイツ犬、と叫んで笑い崩れる。クレックナーの部下たちは銃を構えようとするが、上官に止められる。男は、ドイツ犬の犬、とアヴァルとミンゴヴィッツを適当に指差してもっと笑う。

「てめえらよ、お宝持って逃げるつもりなんだろうが、くっそ泥棒ども、露《ろ》助《すけ》どもが来るまで逃がさねえからな。突き出して銃殺にしてやらあ。ナチ犬どもはその前にそこらに吊《つ》るしてやる」

ミンゴヴィッツはかぶりを振る。「君らはこの列車が何を積んでいるか知っているか」

「誰だって知ってらあ。浴場の大浴槽一杯の金《きん》だ。俺たちのもんだからな、おっさんよ、てめえらのもんじゃねえ」と言って、酔漢はミンゴヴィッツの肩を突き、踏み止《とど》まれずにしなだれかかって来る。ミンゴヴィッツはそれを押しとどめて、立ち直らせる。それから、男の後ろにいる全員に向かって言う。

「君らのうち矢十字党の党籍がある者はいるか。つまり党員だ。どのくらいいる」

何人かは疎《まば》らに手を挙げる。制帽を被《かぶ》っていた者は持ち主に押し付けてかぶりを振る。目の前の酔漢も挙手する。

「ロシア人が真っ先に捕まえるのは君らだ。空の列車がここにあれば、中身はどこに行ったと尋問される。金だと思い込めば口を割るまで痛め付けられるぞ」

酔漢は一瞬、怯《おび》えた顔をする。ミンゴヴィッツはすかさず鞄を開けて見せる。

「これなら、持って逃げられる。誰も気が付かない。隠してもいい。簡単に隠せる」

何が入ってる、と後ろが叫ぶ。うるせえ、と酔漢は叫ぶ。うるせえじゃねえだろ酔っ払いが騙《だま》されるんじゃねえぞ。

酔漢は鞄を引ったくり、叫んだ男に向かって威嚇的に背を丸めて歩いて行く。鞄を持っていない手で顔面に平手で突きを食わせる。

「取るもんは取った」と言って、鞄を掲げる。「引き上げるぞ」

なんだよ畜生全部がめねえのかよ、と一人がぶつぶつ言う。るせえな馬鹿がこんなもんどこにどうやって隠すんだよ露助にぶっ殺されるぞ、と言いながら、酔漢は銀時計を一つ摑《つか》み出して渡す。受け取った男が、おおおおお、すげえなんだよこれ監督のよりだいぶ上等じゃねえか、と言うと、機関車を取り囲んでいた男たちが群がって来る。

ミンゴヴィッツは解放された機関士に合図をして機関車を動かさせる。がくん、と機関車は震え、車輪の傍から蒸気が噴き出す。

「では我々は失礼する。構わないかね」

取り囲まれた真ん中で、酔漢が、おおともああとも付かない声を上げる。機関車は動き出す。クレックナーが後方に部下をやって警備の人員を乗り込ませる。クレックナーとアヴァルも中から開いた扉に飛び込み、ミンゴヴィッツを引っ張り上げる。引っ張り込まれる瞬間、後方の車輌から数人が次々に飛び降りるのが見える。特別車輌の窓からだ。

ゆっくりと走り始めた列車の車室まで、ミンゴヴィッツは何とか戻る。中に入って扉を閉める。夫人が怯えた顔をしている。ミンゴヴィッツは座席に腰を下ろす。脚が震えている。

親父、大丈夫か、と車室を覗き込んだティボールが言う。

アヴァルはマルコヴィッツの副官チラギ中尉に特別車輛まで呼び出される。灯りもない車室の中は薄暗い。窓の外の木立が見える。電燈は破壊され窓掛は引きちぎられ窓は全て叩き割られて、機関車の排煙の臭気が混じった冷たい夕暮れの風が吹き込んでいる。あれだけ短時間にしては驚くべき破壊ぶりだ。女の子は啜《すす》り泣き、夫人はハンカチを口に当ててアヴァルを睨《にら》んでいる。

何という為体《ていたらく》だ、とマルコヴィッツは金切り声を上げる。「列車一つ満足に守れないのか君は」

「非道《ひど》い状態ですね」とアヴァルは答える。他に答が思い付かないのだ。「前の車輛に席を作りますので、そちらに移られてはいかがですか」

マルコヴィッツは怒りの余り言葉を失って両腕をしきりに振り回す。アヴァルは外を見遣る。日が傾いて、気温は急速に下がり始めている。列車は木造の鉄道橋を渡り切る。それから長い登りがある。そう、上がり切ってカーブを抜け、そこからはアグファルヴァまで緩やかに下りていく。

ふいに列車が加速し、それからブレーキの激しい音が聞こえる。列車全体が軋《きし》みを上げる。アヴァルはよろけて壁にぶつかり、マルコヴィッツはその足元に前のめりに倒れる。衝撃が続き、奥の家具の山が迫って来て止った後には、潰《つぶ》れた天井越しに、夕空と後ろに連結されていた貨車の上辺が見える。

アヴァルはチラギ中尉を押し退けて列車を降りる。粉砕された特別車輛の後ろまで歩いて行く。辺りはもう暗い。機関士と助士がカンテラを持って走って来る。連結部を照らす。あーあ外れちまってる、と言う。

「ピンが折れて外れたんです。急に軽くなったんで外れたなと思って止めたんですが、しくじったな」

「直せるか」とアヴァルは言う。妙に硬い声に機関士は驚く。

「何とかします。一時間下さい」

「わかった」

アヴァルはふらついた足取りで特別車輌の入口をよじ登る。無言でチラギを押しやって車室に入る。一時間で発車します、と告げる。マルコヴィッツが精一杯低い声で、貴様、これがどういうことだかわかっているんだろうな、と脅す。

「お静かに願いましょう」とアヴァルは言う。マルコヴィッツは暗がりの中で発せられた声音に怯えて黙り込む。「目的地まで列車を届けるのが私の義務です。邪魔をするなら降りて貰います」

「そんなことができると思うか」

「できます。ここで御家族と一緒に降りていただいても構わないのです」

アヴァルが背を向けて歩き出すと、後ろで聞いていたチラギは道を空ける。

一時間後、列車は再び動き出す。アグファルヴァから本線に入る。辺りは既に暗い。

時折、のろのろと走ったり止ったりしているトラックや乗用車のライトが道一杯の避難民を照らし出す。無表情な顔が見える。足を止めることなく歩き続けながら列車を見ている。

III　一九四五年四月一日—— 1. IV. 1945

ヴィナーノイシュタットの駅で破損した車輌を切り離す。家具を放棄することにマルコヴィッツは抵抗したが、アヴァルが見遣ると大人しく黙り込んだ。客車に行って貰おう、と何故か上機嫌にミンゴヴィッツが言うと、小さい子供がいますから、と反論したのもアヴァルだった。

「寝台車に席を作らせます」

真夜中の駅のプラットフォームに彼らは立っている。貨物の積み替えと破損品の廃棄は終り、貨車の連結器を修理して繋ぎ直す作業が続いている。終るまでに二、三時間掛かると言われた。アヴァルはバログに、寝台車に行って、あと三人入れるところを見付けて貰えないか、と言う。

今夜は奥様とは別々になると思います、よろしいですか、とバログが訊くと、マルコヴィッツは横柄に頷く。夫妻と女の子を、バログは暗いプラットフォームの先へと案内する。

　ミンゴヴィッツは食堂車に戻ろうとするが、アヴァルは強張《こわば》った姿勢で立ったまま動かない。朝までここにいるつもりかね、と身震いしながら訊くと、ハラインまで辿《たど》り着くのは考えていたほど簡単じゃない、とアヴァルは呟《つぶや》く。

「車掌に言っておけば到着を教えて貰える、というようなものじゃないな」

「その後のことは考えたくありません。出来れば降りたい。アルプス要塞《ようさい》なんて冗談じゃない」

　ミンゴヴィッツは笑いだす。刺々《とげとげ》しい笑いだ。暫く笑って、そんなものはないよ、と言う。「ある訳がない。口から出まかせだ」

「幾ら何でもそんなことは」

「賭《か》けてもいいが、トラックごと雲隠れだな」

「キシュ審議官が同行している筈《はず》ですが」

「あいつは放り出された。ブレンベルクの事務所に朝、電話して来て、拾ってくれと頼まれたが、君には言わなかった。誰にも言っていない」

　幾ら何でもそれはないだろう、という顔をアヴァルはするが、ミンゴヴィッツは笑っている。「アグファルヴァまで辿り着いていれば無理にでも乗って来ただろうが、いなかった。我々の責任じゃない。兎も角、今トラック隊にいるのは委員長の家族と忠義な取り巻きだけだ」

子守が入口で下ろすと、マリカはとことこ歩いて近付いて来る。ヴァイスラーが屈《かが》み込んで、さあおいで、と呼んだからだ。まだ地肌が見える頼りない髪に付けて貰ったリボンを揺らして、ヴァイスラーに目を向けたまま前のめりに歩く。速い。というより、倒れて行く頭に必死で合わせている。いよいよ転ぶというところで、ヴァイスラーが手を伸ばして抱き上げる。

「さあ、カタリンおばさんにご挨拶だ」

バログはカタリンの反応を案じる。実際、もう涙ぐんでいる。小さなマリカはヴァイスラーからマルギットに抱き渡され、マルギットが抱いたまま、カタリンの目のすぐ下にいる。

「ぶすでしょう」とマルギットは笑いながら言う。「将来が心配」

「そんなことないわ、とっても可愛い」

カタリンおばさんに抱っこして貰う？ と言ってマルギットはカタリンに子供を渡す。カタリンはぎこちなく受け取り、それからおどろくほどしっくりと抱える。子供はびっくりしたような顔をし、それから、あは、あは、と笑うような声を立てて手を動かす。マリカ、と言ってカタリンは顔を近付ける。マルギットが、あ、それは駄目、と言った瞬間、赤ん坊はカタリンの額に頭をぶつける。

カタリンは驚いて頭を上げるが、やがて笑い出す。子供も笑っている。

「気に入られたのよ」とマルギットは溜息《ためいき》を吐く。「好きだとやるの。あたしも何度もやられた」

バログはその光景を眺めている。マリカを抱いたカタリンは幸せそうだ。ヴァイスラーは肩を竦《すく》めて見せる。

ママ、とマルコヴィッツの小さな娘は言う。ママ、疲れちゃった、ママったら。非の打ち所がないほど美しい伯爵夫人は一歩踏み出すたびに顔を顰《しか》める。足を痛めたらしい。それでも踵《かかと》のある靴を諦《あきら》めない。顔色は絞ったカンテラの灯に光る毛皮と同じくらい白い。六時間以上窓を割られた特別車輌で過ごして凍えている。伯爵は自分の不機嫌に夢中で手を貸そうとさえしない。カンテラを下げたバログは子供に身を屈めて、おじさんが抱っこしようか、と訊く。彼女は両手を差し出し、バログの首に回す。抱き上げると、パジャマがないの、と囁《ささや》く。わんこが一杯いるパジャマなの。バログは相槌《あいづち》を打つ。大丈夫、荷物は移したからね、明日出して貰えるさ。夫人はその傍らを、一歩ずつゆっくりと顔を顰めて歩く。マルコヴィッツは何も言わない。

寝台車の廊下も灯りを落としている。子供を抱いたまま、最初の車室の扉を叩く。返事はない。隣室の扉から監査官ジェズノイの妻が現れる。活発そうで、まだ若い。

「車輌破損があって、三人入れるところを探しています。一人は子供です」

三歳、とマルコヴィッツの娘は小さな手指を三本広げて言う。ジェズノイ夫人は漸《ようや》く目が覚めたというような顔で、バログが抱えている子供と、背後の毛皮を纏《まと》った蒼白《あおじろ》い夫人を見遣る。お入りなさいなと言ってから、恐々踏み出したマルコヴィッツ夫人の足に目を遣る。珍しい、美しい、傷を負った生きものを見たかのようだ。「一番下を空けますから、腰を下ろしていらっしゃい」

それから通路に出て来る。鍵《かぎ》なんか掛けてないと思うけど、と言いながらバログが叩いても返事がなかった扉をばんばん叩く。扉が開く。中段から身を乗り出して、空いた寝台に潜り込みおおせた若い会計士が顔だけ出す。下段ではもう一人がいびきをかいている。

さあどうぞ、とジェズノイ夫人はマルコヴィッツに言う。

「下の段を空けさせて貰えないか」

「そいつは寝たら起きませんよ」と会計士はあくびをしながら口を挟む。「おれも動く気はないです。一番上へ」

ジェズノイ夫人は姿を消している。隣室からは囁きが聞こえる。冷やせば少しいいかも。水の流れる音がする。マルコヴィッツは車室に入り、バログは扉を閉める。

朝の四時に、食堂車まで駅員が出発を告げに来る。起きているのはアヴァルとバログだけだ。アヴァルは奥の厨房《ちゅうぼう》に行って、取り置きしてあるラム酒の瓶とグラスを持って来る。立ったまま注いで一つを渡し、もう一つを取って一気に飲み干す。それから、私は少し眠るよ、君も休んだらいい、と言う。

眠気が、頭の芯《しん》に氷のように固まっている。上着を脱いで車室に入り、寝入っている職員たちの脚を跨《また》いで窓際に腰を下ろす。手を伸ばして上着を引っ掛け、固い布の目隠しの縁を捲《めく》って外を覗く。月が雲の間を走っている。プラットフォームが途切れ、町並みは畑と木立に変る。

列車は速度を上げる。機関車がもう一輌、最後尾に付いて押している。バログは半睡状態に落ちては車輌を傾けるカーブで目を覚まし、外を見、また目を瞑《つむ》る。若い事務員たちの熟睡ぶりは羨《うらや》ましいほどだ。目を覚まして、また目隠しを捲る。外の暗がりは木立らしい。目を瞑る。何度目かに外が薄明るくなって来たのに気が付いて諦め、上着を取り、洗面道具の入った袋を持って通路に出る。

列車は左右に揺り返される。非道い保線状況だ。その度に、通路の窓に降ろされた目隠しの棒が受け金具に当り、かちかちと鳴る。車内は誰もが眠っている。バログは車輌端の手洗いに入る。紙を貼った窓からは薄明かりが差す。手元を見るには十分だ。歯を磨き、窓際に顔を突き出して小さい鏡を見ながら髭《ひげ》を剃《そ》り、水で叩くように顔を洗う。タオルで拭《ふ》いてからシャツの襟だけ替える。髪を撫《な》で付け、出る前にちょっと考えてから、袋の中の水筒に水を詰める。飲用ではないが、積み込んである水が切れた時の用心だ。

まだ誰もが眠っているか、眠ろうとしているかだ。車室に戻って席に腰掛け、無言で向かいの席の網棚の辺りを見ていると事務員が目を覚まし、バログが既に髭まで剃ってきちんと坐っているのが何か超自然的なことででもあるように見る——そういうのは御免なので、食堂車に行く。彼らもいずれはわかる。別に精勤の鑑《かがみ》でもなんでもなく、歳を取って眠れなくなったら、そうするしかないのだ。

バログが眠れなくて起き出すとカタリンも起きてくる。そんな感じだった。二人とも口を利かず、カタリンはコーヒーを淹《い》れ、向かい合って前の日のパンを齧《かじ》る。日の出の遅い季節には、出勤まで、電燈を点《つ》けた食卓で向かい合って、お互いに目を遣ろうともせずにそうしていた。時折、どちらかが立った時に、肩に手を触れたり髪に顔を寄せたりする。暗い洞窟《どうくつ》の中、体温と気配でお互いの存在を感じながら暮す二匹の生きもの。相手を姿で見分けようとする必要さえない。出勤の時間が来ると、バログは立ち上がり、身支度をしてコート掛けのコートに袖《そで》を通す。カタリンが来て、襟巻きを巻く。寒いから、と言う。それがその日最初の言葉だ。

目隠しを一枚上げると、窓の外をゆっくりと無人の駅が通り過ぎる。何かが一瞬見え、暗がりに溶け込む。手を止めたことはわかる。こちらを見ている。灯一つない四十四輛の長大な列車が通過して行く。

小さな町並みを対岸に眺めながら川沿いに走って鉄道橋を越えたところに、ヴィルヘルムスブルクの駅はある。列車は減速する。食堂車にいるのはアヴァルとミンゴヴィッツ、それにバログだけだ。朝、出勤してきた職員に、今日は仕事はありません、とアヴアルは言った。「戻って十分休息して下さい」

そうさせて貰うよ、とトルナイは言う。「ろくに眠れなかった」尤《もっと》も、トルナイの不眠も今に始まったことではない。

　適当なものを温めて取った昼食の後も、ミンゴヴィッツは残って大判の手帳を広げ、何か書いている。減速の間も書き続けているが、ブレーキの軋みが後方へと伝わるのを感じ取り、不快そうに外を見遣る。列車はのろのろとプラットフォームから離れた線路へと入り、軽い衝撃と遥《はる》かに大きい音と共に完全に停車する。鉄道の制服を着た駅員が線路を跨いで歩いて来る。アヴァルは急いで外に出る。ミンゴヴィッツとバログも後に続く。クレックナーと部下たちも降りて来る。

　駅員は列車番号を外そうとしている。彼らを見ると、この列車はここまでです、と言う。行き先はハラインだ、とクレックナーは言うが、親衛隊の制服に怖じる気配もなく、私は列車番号を外して来いと言われただけなんで、と答える。別な駅員が機関車の切り離しに取り掛かる。ヴィナーノイシュタットからの機関士が降りて来る。駅員と暫く押し問答しているが、やがて彼らのところにやって来る。

「ここまでということなんで、失礼させて貰います」

「ここまで、というのは」アヴァルが幾らか辿々《たどたど》しくドイツ語で訊《たず》ねる。狼狽《ろうばい》していてうまく出てこない。「どういうことなんです」

「ここまで、はここまでですよ、えー、何と言ったらいいかな、ここまで。わかります？」

駅の方から駅長がやって来る。クレックナーに敬礼する。クレックナーはハイルとも言わずに敬礼を返すと、機関車を外されるのは困るんだが、と切り出す。駅長は無視してアヴァルに、書類を拝見いたします、と言う。

アヴァルは抱えていた書類挿みから通行許可証を取り出す。駅長は、んんんん、と唸《うな》って、書式は整っているようですが、と口籠《くちごも》る。

「ハンガリーからですよね、アグファルヴァ経由で」

「そうですが」

「どちらのハンガリーですか」

どちら、と問われて、アヴァルは返答に詰る。ハンガリー王国、とミンゴヴィッツが答える。

「まだあるんですか」

「まだ、と言いますと」

「ショプロンには別な政府があると聞いていますよ」

「正統な政府は存続しております。貴国の同盟国です」

「同盟国の」駅長は書類に目を落とす。「政府の特別列車となれば、勿論《もちろん》、我々は通行の為に最善の努力を払います」機関士に、機関車は外せ、君はザンクト・ペルテンに行け、と言う。

「いや、ちょっと待って下さい」

駅長が追い払うように手を振ると、機関士はちらっとアヴァルたちを見て、すまない、と言うように顔を顰め、後方の機関車へと走って行く。機関車を外す作業は続行される。

失礼しますよ、と駅長は言う。「これはお預かりします。確認を取らないと」

アヴァルは書類挿みを開くが、ミンゴヴィッツは押し留《とど》める。後方の機関車が汽笛を鳴らす。

「いずれにせよ、この列車には現在、列車番号がありません。再度振り直しを受けるまで、出発は不可能です」

後方の機関車が脇を通り過ぎて行く。前方の機関士が飛び降りて自分の機関車に乗り込むのが見える。走り出す。列車を残して、二輌とも去る。

「駅の待合室と洗面所はお使いいただいて結構ですよ。車輌の清掃と給水も手配します。宿は必要ですか」

「列車で待たせていただきます」とミンゴヴィッツがアヴァルに代わって答える。

「食料は問題ありませんか」

「当面は」

「多少融通してはいただけませんかね」

ミンゴヴィッツは唸ってみせる。「こちらも非常に困難な状況にあることはご理解いただきたい。長くなると、町で補充をしなければなりません」

「配給券がなければ買物は無理です」駅長はついでと言いたげな軽い口調で訊く。「随分と長い編成ですが、何を積んでおいでです」

「ハラインに運ぶ貨物です」

駅長が促すように顔を見詰めても、ミンゴヴィッツは眉《まゆ》一つ動かさない。取りつく島もない官吏の顔だ。駅長は、ではザンクト・ペルテンに問い合わせますので、と言って立ち去る。

彼らは暫く無言で立ち尽くしている。それから、サボタージュかね、とミンゴヴィッツは言う。一種のサボタージュでしょうね、とクレックナーは答える。「全く情けない。銃殺で脅しましょうか」

「それは駄目です」とアヴァルは言う。「そんなことをしても何も動かない。下手をすると大騒ぎになります」

彼はヴォイヴォディナにいたんだよ、とミンゴヴィッツは言う。ああ、という顔を、クレックナーはする。

「だったらよくおわかりでしょう。どういう手を打つかはお任せします。必要なら声を掛けて下さい」

列車が停まったまま動かないことに気が付くと、炭鉱夫たちは貨車の扉を開けて線路に降りる。財務警察官と憲兵たちも三等客車から出て来る。炭鉱幹部とその家族も一緒だ。砲兵たちは手慣れた様子で線路の脇に炊事場を作り始める。

難民、という言葉がバログの頭を過《よぎ》る。事実として言うなら、自分たちは難民だ。

憲兵隊のトルカイ曹長と財務警察のドバイ、砲兵隊のウタッシー大尉がやって来る。警備は最小限、小銃は持つな、とバログはアヴァルからの指示を伝える。砲兵隊には、車内で待機して下さいと伝える。大仰過ぎるからだ。無闇と警戒して見せるのはまずい。どのみち、列車の周囲にこれだけの人間がいては、積荷の強奪は不可能だ。

バログは貨車の方に歩いて行く。赤毛がいる。一味も一緒だ。呑気《のんき》に伸びをして、薄雲の中の太陽を見上げるが、バログに気が付くと、一目散に駅舎の方へと走って逃げる。

貨車の壁にリゴーが寄り掛かっている。ブレンベルクでの騒ぎの最中に潜り込んで来た、と言う。「知恵は回る。将来有望、というやつだが——お前さん、非道く嫌われてるぞ」

「話をしたのか」

「したがらん」

「どこから来たか言っていたか」

「赤毛はブダペシュトだとさ。まあ、見るからに街っ子だ。気になるかね」

「ジルツから付いて来ている」とバログは答える。「積荷の周りをうろついていたのを追い払った」

リゴーは全く関心なさそうに、ほう、と言うだけだ。「何か欲しいものがあるんだろう」

「一体何を」

「さてな。困るなら脅して追っ払ってやるよ」

どうせただではないだろう、とバログは考える。「特に困るということもない。気になるだけだ」

「ところで、積荷はいつ調べさせてくれる」

「この状況では無理だ。ブレンベルクで降ろした分は見たか」

「ないね。一覧は作ってないのか」

「色々と不測の事態があったんだよ。一段落したら作成を始めることになるだろう」必ず誰かが言い出す。官吏の習性だ、とバログは思う。「それまで待ってくれ」

ヨースカが駅舎の方から戻って来る。バログに軽く挨拶すると、糞《くそ》みたいに何もないぞ、ここは、と言う。住民も偏屈だ。まあそんなもんだ、とリゴーは軽蔑《けいべつ》したように答える。バログが立ち去ろうとすると声を掛ける。「海賊船だとさ」

「何が」

「この列車だよ」

「何故」とバログは訊く。大体あの子供たちは、海さえ見たことがないだろう。

「餓鬼が何をどう考えるかなんざ、おれは知らんね。符牒《ふちょう》みたいなもんかもしれんが、あいつらはこれを海賊船と呼んでいる」リゴーは短く声を立てて笑う。「まんざら違うとも言えんな。どうする、追っ払うか」

「手荒なことはするな」とバログは慌てて答える。「いや、しないでくれ。頼む」

リゴーは肩を竦める。ヨースカは奇妙なものでも見たような顔をしている。

バログは海を見たことがある。トリエステ。一九三三年の夏。ヴァイスラーの一家と行ったのだ。不景気の煽《あお》りを食って減俸されていたので到底旅行など出来たものではなかったが、ヴァイスラーは、家を一軒借り上げたので何の心配もない、と言った。そんな金どこから出た、と訊くと、親父さ、と平然と答えた。孫が生まれて勘当は解かれたらしい。

マリカが海を見たことがないと言ったからだよ。だからこれは子供たちの為の休暇だ。

実際、それは素晴らしい休暇だった。海の見える家で、朝は子供たちを浜に連れて行き、昼には流暢《りゅうちょう》にドイツ語を話す家政婦の素晴らしい料理を堪能し、日が暮れるまで木陰でイタリアの葡萄酒《ぶどうしゅ》を飲み、夕暮れにはまた海辺を散歩した。マリカは五歳で、弟のエルヴィンは三歳だった。女が二人もいれば、子供たちの面倒を見るには十分過ぎるくらいだ。水着姿で、ただ髪が乱れないよう胸まで浸かるだけのカタリンとマルギットは、海から唇を青くして、それでも興奮気味に上がって来る子供たちを一人ずつタオルで包み、髪を拭いた。エルヴィンはそのタオルを頭から被って、気難しい顔で浜に腰を下ろした。太陽と砂の熱が中を満たすのを味わう為らしい。

ボートはヴァイスラーとバログが交代で漕いだ。沖合で停めると、水着のままのマリカは底が硝子《ガラス》の木箱を浸け、ものも言わずに海中を覗いた。エルヴィンは相変らず頭からタオルを被っている。殆《ほとん》ど被りっぱなしだ。タオルは最強だ、と言う。ボートがひっくり返っても守ってくれる。私が助けてやるよ、とバログが言うと、不信の目を向けた。

エレメルおじさんは沈む、タオルがないから。

怖がり、とマリカは嘲笑《ちょうしょう》する。エルヴィンは黙ってタオルを被り直す。

役所を辞めることにした、とヴァイスラーは言った。

一体何故。

頭がつかえた。すぐ免職になることはあるまいよ。だが風向きがいいとは言えないな。

バログは困惑して答えなかった。ヴァイスラーの母親がユダヤ系であることは大抵忘れていたし、本人も冗談半分にしか口にしなかったからだ。

首相がベルリン詣《もう》でまでしても、ドイツには見事に振られたぞ。

でもない。上の方は色々やってる。他言は無用だが、おそらく来年には経済協定が結ばれる。悪い話じゃないんだが、詰めて行く段階で外された。こっちの首相の反ユダヤ主義は口だけだとしても、向こうはあれだからな。裏方でもユダヤ系がいるのは拙《まず》かろう。

あんな難しいところで素人ばかりの政権が保つ訳がない。一年保ったら奇跡だ。

ヴァイスラーは笑った。だが、目は笑っていなかった。あれは意外に保つよ、と言った。親父の具合も良くないしな。だから親父のところに入ることにした。当面は見習いみたいなものだが、早く引退させてやりたいよ。

バログが唸ると、訊きたいことがあるんだよ、とヴァイスラーは切り出した——君も辞めないか。

それは考えたこともなかった。官庁の人員削減が進む間もなんとかしがみ付いて、もう十年以上やっている。ここ二年は減俸続きで、人員は削減されて雇員に置き換えられ、仕事は増えるばかりだったが、俸給の等級自体は順調に上がっている。事務員としてなら相当なところまで行ける筈だ、とも思い始めていた。

給与は、かなり出せる。ぼくも親父に額を提示されて仰天したくらいだ。こんな景気なのに民間はすごいな。親父の方も驚いていたよ。そんなに安く人を雇うなぞ考えたこともない、盗みを始めるのが関の山だ、ってさ。だから君にも相当出す。出させるよ。当然だろう、君の今の仕事の内容からすれば、即戦力だ。ぼくの仕事は経営と営業になるだろうから、業務管理に信頼できる奴が必要だ。最終的には、ぼくと君で回せたらいいと思う。どうだい。

少し考えさせてくれないか。

パパ、とマリカが叫んだ。硝子底の箱を引き上げて脇に置いた。泳ぎたい。

深いぞ。

平気。泳げるもの。

エルヴィンはタオルを被ったまま、怯えたように姉を見ている。ヴァイスラーは立って、用心深く子供たちのいるところまで行き、屈み込むとマリカを抱え上げて海に入れる。両手は握ったままだ。マリカは身体を伸ばして浮身になると、放して、と言う。

片手ずつだ。放すぞ。

ヴァイスラーの手を摑んだまま、マリカはもう一方の手で水を搔《か》いている。ヴァイスラーは手を放す。マリカは泳ぎ始める。ぎこちなく、恐々と、それでもボートの脇を少し泳ぎ、戻って来る。また行って、戻って来る。僅《わず》かずつだが、距離は伸びて行く。ヴァイスラーはボートの縁に屈み込んだままだ。暫く行き来すると、マリカはボートの縁に手を伸ばして摑まる。もういいだろう、とヴァイスラーが言うと、大人しく引き上げられる。坐り込んで、抵抗する弟のタオルの縁を引っ張り、顔を拭く。

うん、ちょっと怖かったね、とマリカは自分に言い聞かせるように呟く。明日もやっていい？

怖かったんだろう？

平気。怖くなくなるまで泳ぐ。

ヴァイスラーはかぶりを振る。恐ろしいお嬢さんだな、パパの方が怖いよ、と震えて見せる。

問題の第一は、とアヴァルは言う。「列車番号です。ダイヤの編成の為に列車に番号を振るのですが、従来の番号では運行表上、ヴィナーノイシュタットからここまでということになっています。機関車を外したのもその為で、新しく番号を振り直さないと次の機関車の手配はできず、出発もできず、線路上を走らせることもできない、と」

「理屈は通っている」とミンゴヴィッツは答える。「その番号を振るのはどこの仕事だ、バログ君」

「運行指令所でしょう」とバログは答える。「ブダペシュトではそうでした」

「どこの運行指令所だ」

　食堂車の扉が開いて、チラギ中尉がやって来る。立ったままでいたアヴァルは振り返ると、小声で、会議中ですので暫くお待ちいただけますか、と言って外に押し出す。戻って来たアヴァルに、ミンゴヴィッツは、あの馬鹿どもを近付けるな、と言う。

「誰か立たせますか」

「財務警察を呼べばいい」とゾルナイが言う。

「いっそ降ろしてしまおう」とトルナイが言う。「厄介の種だ」

「委員長が寄越した以上、マルコヴィッツ伯を外してしまう訳にはいきません。私が後で説明に行きます」

　赤ん坊が泣き出す。奥の厨房からアヴァル夫人が出て来て、双子の一方を抱き上げてあやす。他の赤ん坊たちは大人しいものだ。全部で五人の母親が、赤ん坊を抱いたり、降ろしたり、這《は》わせたり、厨房に出たり入ったりを繰り返している。

「続けよう」

扉を、今度は叩く音がする。アヴァルは出て行って、暫く戻って来ない。戻って来る時にはチラギが一緒だ。

「オブザーバーとしていて貰うことになりました」

一同はチラギを完全に無視して続ける。

「ブダペシュトを出る時にはジルツまでの運行をブダペシュトの指令所が全て手配してくれました。ジルツ発に際しては駅長を介しています。ブレンベルク発はショプロンだと思われます」

「思われます、かね」

「依頼したのは軍需省ですから」

「参考にならんな」

「ウィーンか、ザンクト・ペルテンか、どちらかでしょう」とアヴァルは言う。

もう冷めた？と双子のどちらかをあやしながらアヴァル夫人が訊く。まだちょっと熱いけど、と誰かが答える。

「裏ごしする？」

「うちはね」

「私は刻むけど」

「細かくできる？　まだみじん切りだから」

「裁判長、ご意見を」とアヴァルは言う。

一応意見を求められた六十近いボガ・バリントは億劫《おっくう》そうに、もう一つ問題があるだろう、と言う。「正統性を問われている」

政府の、とトルナイが言う。そう、政府の正統性、とゾルナイが続ける。

「政府の正統性が証明できない限り、彼らは列車の運行には協力しない」

「ウィーンの総領事館に連絡が付けば話は簡単ですが」とミンゴヴィッツは言う。

「まずはそちらだろう。それが筋だよ」

「ではウィーンの総領事館に連絡します」とアヴァルは答える。「列車の件も申し入れをして貰いましょう。いかがですか、チラギ中尉」

チラギは困惑したように一同を眺め回すが、誰も何も言わない。無表情に彼を見遣っているだけだ。結構です、と答えるしかない。

「マルコヴィッツ中佐には後ほど私がご説明に上がります」

視線に追い立てられるように、中尉は立ち上がって出て行く。すごい量じゃない、と誰かが言う。六人分としてもねえ。

「温め返しても大丈夫かしら」

「冷蔵庫に入れれば」

「氷入ってないし」

「出しておくよりましでしょ」

「三回分くらいありそう」

「もうちょっと節約しないと」

一同は散会する。少し寝るよ、とトルナイが言い、昼間寝るのはどうかねえ、とゾルナイが答えるのが聞こえる。バログはナプコリの速記録を見ながら覚書を纏める。戸口でアヴァルはミンゴヴィッツを呼び止める。

「先程は申し訳ありませんでした。咄嗟《とっさ》にドイツ語が出ませんでした」

「慣れだよ。君はオーストリア人と仕事をしたことがないだろう。私らの世代はある。直に慣れる」ミンゴヴィッツは苦笑する。「あの駅長はかなり訛《なま》ってるがね」

「国防軍参謀本部の書類を見せた方がよかったのではありませんか」

ミンゴヴィッツは軽く唸る。「まず正統性の証明が必要だ。それまでは、駅長は同盟国の特別列車としては扱わない。運行の安全を保障する義務もない。しかも積荷に興味津々だ。あれを見せれば、もっと興味を持つだろうよ」

「考えませんでした」

バログが立って、纏めたメモを持って来る。アヴァルがメモを見て、ミンゴヴィッツに回す。ミンゴヴィッツが老眼鏡を掛けずに翳《かざ》すだけで目を落とし、無言で返すと、アヴァルがバログに渡す。

「タイプで浄書したら、済まないが車室を回してくれ。署名が必要だ」

「主署はどなたにしましょう」

「裁判長で」とアヴァルは答える。そのまま女たちが赤ん坊に離乳食を食べさせている方に行く。一人は厨房で背を向けて授乳している。ぼくもやるよ、と言うと、前掛けを掛けた女の子の方を受け取り、抱いて、腰を下ろす。器と匙を取る。軟らかく煮たじゃが芋と人参《にんじん》とささ身はもう裏ごしはしていない。アヴァルはそれを匙の裏で軽く潰して、女の子の口元に運ぶ。

「さあ、君はパパと食べよう。人参は好きかな」

いいパパね、と誰かが言う。アヴァルは強張った微笑を浮かべる。

ミンゴヴィッツは無表情に駅長の顔を眺めている。正確に言うなら、垢染《あかじ》みた鼈甲《べっこう》縁の眼鏡のつるがこめかみの肉を深く凹ませているのを眺めている。頬は痘痕《あばた》ごと赤らんでつやつやと光り、鼻にも食い込んだ眼鏡の奥で小さな目がこちらを窺《うかが》っている。脂でも舐めたようにぬめった唇がひくひく動く。眉毛は殆どない。黄ばんだ髪は丁寧に撫で付けられて禿頭《とくとう》に貼り付いている。訛りが非道い。アヴァルが困り果てたのも道理だ。だらしのない恰好《かっこう》でうろつくなと職員に言わなければ、とミンゴヴィッツは考える。こういう男は身形《みなり》で人を品定めする。足下を見る、というやつだ。

「こちらとしてはどうしようもありません。列車番号がなければ機関車の手配はできませんし、運行も許可できません」

「列車番号はどこが出しているのですか」

「こちらで手配することになりますね。ですが、見通しはあまり明るくありません。ザンクト・ペルテンに通行証の確認を依頼したのですが、あちらも忙しいんでしょう、まだ返答もない。返答があればすぐにでも手配しますが」駅長は精一杯愛想良く微笑んで見せる。

ふいに駅長の目が動く。窓の外を子供たちが走る。机の上の呼び鈴を鳴らして助役を呼び、駅舎に近付けるな、と言うと、助役はホームに出て行く。

「どちらまで行かれるのでしたっけ」

「ハライン」

駅長はかぶりを振る。「無理ですよ、諦めることです。幹線は通行できません。軍の輸送列車が間断なく——そう、間断なく、です——走っています。どこかで足止めを食らうのがおちです。それより、いかがですかね、こちらで列車は預からせていただいて、皆さんはザンクト・ペルテンまで行かれる、というのは。何、十二キロです。お子さんたちでも楽に歩いて行けますよ。ハンガリーからの避難民はそちらで保護されている筈です」

「預かる、とおっしゃいますと」

「ハンガリー政府の要請があれば、引き渡すことになります。それまで安全に保管する、ということです」

どちらの政府か、とはミンゴヴィッツは訊かない。「その前に通行証の確認をお願いしましょう。次に列車番号の手配を。それから機関車です」

ん？　ん？　と駅長は聞き返すふりをする。

「まず通行証の確認をお願いします。次に列車番号の手配。それから機関車」

「お上手なドイツ語ですねえ。どちらでお勉強なさったのですか」

兎も角よろしくお願いします、と言ってミンゴヴィッツは席を立とうとする。幾らか腹を立ててもいるが、表情は変えていない。

「一体何を積んでおいでか教えて頂けたら、なるほどこれは大変だ、ということになりますが」

ミンゴヴィッツは軽く駅長の方に屈み込んで、耳元で、好奇心は猫も殺す、とハンガリー語で囁き、わかるだろう、と言わんばかりに頷いて見せる。ついに聞き出したが何だかわからない、という顔の駅長を残して、駅長室を出る。さて、何処からどう抉《こ》じ開けたものだろう。

待合室ではアヴァルが苛々《いらいら》と歩き回っている。ミンゴヴィッツを見ると駆け寄って来ようとするが、ミンゴヴィッツは軽くかぶりを振って制止する。駅員が見ているからだ。アヴァルは恥じたように足を止め、ゆっくりと近付いてくる。

「ウィーンは」

「何とか繋がりました。が、今担当者がいないから掛け直せ、と。一応用件は、駅務室の電話番号と一緒に伝言しましたが」

ミンゴヴィッツは溜息を吐く。

「電報も打っておきました」

「郵便局員の対応はどうだった」

アヴァルは驚いたような顔をする。それから、ごく普通です、と答える。「確かに訛っていますね、この辺は」

「ザンクト・ペルテンへ行って避難民に合流するよう勧められたよ」

まさか、とアヴァルは言う。

ふいにサイレンが鳴り出す。空襲警報だ。二人は急いでホームに出ようとする。駅員が、大丈夫、どうせザンクト・ペルテンだ、と言う。防空壕《ぼうくうごう》は、と訊くと、ないよ、と答える。

「あんたらが全員入れるほどでかい防空壕なんてない。こんなところに爆撃なんてないからな」

二人は線路を渡って列車まで走る。アヴァルは躓《つまず》きかける。列車から何人かが出て来る。ミンゴヴィッツが高く上げた両手を振って制止する。

「大丈夫だ、列車に戻れ」憲兵の一人に言う。「全員列車に戻らせろ」

だが、憲兵は列車のむこうを眺めている。唸りのような音が聞こえる。南の方から正確な編隊を組んだ飛行機が降りて来る。胴と翼の形が確認できるほどの距離だ。車輛の間から、列車の向こう側に降りた人々が見える。同じように空を見上げているが、やがて列車を離れて走り出す。川との間にある墓地を目指している。

バログを捕まえて、ミンゴヴィッツは、望遠鏡はあるか、と訊く。

「ウタッシー大尉が持っているかもしれません」

「訊いて、借りて来い」

編隊が通り過ぎる頃、バログが走ってきて双眼鏡を渡す。ミンゴヴィッツは目に当てて焦点を合わせようとするが、諦めて苛立たしげにアヴァルに渡す。アヴァルは眼鏡を外して双眼鏡をザンクト・ペルテンに向ける。そのまま放さない。

飛行機の影は対空砲火の煙が子供の落書きのように広がる中へと滑っていく。ぱらぱらと爆弾を降らせる様子は、アヴァルのレンズにははっきり捉えられるが、ミンゴヴィッツには見えない。音もなく火柱が上がるのが見えるだけだ。懐中時計を見る。連鎖的な爆発音が聞こえる。

「なるほど、十二キロだ」と言う。

編隊は飛び去る。黒い煙が広がる。その中で炎が燃えている。アヴァルが双眼鏡を降ろして眼鏡を掛け直す。

「どこの飛行機だ」

「確認できませんでしたが、米軍ではないかと思います」

対空砲火は止む。遠く、警報解除のサイレンが聞こえる。

駅舎の方を見ると、駅長がホームに立っているのが見える。目が合う。ど田舎の小役人めが、とミンゴヴィッツは考える。考えながら、礼儀正しく軽く挨拶を送る。

日が暮れる前に、線路と川の間にある墓地にはザンクト・ペルテンからの避難民が現れる。ヴィルヘルムスブルクの当局が町の中心部に入るのを拒否したからだ。日のあるうちに早い夕食を終えた後、アヴァルは警備の人員を増やすよう指示を出した。何人かが、車輛に書かれたハンガリー国鉄の略字を指差していた。MÁV。一目瞭然《りょうぜん》だ。

列車の中に灯りはない。外には避難民たちが焚《た》く火が見える。バログは車室の窓の目隠しを下ろす。若い職員たちは、今夜は簡易寝台に行った。酒を飲んで賭博《とばく》をするらしい。網棚から小さい枕と毛布を下ろす。一人きりなら快適そのものだ。扉をこつこつと叩く音がする。ナプコリの声がする。お袋がいなくなった、と言う。

「いなくなった？」

「外に行ったんだと思う」

「避難民とは接触するな、と言われたが」

「お袋がそんなの気にすると思う？　炭鉱の連中も様子を見に行ったし」

それはまずいな、とバログは考える。あることないこと喋られては困る。お偉方は神経質になっている。マルコヴィッツ一家に寝台車の車室を譲ってゾルナイ、トルナイと同室になったミンゴヴィッツは特に機嫌が悪い。

捜しに行こう、とバログは言う。「様子を見て、出た者には帰るように言わないと」

帽子を被って外套《がいとう》の襟を立て、ナプコリを連れて墓地の側に列車を降りる。日はとっくに落ちた後だ。薄暗がりの中を避難民に紛れ込むようにして墓地に入る。

車内で想像していたほど惨憺《さんたん》たる有様ではない。ハンガリー軍が一緒で、ある程度の秩序は保たれているらしい。見回りをしたり、炊事の仕方を教えたり、食事を分けあったりしている。だが銃は持っていない。士官も拳銃さえ下げていない。

ふいに、ハンガリー語で声を掛けられる。少尉だ。列車の方ですか、と訊かれる。

「そうだが——君らは陸軍だな。君が指揮官か」

はい、と言って少尉は頷く。まだ痛々しいほど若い。

「武器は」

「武装解除されました」

「誰に」

「ＳＳと憲兵隊です」また一人で頷く。「武装解除されて、避難民に合流するよう言われました。幾らかオーストリア人も交じっていますが、殆どがハンガリー人です」

「彼らも心強いだろう」

「武器なしでですか」と少尉は言う。

バログは避難民たちを眺める。立ったり、坐ったり。身を寄せあって墓石の脇で眠り始めた者もいる。

「今、君らを必要としているのは彼らだ。ドイツ軍じゃない。君らが落ち着いて行動していれば、彼らも安心する。彼らだけではできない判断もある」

「例えば」

「ロシア軍が来た時、秩序を保って投降できるかね」

「できるんですか」

「相手次第状況次第だな。その判断は、彼らには無理だよ」

少尉は頷く。不承不承だ。それから列車を見遣り、声を落として訊く。「政府の列車ですよね」

「それについては話せない、と言えばわかるね」

少尉はまた頷く。「兎も角、彼らは我々を武装解除しています。そちらの警備兵も例外ではないと思います」

「ありがとう、貴重な情報だ。対策を立てよう」

「我々も注意しています。列車には誰も近付けないようにします」

「注意を払う程度でいいよ。一応だが警備兵もいる。あまり厳重だと却《かえ》って目立つ。表立った指示などは控えて欲しい」

「わかりました」

少尉が軽く敬礼して去ると、ナプコリが溜息を吐く。子供だね、と言う。「大丈夫なの、あれで」

「まあ、あんなものだ」とバログは答える。そう、銃を撃つのはあんな子供たちの仕事だ。「大丈夫だろう。彼はしっかりしてるよ」

　辺りは前よりも暗くなっている。炊事の為に焚いた火の周りに人が集まっている。少なくとも今夜は降らないだろう。幸いなことだ。彼らが列車の脇で雨に打たれているところは流石に見たくない。誰かがギターを弾いている。

　ナプコリの母親が立っているのが見える。外套をしっかり着込んでいるが、首に巻いていた襟巻きを解いて、両手で摘《つま》んで広げている。年寄り臭い指のない手袋は車内でも嵌《は》めたままだが、襟巻きの端を摘んだまま、その手首をゆっくりと回す。何かひどく奇妙なことが起る。老婆が控えめに両手を広げて手首を回しただけなのに、誰も目を離せないのだ。彼女の顔には薄《うっす》らと笑みが浮かんでいる。

「あーあ、始めちゃった」とナプコリは言う。

　手首を回しながら肩を交互に引き、襟巻きをショールででもあるかのように身体に巻き付け、勿体《もったい》を付けたように肩越しに流し目を送る。それが、バログさえ動揺するくらいに艶《なま》めかしい。足をさっと上げる。実際にはそれほど上げていないのに、高々と上げたように見える。

　大公殿下が楽屋まで通い詰めたってさ、とナプコリは言っていたことがある。袖にしたって。馬鹿だよねえ。他に男がいたのかい、とバログが訊くと、大酒飲みがね、とナプコリは答えた。親父だけど。ほんと、馬鹿だ。

「見られたもんじゃない」とナプコリは言う。「骸骨《がいこつ》の踊りだ。墓場で。どうしようもないね」

　母親はちらっと指を動かして火を囲んでいた老人を誘う。リゴーだ。ヨースカが背中を叩き、リゴーがまんざらでもない様子で立ち上がる。ひょろりと痩《や》せて見える。遠目では確かに骸骨だ。笑いが起る。リゴーはギターを弾いている若者に合図をしてもっと速い曲調に変えさせる。ナプコリの母親は目を輝かせる。

「あれもう収まらないから、草臥《くたび》れたところで引っ張り出す。先に帰ってて」

　墓場を出たところで振り返ると、火の周りでは皆が踊り始めている。ナプコリだけが、小馬鹿にしたような顔で動かない。バログは一人で列車に戻る。

　三人同室になった寝台車の車室の中で、ミンゴヴィッツ、トルナイ、ゾルナイの三人は一番下段に同じ方向を向いて腰掛けている。ミンゴヴィッツは一番窓際に坐ったまま、手を伸ばして洗面台の蓋《ふた》を半分開けて、閉める。ラッチがかちりと音を立てるのを聞いて、ようやく納得したように手を引く。

　ゾルナイが言う。「何故食堂車に行かない」

「非公式の打診だからだ」とミンゴヴィッツは答える。

「へえ。誰に」

　ミンゴヴィッツは一人おいて戸口寄りに坐っているトルナイを示す。

「また出庫？」

「また出庫だ」

二人に挟まれたゾルナイは背後の壁を指で、こんこん、と叩く。返答がないと、拳で強く叩く。手を止めて、反応を窺う。何も聞こえない。大丈夫、と言う。

「壁が薄くて筒抜けだから」

「あの御夫妻には夜八時以降は慎むよう言いたいよ」

「子供もいるのに」

「致し方ないこともあるだろう」とミンゴヴィッツは口を挟む。

「そりゃ、あんたはね」

「小細工ばかりするからだ。でなきゃもう少し偉くなって戸建てに引っ越してたさ。胡《ご》麻《ま》擂《す》りのキシュに抜かれるとか恥ずかしくないのかね。いつまであのアパートにいる気だ」

「夜中に電話一本で呼び出せるようなところに住んでちゃ駄目だ」

ミンゴヴィッツは溜息を吐く。「そんなことはどうでもいい。出庫だ。許可を頼めるか」

「それそれそれ。それが駄目なんだ」

ゾルナイは頷く。「面白くて仕方ないんだろう、そういうのが」

ミンゴヴィッツは黙り込んだまま二人を見遣る。二人は口を噤《つぐ》む。出庫、とトルナイは言う。「使途をお尋ねしていいかね、勅命参事官殿」

退職コースまっしぐらだな、とゾルナイは言うが、トルナイは答えない。詰らなそうにゾルナイは黙る。

「買収だ、監査課長殿」

「またそれか。矢十字党のごろつきどもに渡した分を、私はまだ承認していないよ。領収書がないからね──それで誰を買収する」

「駅長。それから、鉄道運行の責任者。おそらくはザンクト・ペルテンの地区運行指令所長だが、それを確認する為に、駅長を買収する。空振りしている暇はない」

トルナイとゾルナイは短く駅長を罵《ののし》る。

「会議はいらない？」

ゾルナイとミンゴヴィッツはそれぞれ、駄目だ、と言う。

「裁判長は許さないよ。本来なら私も許さない。だがまあ、これは非常時だ。誰をやる」

「次長が行くと言っている」

いやあ、とトルナイは言い、あれは、とゾルナイは続ける。「真面目なのはわかるが、神経衰弱寸前じゃないか」

「慣れているんだそうだ。ヴォイヴォディナで散々やったと」

ああああ、と、トルナイとゾルナイは言う。

「市長だっけ、ゼンタの」

「地元の出身だったらしい」

それは大変だ、とゾルナイは言い、兵隊ども相手にねえ、とトルナイは言う。

「じゃあ何とかやるだろう」

「何を持たせる」

「時計を三個」

「ケチだな」

「無限に湧いて出ると思われては困る」

「酒は厨房にある。あれを持って行けばいい。時計はまだあるだろう？　あとサラミを一本」

「日が暮れてからだ。それなら飲む」

「ちゃんと領収書を取らせてくれよ」

五時を待って、アヴァルは列車を出て駅舎へと向かう。列車にも、駅舎にも、灯りはない。窓に降ろした目隠しの隙間がぼんやりと明るんでいるだけだ。プラットフォームに面した駅長室の戸口を叩く。扉を細く開けた駅員に、駅長とお話ししたい、とアヴァルは言う。

駅長は事務机に向かっているが、特に何をしているという訳でもない。アヴァルは前まで行って書類鞄を細く開け、酒瓶の首を見える程度に引っ張り出す。駅務室を見ていてくれ、と駅長は言い、助役は出て行く。ラム酒の瓶が事務机の上に置かれる。駅長は手も出さずにじっと見詰めている。それから、抽斗《ひきだし》からお粗末なグラスを一つ出し、封を切って栓を抜き、グラスに注いで一気に飲む。目を細める。アルコールの余韻を味わうように舌を鳴らす。

アヴァルは無表情にその様子を眺めている。

ああ、まあ、お掛けなさい、と駅長は言う。「君も飲むかね」

事務机の前の椅子に腰を下ろしたアヴァルは、軽く作り笑いをし、一口だけなら、と答える。駅長は抽斗からグラスをもう一つ引っ張り出し、両方に注いで、片方をアヴァルの前に押しやる。アヴァルが手に取るのを待って、自分のグラスを軽く挙げ、飲み干す。一層長々と余韻を味わっている。アヴァルは素早く自分のグラスを空ける。これは上物だな、と駅長は言う。

「非道いものばかり飲んできたからな、ここのところは」と言って、アヴァルを見遣る。

「まだあるのかね」

無言で、アヴァルは鞄からサラミを一本出す。それから銀時計を三個。駅長は凍り付く。

「どうぞ、お取り下さい」

駅長は呻《うめ》く。いやこれは、と言って言葉を濁すが、酒瓶は手元において放さない。

「遠慮なさることはありませんよ。出所は同じです。返還を要求される可能性はありません。全て、合法的なハンガリー王国の国有財産です」アヴァルは柔らかく微笑む。

「ブダペシュトの酒類卸売り商の倉庫から没取したものです。高級なレストランやホテルに卸していたところで、なかなか羽振りは良かったようです」共犯者のように笑い掛ける。「積荷の一部です」

「いや、悪いが遠慮しておく」

「お気に召したと思ったのですが」とアヴァルは言葉を重ねる。「悪い酒ではないでしょう」

「ああ、いや、確かに上等だった。だがこれは」机の上を示す。「これは受け取れない」

「是非受け取っていただきたいのです。我々は出発しなければなりません」

「あれを持ってかね」

「そうです。ハラインまで運ぶのです」

別に何か欲しくて君たちを引き止めていた訳ではないんだよ、と駅長は口籠る。「ただ爆撃が——ザンクト・ペルテンは大混乱で——」

「承知しております」

駅長はそっとサラミに手を伸ばして引き寄せる。アヴァルは何も言わない。銀時計に手を伸ばそうとしたところで、アヴァルは指を広げて銀時計の上を遮る。手首が机に当って音を立てる。

「列車番号を」

駅長は時計を見詰めている。

「急ぎます。ロシア軍が来ても、あなた方は降伏するだけでしょうが、我々はそうはいかないのです」

「私が手配しても時間が掛かる」

「彼らが来た時、あれはここにない方が、お互い、助かるとは思いませんか」

駅長は机の上の電話を取って掛ける。ヴィルヘルムスブルクの駅長だ、運行指令所長に繋いでくれ、と言う。「帰った？　わかった。自宅の方に掛ける。番号を」メモを取る。切って、掛け直す。名乗る。相手が出たらしい。「ヴィルヘルムスブルク駅です。ハンガリーからの特別列車が一編成、当駅で立ち往生しておりまして。はい。現在列車番号がない状態です。いえ、どういうことかと訊かれましても」

　こちらから伺って事情を説明したい、とお伝えいただけませんか、とアヴァルは柔らかい声で言う。

「はい、列車の責任者が事情説明に伺いたいと。はい、明朝ですか」

　駅長は走り書きする。はい、ありがとうございます。夜分申し訳ありませんでした、と言って切る。メモを切って渡す。「運行指令所長の住所だ。明朝行って直接、事情を説明してくれ」

　アヴァルは銀時計の上の手を引く。駅長は急いで取って、抽斗に入れる。通行証をお返し願えますか、と言うと、書類箱をかき回して取り出し、机の上に置く。アヴァルはそれを畳んで、メモと一緒に鞄の中の書類挟みに収めようとして、手を止める。タイプ打ちした小さい紙を取り出す。

「よろしければこれに署名をお願いできますか。受領書です」

いやそれは、と駅長は言う。

「大丈夫です。こちらの事務処理に使うもので、オーストリア側が見ることはありません」

「できれば堪忍してくれないか」

手続きですから、とアヴァルは言う。

＊　＊　＊

アヴァルはクレックナーと三人のSSを連れて朝四時前に出発する。徒歩で二時間掛かる。夜は明けない。線路沿いにひたすら歩いて行くと、ザンクト・ペルテン本駅より手前の車輌修理作業所がぼんやりと見えてくる。作業所の守衛にヴィルヘルムスブルクで聞いた住所を訊ねると、守衛は通りを隔てた小路《こみち》を指差す。入ってすぐの瀟洒《しょうしゃ》な戸建ての扉を叩く。女中が現れて書斎に通してくれる。

「妙な時間にお呼び立てして申し訳ありません。六時半には運行指令所に入りたいものですから」と、既に身支度をして部屋着を上着に着替えるばかりの指令所長は言う。

「おそらくお役に立てると思います。朝食を食べながら伺いましょう。乾パンと、コーヒーは代用しかありませんが、用意させてあります」

「指令所は無事ですか」とクレックナーが訊く。

「本駅は爆撃を受けて壊滅状態なので、修理作業所内に機能を移しています。多少ごたごたしましたがね。ハンガリーからの特別列車だとか」

「客車が十四輌、貨車と石炭運搬車が三十輌です」

「随分な長さになりますな。重いですか」

「ブレンベルクの炭鉱鉄道はどうにか通過しました」

指令所長は、大丈夫かな、と呟く。「操車場ごと、メルク方面に通じる本線がやられていますが、昨日、漸く一本、開通させました。今日中に往復とも通行可能になります。ただ、応急処置なので、重量があり過ぎると危険です。それに混み合っています。途中駅で停車していた軍用列車を順次通過させているところですから。ただまあ何とかさせましょう。機関車は相当数がこちらにあって無事ですから、運行表に載り次第回すことが出来ます」

アヴァルとクレックナーは乾パンと代用コーヒーを振舞われ、上着を着た指令所長と一緒に家を出る。クレックナーの部下たちも台所でおすそ分けに与《あずか》ったらしい。作業所の門を入り、倉庫のような建物の脇を抜けて急拵《きゅうごしら》えの事務所に入ると、既に職員は仕事を始めている。指令所長は彼らを入口の脇に待たせて職員の一人と話を始める。電話がひっきりなしに鳴る。誰も彼らには目を遣らない。それどころではないらしい。職員が書類を開いて軽くかぶりを振る。書類を数枚めくる。斜めに指を走らせる。何か言う。
指令所長が頷く。戻って来る。
「迂回《うかい》して、ヴィーゼルブルクまで行っていただきます。そこで明朝まで待機して、メルクとアムシュテッテンの間で本線に入ることになります」

一件落着。簡単なものだ。

エルヴィンは変った子供だった。学校に上がっても、友達もできなかった。成績も良くはなかった。知能に問題があると言われることはなかったが、教師たちには遠回しに、特殊な子供たちの為の学校に転校するよう勧められた。授業が終ると家に飛んで帰って来た。

要するに、関心がなかったのだ。

ヴァイスラーは全く気にしていなかった。問題ない、と言っていた。全然、問題ないよ。

ヴァイスラーが辞め、バログが留まった後も、月に一度、バログとカタリンは食事に招かれた。ヴァイスラーたちは今や二区の瀟洒なヴィラに住んでいた。通りから門を入り、綺麗《きれい》に飛び石を並べた小道を上がった先に、広い庭もあった。丘の上だった。冬は暖炉のある食堂で、夏は天気が良ければ庭にテーブルを出して食べた。携帯用の蓄音機で音楽を掛け、女たちは庭の大きな木の陰でお喋りし、日焼けしたマリカはぶらんこで遊び、痩せて小さく蒼白いエルヴィンは男たちと食卓に残ったまま、明らかに退屈していた。

おじさん、ぼくの切手見る？

バログは返答に詰った。部屋に戻る口実だ。だが、ヴァイスラーは、見せてやったらいいよ、と息子に言った。ほろ酔い加減のバログは腰を上げ、エルヴィンの後に付いてひんやりしたヴィラの階段を上がった。おじさんも昔は切手を集めていてね、と言っても答えなかった。関心がないらしい。

部屋に入った。無愛想な部屋だった。子供らしいものは一つもない。修道士の部屋のようだ。棚に何冊も挿してある本のようなものの一冊を取り出して、勉強机の上に開いた。パラフィン紙に挟まれた切手一枚一枚の説明を始めた。稀少《きしょう》性の高いものもあり、多くは国外から手に入れたものだった。昔の知識を引っ張り出して、相当なものだとバログは考えた。自分はこんなところまで深入りはしなかった。

どうやって手に入れるんだ？

最初はパパに頼んだ、とエルヴィンは素直に認めた。小遣いではどうにもならなかったので、父親を連れて行って買わせたのだ。そのうちには、父親の付添いさえ必要がなくなった。ブダペシュトの蒐集家《しゅうしゅうか》相手の店は大抵、エルヴィンの顔を覚えた。悪くない切手を見付けて来るからだ。それで目当ての切手を買った。フランスやドイツやスイスの切手愛好家の雑誌も取り寄せるようになった。

外国語の雑誌かい。

そうだよ。

読めるのか。

大して難しくないよ。決った形がある。無駄なことは書いてない。

難しいのは、手紙を遣り取りすることだ、とエルヴィンは言った。目録を見て連絡して送金為替を送ると売ってくれる店がある。コレクションを入れ替えたがる愛好家がいる。交渉すれば——それにぼくがむこうの欲しがるものを持っていれば、交換で譲ってくれることもある。大事なものなら写真を遣り取りすることもある。だから手紙を書かなきゃならないし、読まなきゃいけない。最初は、雑誌の情報交換欄に宛先があるから、パパに頼んだ。でもこれも記事と同じで、決った文句がある。覚えて、今はあんまり訊かなくても自分で読めるし書ける。フランス語とドイツ語は問題がない。英語でもやろうとしてる。イギリスにはいい蒐集家がいるんだ。だからパパと一緒に始めた。でも一番難しいのは、大人みたいな字を書くことだよ。

なるほどね、とバログは言った。騙されることはないのかね。

一度か二度はあった。でも、滅多にない。本当の蒐集家や蒐集家を相手にする店は、そんなことはしない。本当の、はすごく狭いから、すぐに噂になる。教えてくれる人もいる。だから最近はもうそんなことはない。

大したもんだろう、と、後でヴァイスラーは言った。あの調子なら、必要になれば、何だってどうとでもするさ。

マリカはぶらんこを小さく漕ぎながらカタリンと話をしている。時々身振りを加える。ぶらんこは、彼女にはもう小さい。漕ぐ時もそっと漕いでいる。老人をいたわるような調子だ。でも好きだから。水泳の次に好きかな。試合に出るのだ、と言っている――市内でなら、それに同じ歳の子ばかりなら、頑張れば一等になれる。百メートル自由形で一分五秒九を切ることが目標。マステンブルークのベルリンの記録。

もう少し女らしいことを目指してくれないかしら、とマルギットは言う。肩とかもりもりしちゃって。

お母さんなんて大っ嫌い、とマリカは叫ぶ。あんなに頼りなかった髪は、艶《つや》のある太いお下げになって背中に下がっている。

バログは駅の待合室に坐っている。灯りはない。ミンゴヴィッツに言われて明け方から待機している。やがてプラットフォーム側の窓は明るくなり始める。扉が開いて、リゴーが入って来る。どんな調子だい、と訊かれる。

「代表者がザンクト・ペルテンに行った。連絡待ちだ。炭鉱夫たちはどうしている」

「貨車で寝てる。管理職の連中もだが出発するならかなりの人数は降りるな。爆撃で焼け出されるような方向に突っ込むのは御免だと言っている」

「人数が知りたい。概《おお》ねでいい」幾らか食料を残して行くことになるだろう、とバログは考える。ミンゴヴィッツに言っておく必要がある。三日分か、そこら。だが、今はここを離れられない。「ヨースカはどうした」

「三等の方の客と馴染《なじ》みになっちまってね。簡易寝台を一つ手に入れた。博打《ばくち》の形《かた》だ。そっちで交代で寝てるよ」

「赤毛は戻って来たか」

「あれっきりだ。気になるか」

　バログは答えない。

「お前さん、子供はいるか」

「いや」

「身軽だな」

　バログはカタリンのことを考える。ブダペシュトのアパートのことを考える。そうかもしれない。あのアパートで二人きり。考えたこともなかったが、それは幾らか地獄に似ていたように、今は思える。カタリンの具合の悪い時は、気に掛けないようにしてはいたが、確かに地獄だった。

　病院を紹介しようか、とヴァイスラーに言われた時、バログはかぶりを振った——時々そんな風になるだけだ。ずっとという訳じゃない。だが、だんだん悪くなり、長くなって、更に悪くなり長くなるであろうこともわかっていた。非道いところじゃない、保養地みたいなものさ、ひと月か二月で随分良くなるらしいよ、とヴァイスラーは言ったが、できないと答えるとその話はそれきりになった。

ホールを隔てたむこうで駅務室に泊りの駅員が小さな灯を点ける。暫くすると、袋を下げてプラットフォームに出て行く。リゴーが、扉を開閉する音に気が付いて見遣る。駅員はすっかり明るくなった線路の上を列車へと歩いて行く。電話が鳴る。音が止むと、まだ外套を着たままの、おそらく出勤してきたばかりであろう助役が、電話です、と言いに来る。バログは後に付いて駅務室に入る。受話器を渡される。名乗り、耳を傾け、わかりました、と答えて受話器を置く。待合室の扉から顔だけ出し、リゴーに、炭鉱から来た人たちに出発だと言って、ここに残る人数を教えてくれないか、と言う。短く、わかった、と返事がある。そのまま線路を渡り、食堂車に入る。ミンゴヴィッツが背を向けて坐っているが、扉を開ける音で振り返る。

「次長からの電話がありました。列車番号が出たそうで、機関車も二、三時間でこちらに向かうそうです。駅にも連絡があったようで、今、駅員が車体に列車番号を振っています。次長たちはザンクト・ペルテンの手前の駅から乗り込むとのことです」

よし、とミンゴヴィッツは唸るように答える。「寝台車と客車の者に伝えてくれ。財務警察と憲兵隊と砲兵隊には武器を隠すように言え」

「炭鉱の者たちの中に何人か、残留を希望している者がおります。人数は今調べさせています」ミンゴヴィッツの表情を窺う。「食料品を幾らか引き渡すように要求されると思いますが」

「一応名簿を作れ。人数がわかってから考える。トルナイに伝えておけ」

そのまま立ちあがると厨房に行く。一杯引っ掛けるつもりだろう。

バログは寝台車の扉を叩いて、出発です、と言いながら後ろへと歩いて行く。三番目の扉は叩いてトルナイを呼び、出発することになったが食料品一部引き渡しの可能性があることを伝える。二輛目の最後の車室は、扉を叩いてから開ける。鍵は掛けないことになっているからだ。最下段で寝ていた事務員が上体だけ起こしている。

「機関車が来る。炭鉱から来た者が何人か降りる。貨車で来た中にリゴーという奴がいるから、彼と一緒に名前を記録し、大人と子供に分けて人数を確認しろ」

十時過ぎに機関車が着く頃には、出発の準備は殆ど終っている。事務員のメモから降りる人数を割り出し、トルナイが不承不承という様子で三日分の食料品を出庫する。炭鉱幹部と短い言い争いになるが、だったら一緒に来ればいいじゃないか、という一言で、むこうは黙り込む。墓地に駆け込んで眺めた爆撃の光景がよほど恐ろしかったらしい。

バログは曹長と、武器の隠匿を確認する。網棚に上げたり積み上げたりした荷物の陰や座席の下に毛布を巻いたり被せたりで隠すというお粗末さだったが、列車の中では他にどうしようもない。駅員たちは車輛点検を済ませると機関車を繋ぎ、列車は出発する。修理作業所の脇の駅で、アヴァルとクレックナーたちが乗って来る。そこから支線に入る。

いや、地獄ということはなかった、とバログは思い直す。カタリンとの生活が地獄ということは、絶対になかった。冬の一番暗い時期、もう何日も、寝台に横になったきりで殆ど口も利かないカタリンのところから、二口三口食べただけの夜食のスープの皿を持ってきて、台所で洗う——そんなことにも慣れっこになっていたが、では一人の方がましだったかと言えば、勿論そんなことはない。

アパートの扉を叩く音がする。開けると、マリカとエルヴィンが立っている。おばさまが日曜日に来なかったから、と言って、薔薇《ばら》の花を差し出す。三本か四本の小さな束だ。

こんな時間にかね。

心配だったの。

エルヴィンは口も利かない。バログは二人を入らせ、カタリンのところに知らせに行く。彼女はもう半身を起こしている。どうしましょう、と言う。

お見舞いだよ、横になっていればいい。

マリカは寝室に入る。エルヴィンは当然のように食卓の椅子に腰を下ろして動かない。バログはヴァイスラーのところに電話を掛ける——そう、うちに来ている。大丈夫だ、送って行くよ。エルヴィンは忍耐強く待っている。ぼくはお姉ちゃんの付添いだから、と言う。上着のポケットから封筒を出して見せ、今日ドイツから届いたんだ、と言う。

いい切手かね。

ちょっと前から、ドイツはおかしいんだ。急にいい切手が出回ってる。これはハンブルクの蒐集家とずっと値段の交渉をしてたんだけど、今日、送って来た。代金はいらない、ただでいいって。

ハトロン紙の小さい包みの中の切手は、バログの目には古い粗末なものに見える。

おじさん、理由見当付く？

お父さんに訊いたかね。

教えてくれないんだ。

バログは暫く考える。ヴァイスラーが教えなかったのだとすれば、言葉は選ぶ必要がある。昔聞いた話だが、と切り出す——蒐集家にとっての好機が幾つかある。戦争と、恐慌と、革命だ。どの場合も、蒐集家はコレクションを手放すことがある。売ることもあるが、持っていてほしいと思う人に譲ることもある。価値のわかる人の手元にある方が、わからない人のものになるよりはましだからね。本物の蒐集家同士なら、そんなこともあるだろう。

エルヴィンは気難しい顔で考えている。

大事にしなさい。

エルヴィンは頷く。バログは寝室の様子を見に行く。電気が点いている。カタリンが、お花を生けてくれないかしら、と言う。バログは花模様の花瓶に水を入れて持って行って、薔薇を挿す。寝台の脇の小机に置く。家の花瓶から引き抜いてきたんですって、と言う。マリカは得意顔をする。さあ、帰ろう、とバログが言うと、マリカは、ご挨拶、とエルヴィンを呼ぶ。エルヴィンは顔を出して、早く良くなって下さい、と言う。

タクシーの中で、バログはマリカを叱《しか》る。お見舞いに来てくれるのはうれしいよ、有難う。でも夜は駄目だ。お父さんが心配してる。

ヴァイスラーに言われたのはその時だ。病院で診て貰うことは考えないのか、と。外にタクシーを待たせたままだった。考えていない、と答えた。大丈夫だよ、じきに良くなるさ。

実際、翌日、カタリンは起きてきた。二人で暗いうちに朝食を食べた。食卓の上にはマリカが持って来た薔薇が花瓶ごと置かれていた。大き過ぎる花瓶に三本だけ。それでも、部屋が明るくなったように見えた。地獄だなんてとんでもない。

列車はヴィーゼルブルクに停まっている。中は物音も声も絶え、食堂車にいるのはバログだけだ。冷え込むので外套を着ている。今夜は陸軍の兵士たちが列車の脇を行き来している筈だが、その音も聞こえない。目隠しは降ろしている。テーブルの上に置いたマッチを手探りして擦り、その灯りで煙草を一本取って、火を点ける。マッチを軽く振って消すと、食堂車の中はまた暗くなる。

人の声が聞こえた気がする。何か言い争っている。隣の車輛の扉が開く音と足音がして、兵士の一人が入って来る。何故か声を落として、おられますか、と訊く。

「いるよ。何があった」

「地元のＳＳです」

バログは腰を上げる。クレックナー大尉を呼んで来るように言う。「寝台車の最初の車室に次長がいる。対処できると思うが念の為知らせておくと伝えて欲しい」

兵士は几帳面《きちょうめん》に復唱する。バログは外に出る。

雲が掛かり始めた月明かりの中で、SS三人と警備兵二人が小声で言い争っている。何故声を潜めているのかは、おそらく誰にもわかっていない。SSの一人が兵士が担っている銃に手を伸ばし、兵士が振り払って無言の諍《いさか》いになりかけたところに止めに入る。

誰だ貴様、とSSの下士官が言う。幾らか声が高い。ハンガリー大蔵省の者です、とバログは名乗る。「これは政府の特別列車です」

「んなこたぁ知るか。お前らに武器を持ってうろうろされちゃ迷惑なんだよ」

警備に戻れ、とバログは兵士たちに指示する。武器を置いて行け、と下士官は言う。

「困ります。列車を警備しなければなりません」

「勝手に困れ。負けやがった癖に」

兵士たちが食って掛かろうとするのを、バログは止める。ふいに、全員が沈黙する。

クレックナー大尉が部下を一人と呼びに遣った兵士を連れて車輌の外を歩いてくる。SSが両脚を揃えて大仰に敬礼すると、クレックナーはうんざりした顔で敬礼を返す。

「何の騒ぎだ」

「ハンガリー兵の武装解除であります」

「列車の警備に必要だ」

「お言葉ですが、既に憲兵隊に増援を要請しました」

クレックナーは溜息を吐く。

線路を渡って、オーストリアの憲兵が五人やって来る。一緒に来たSSがクレックナーにむかって高々と右手を挙げて口を開きかけるのを、クレックナーは、しっ、と言って制止する。

「大声を出すな。みんな眠っている。君らはここの憲兵か」

「ええ、そうですが」

一番年配の憲兵は困惑して、集まっている面々を見回す。目を遣る順番は決っている——まずやや偉めのSS。次にあんまり偉くないSS。全然偉くないSSとハンガリー軍の制服を着た兵士。最後に平服の男。つまりバログ。これはちゃんとした奴だな、とバログは考える。旧式の、帝政時代を知っている憲兵だ。

「ハンガリー兵の武装解除、というのは命令かね」とバログは訊く。

「いえ、治安維持のため敗残兵を武装解除する許可が出ているだけです」と憲兵は答える。当りだ。ちゃんと役人と見分けている。

「こいつらは敗残兵だ」と下士官は言う。

「とんでもない」とバログは言う。「我々はハンガリー政府の者だよ。乗客と貨物をハラインまで運ぶ途中だ」

ハライン、と憲兵は言う。「ハンガリーから」

「そうだが」

憲兵はかぶりを振る。「あっちの前線からむこうの前線まで。そりゃまた難儀な」

「政府の命令だからね」

憲兵は頷く。幾らか同情したような気配さえある。

「今晩、こちらで一泊させていただいて、明日、線路が空き次第、本線に戻ります」

憲兵はまた頷く。「どうも私には、彼らが敗残兵のようには見えないんだがね」と下士官に言う。「列車を警備しているだけとなると、治安を乱しているとは言えないよ」クレックナーの方に向き直る。「どうお考えでしょう」

「私もそう思うよ。何しろこの列車に乗って来たんだから」

「ああ、そうでしたか、失礼しました」憲兵は下士官に向き直る。「じゃあ、こんなことに拘《こだわ》る理由は何もないじゃないか」

下士官は引っ込みが付かなくなって居心地悪そうにクレックナーを見る。クレックナーは軽く肩を叩く。「君が真面目なことはわかった。ここは私に任せては貰えないか」

承知しました、と下士官は答えて、行くぞ、と部下に言う。幾らか声が高い。クレックナーは、声を落とせ、というような手つきをする。彼らは小さめに敬礼し、小声で、ハイル・ヒトラー、と言って去る。

バログは上着のポケットを手探りし、封を切っていない煙草を一箱、憲兵に渡す。助かったよ、と言う。助かります、と憲兵は答える。

「ただ本当のことを言いますとね、ハラインに行くなんてのは馬鹿げた話だと思いますよ」

私もそう思うよ、とはバログは言わない。作り笑いをして送り出すだけだ。それから、まだ屯《たむろ》している兵士たちに、警備に戻るよう指示する。寝台車に入って、ズボンを穿《は》きシャツを着ただけのアヴァルに、SSと憲兵が警備兵の武装解除に来たのですが、問題ありません、追い返しましたと報告する。

「問題ないとは」

「同情してくれましたよ」

目隠し越しの月明かりの中で、アヴァルは、幾らか心外、といった顔をする。バログは食堂車に戻る。

翌朝出発した列車はペヒランで切り替えて本線に入る。小雨が降っている。ザンクト・ペルテンで聞いた通り、反対方向に向かう線路には軍用の輸送列車が次々に現れる。駅に停まっている貨車は、少しでも空気を入れ替えるつもりだろう、扉を引き開けていて、中にいる兵士たちの妙に白く見える顔が一様にこちらに向けられている。まちまちな色合いの薄汚れた灰色の外套《がいとう》を着て、被《かぶ》っているヘルメットや帽子さえ揃ってはいない兵士たちが、ぎっしり詰め込まれている。何か叫んでいる者もいるが、口がぱっくりと開くだけで声は聞こえない。

アムシュテッテンの駅で一時停車する頃には、食事は終っている。缶詰を温めた程度の簡単な食事だ。簡易寝台車の隅ではカード賭博《とばく》が始まる。財務秘書官ゾルナイの息子は生真面目な顔で手札を確かめると、棄ててカードを引き、手札に加える。しばらく考える。リゴー以外は全員降りた後だ。

「降りる」と少年は言う。広げた新聞紙の上にあった紙巻煙草をリゴーが回収する時、少年は幾らか悔しそうな顔をする。

「いいか」とリゴーは紙巻をポケットに収めながら言う。「賭事《かけごと》の負けは機嫌よく綺麗《きれい》に払うもんだ」

「最後の煙草なのに」

リゴーは一本だけを弾《はじ》くように投げ渡す。少年が受け取って咥《くわ》えようとすると短く舌打ちをする。「吸うんじゃない。それは元金だ」貸しにしてやる、と言い掛けたところで車輛《しやりよう》全体が後ろにずれるような衝撃がある。列車が停まった。

リゴーは立ち上がって、車輛の端の扉を開き、ステップの上に出て用心深く後方を覗《のぞ》く。機関車は貨車のむこうで見えない。後ろにはカーブの内側に沿って客車が続いている。扉を閉めると戻って来て、休憩中の曹長が横になっている最上段に声を掛ける。

「誰か入ったぞ」

曹長は上から降りて来る。

「誰か？」

「影しか見えない。寝台車の方から入った」

「何人」

「四、五人だな。銃を持っている」

曹長は隣の三等客車に行く。中は簡易寝台と同じような有様だが、憲兵たちは隠していた銃を引っ張り出している。目を瞑《つむ》ったままのコバチ大尉に、侵入者です、と告げる。

「何人」

「四、五人です」

「任せる」コバチはまた目を瞑る。

曹長は五名を指名し、車内から後方へ、なるべく音を立てないよう進み、寝台車まで辿《たど》り着いたらクレックナー大尉を呼ぶよう指示する。「私は外に出て最後尾に入る。もう七名付いて来い。残りは陸軍と連携して警戒態勢で待機だ」

彼らは外に出る。空にはまだ薄明かりがある。

「二名、機関車まで行って様子を見て来い」

二人が機関車へと走り、曹長以下五人は車輛に貼り付くようにして寝台車まで歩いて行く。


列車が急停車した時、バログは食堂車にいる。寝台車の方で外扉が開く音がする。傍若無人な大声が聞こえる。ドイツ語だ。

「すっげえよく燃えたな。信じらんねえ」

「燻《くすぶ》っただけじゃん。つまんね」

「腹減った」

「なんか食い物の匂いしない？」

「後だ、後」

　食堂車の扉が開く。

「一人か、おっさん」と、ずぶ濡《ぬ》れの国防軍の兵士が言う。十八か、精々十九だ。濡れた毛織りの匂いに、生臭いような青臭いような饐《す》えたような臭気が混じっている。一瞬、懐かしい臭気だと考える。四半世紀以上前には、悪臭とさえ意識しなかった悪臭だ。彼自身は多少ましだったとしても、大差はない。汚れた顔には産毛のような無精髭《ぶしょうひげ》が光っている。

「ああ、一人だ」

「やっぱ食い物の匂いだ。なんかあるだろ」と後ろから声がする。

「あとだ」兵士はバログに、立ってこっちへ来い、と命じ、寝台車の方に押し出す。食い物の匂い、と言った二人目にぶつかり掛けて、バログは踏《とど》み止まる。間違いなく虱《しらみ》が集《たか》っているだろう。貰《もら》ったら堪《たま》らない。襟首摑《つか》んどけ、と一人目は二人目に言ってから、バログを脅す。「抵抗すんなよ。撃つからな」

　思ったよりもごつい手に上着の襟を摑まれ、バログは引き摺《ず》られて行く。寝台車の通路には、二人と同じくらい薄汚れて見分けも付かない兵隊がもう三人いる。一人はアヴァルの車室を開けたところだ。夫妻は一番下の寝台に腰を下ろして、それぞれに膝《ひざ》の上に赤ん坊を乗せている。驚いて声も出ない。それから沈黙を選ぶ。赤ん坊さえ泣こうともしない。

「赤ちゃーん、手榴弾《しゅりゅうだん》だよー」と兵士は棒付き手榴弾を振って見せる。

もう一人は隣の車室の扉を開けている。ミンゴヴィッツ夫人と息子のティボールしかいない。別な一人が三番目の扉を開ける。マルコヴィッツが金切り声を上げるが、夫人の悲鳴の方が高い。おおう、と兵士は言う。「ちょっと来いよ」マルコヴィッツの車室を開けたバログの襟を摑んだ兵士は、摑んだまま歩いて行く。マルコヴィッツの車室を開けた兵士が中を示す。

「見ろや、貴族女だ」と得意そうに言う。

どこに隠れやがった、と言いながらミンゴヴィッツ一家の車室の中を眺め回していた兵士が、若いか、と訊《き》く。

「いや、婆《ばば》ぁ」

「いらね」

「女のうちだよ？」

「邪魔すんな──なあおばはん、女どこに隠したんだよ、ちゃんとわかるからな」

「いいから金貰え。金目のもの貰え」

四番目の扉は細く開いているが、素早く閉まる。内鍵《うちかぎ》を掛ける音がする。バログを摑んだままの兵士が気付いて、もう一方の手で扉を叩《たた》き、巫山戯《ふざけ》んな、ぶちやぶるぞ、と言う。中ではトルナイとゾルナイが何か囁《ささや》き合っている。ミンゴヴィッツの声は聞こえない。

不意に隣の車輛に続く扉が開き、憲兵とSSが雪崩《なだ》れ込んでくる。SSは素早く膝を突き、憲兵たちは立ったまま、それぞれ銃を構える。貴様ら何をしている、とクレックナー大尉が大声を出す。車室に顔を突っ込んでいる二人以外は立ち竦《すく》む。突っ込んでいる二人もそのまま身を強張《こわば》らせ、そろそろと通路の端を見遣《みや》る。クレックナーを発見する。一番戸口に近いところにいた兵士は逃げようとするそぶりを見せるが、銃を構えて入って来た曹長たちに阻まれる。

「武器を置け、両手を挙げろ、窓に沿って並べ」

すいません、すいません、そういうつもりじゃなかったんですと彼らは言い始める。言いながら銃を置く。手榴弾も置く。両手を挙げ、背中をぴったりと窓に付けて並ぶ。憲兵たちが慣れた手つきで下げているずだ袋を奪い、背嚢《はいのう》を奪い、ついでに殴り、ポケットの中身を探って引っ張り出し始める。様々なものが床に放り出される。殆《ほとん》どががらくただ。拳銃まで出て来る。生意気に、こんなもんどこで手に入れた、と言って憲兵は小突くが、言葉は通じていない。その間も五人はひたすらに、すいません、すいません、堪忍して下さいと言い続けるが、ふいに一人が目の前の車室の戸口に目を遣って口を噤《つぐ》む。女の脚がぶら下がっている。スカートが現れ、セーターを着た胴が、それから胸が、最後に顔が現れる。ティボールのうら若い細君が荷物を置く棚からぶら下がって降りて来る。目が合う。視線を逸《そ》らそうともしないまま姑《しゅうとめ》の横に腰を下ろし、虱ったかりの糞《くそ》野郎、と罵《ののし》る。意味は判らないままに兵士は傷付いたように目を逸らし、ミンゴヴィッツ夫人は冷笑を浮かべる。

　機関車に遣っていた憲兵が戻って来て、どこかのろくでなしが線路の上で火を焚《た》きやがった、と言う。

「もう取り除《の》けました、すぐに発車します」

　五人は両手を挙げたままだ、左向け左、前へ進め、とクレックナーが命令すると、彼らは大人しく食堂車に向かって行進する。

　兵士たちは食堂車の卓に向かって坐《すわ》らされている。曹長が別な卓で拾い集めてきた所持品を調べている。身分証を纏《まと》めてクレックナーに渡すと、クレックナーはそれを一枚ずつ本人と見比べる。ミンゴヴィッツとアヴァルは立ったままだ。数人の憲兵が入口の方に腰を下ろしている。

「脱走兵だな」

　五人は口々に、違います、違います、と抗弁する。

「脱走なんかしていません。おれたちはリンツへ行く途中なんです。部隊とはぐれて歩いて行くところだったんです」と一人が言う。「濡れて寒くて、暗くなってきて、だからリンツに行く列車を捕まえて乗ろうと思っただけなんです」

略奪と暴行も、とトルナイが言う。「全部聞こえたよ」

「まだ何もしてません」

「まだ、ね」とゾルナイが言う。

ミンゴヴィッツだけが一言も話さない。ただ、非道《ひど》く草臥《くたび》れた顔をしているだけだ。

「濡れて寒くなっただけじゃありません。腹も減ってます」ともう一人が言う。「何かあったら、少しでいいです、食べさせて下さい」

「何日食べてない」とミンゴヴィッツが訊く。

「四日間、水しか飲んでません」

ミンゴヴィッツは軽蔑《けいべつ》したように鼻を鳴らし、バログに、厨房《ちゅうぼう》に行って何かあるか見て来てくれ、と言う。

厨房の冷蔵庫にはボウル一杯の裏ごしした芋がある。バログはそれを引っ張り出し、匙《さじ》も五本見付けて持ってきて、彼らの前に置く。こんな時に食えねえよ、と一人が言うが、別な一人は匙を取って突っ込む。結局は五人とも、ボウルの上に屈《かが》み込んで食べ始める。クレックナーはその様子を眺めているが、やがて、しっかり食っておけよ、と言う。

「次の駅で銃殺だからな」

五人はまだ芋を頬張ったままかぶりを振る。一人が必死で飲み下して、ごめんなさい、許して下さい、と言う。二人は泣き始める。別な一人は匙を放り出して顔を覆って泣きじゃくる。最後の一人は泣きながらボウルにこびりついた芋を匙で集めている。

「駄目です」とアヴァルは言う。「リンツの駅で警察に引き渡します」

「どのみち同じことですがね」とクレックナーは答える。「脱走。列車の乗っ取り。略奪と暴行の未遂。引き渡しても銃殺だ」

「警察への引き渡しをお願いします」とアヴァルは繰り返す。

「いいでしょう」とクレックナーは答える。

リンツの駅でクレックナーが降り、やがて数人の憲兵を連れて戻って来る。五人は小突き回されながら列車を降ろされ、引き渡される。憲兵が乗って来て、武器と所持品を持ち去る。ミンゴヴィッツは立ち上がって、窓を開ける。

「臭くてたまらん」とバログに言い、自分で引き開けた窓からプラットフォームを見遣る。「全く、どうしようもない馬鹿どもだ」

ザルツブルクの手前で一時間ほど待たされた後、列車は貨物駅のようなところで停まる。憲兵たちはとうに食堂車から引き上げた後だ。クレックナーとアヴァルとミンゴヴィッツ、それにバログだけが残っている。誰も口を利かない。外は既に暗くなり始めている。雨が列車に当る音はうるさいくらいだ。

ここで停車なら警備兵を出す必要があるな、とミンゴヴィッツが言い、バログが知らせに行こうと立ち上がったところで、寝台車の方から誰かが乗って来る。一瞬、誰もが緊張するが、礼儀正しく食堂車の扉を叩いて入って来たのは、防水外套からまだ雨を滴らせた駅員だ。

「ハンガリー政府の特別列車ですね」と確認する。「到着駅が変更になっています。それをお伝えに参りました」

「変更、と言いますと」

「現在、ハラインで停車できるのは軍用の列車だけに制限されております。そのまま通過していただいて、制限が解除されるまで、ホプフガルテンで待機をお願いします」

ホプフガルテン、とアヴァルは繰り返す。「それはどこです」

「ザルツブルク—チロル線の終点のひとつ手前です」ちょっとお待ちを、と言って駅員は相変らず水の垂れている外套の中を手探りし、小さい地図を取り出す。見えますかね、と言うので、バログはカンテラを点《っ》けてテーブルに置く。駅員は光が届くテーブルの上にごく簡略な路線図を広げる。今ここです、と言ってザルツブルクを示し、まっすぐ南下してハラインを示し、そこから回り込むように西へと指を動かし、ミュンヘンからインスブルックへと向かう線に合流する手前で指を止め、ここになります、と言う。

老眼鏡を翳して見ていたミンゴヴィッツが駅員を見上げて、随分遠くないかね、と言う。

「ホッホフィルツェンまでは登りですが、あとは谷沿いですから、何の心配もありませんよ。通常の運行でなら四時間といったところです。保線状況も問題ありません。爆撃の心配も不要です。徐行したとしても明朝には着いています」

「こちらの駅で待たせていただくことはできませんか」とアヴァルは言う。

「残念ですが、ここからハラインまでの線路は全て軍用に空けておくことになっております」駅員は微妙な笑みを浮かべる。「前線が迫っていますから。ホプフガルテンでしたら、戦闘に巻き込まれることはまずありません」

　クレックナーをちらりと見遣ってから、アヴァルはひどくおずおずと、アルプス要塞《ようさい》へ、と口にする。クレックナーは呆《あき》れたように薄く口を開くが、何も言わない。「私たちは行くことになっているのです。ハラインで、先に出発したトラックと合流しろという命令を受けています」

　駅員の微妙な笑みは奇妙な具合に捻《ね》じ曲がる。アルプス要塞ですか、と繰り返す。ミンゴヴィッツはそっぽを向いている。「お国では随分有名なようですね。皆さんそうおっしゃる。ただ私は、ここで三十年働いておりますが、聞いたこともありませんよ」

　アヴァルは言ったことを後悔するように押し黙る。駅員は続ける。「おそらくトラックの方も、ハラインは通過しか許可されないでしょう。列車の行方は常に鉄道の方で把握しております。問い合わせがあれば、ホプフガルテンにいると知らせることになります」駅員は地図を畳んで仕舞う。「御理解と御協力をお願いします」

駅員が降りると、列車はまた走り出す。アルプス要塞、とクレックナーは言う。「それはまた」

誰も答えようとはしない。

IV　一九四五年四月八日―― 8. IV. 1945

目を覚ますと――或《ある》いは諦《あきら》めて目を覚ましたことにすると、トルナイは音を立てないよう寝台の最下段を抜け出す。絹のパジャマを着ている。一番上の段からはミンゴヴィッツのいびきが聞こえる。吊《つ》るしておいた派手な部屋着のポケットをこっそりまさぐる。中段のゾルナイが、壁の方を向いたまま、吸うなら外にしてくれ、と言う。

トルナイは部屋着に袖《そで》を通し、絹の腰紐《こしひも》を結びながら通路に出る。揃ってかたかた音を立てる目隠しはぼんやりと明るい。煙草を出して咥《くわ》え、凝ったライターで火を点ける。煙を吐きながら目隠しを上げる。窓の外の光景にトルナイは一歩後ずさる。

薄霜に覆われてはいるが確実に緑に変り始めた牧場が目の前にそそり立っている。トルナイの目には世界がいきなり垂直になったように見える。ところどころに木立がある。梢《こずえ》はこの倒錯した世界に馴染《なじ》み切ったように平然と空を指している。つまり、これは山だ。巨大な山塊だ。山並みの彼方には雪を頂いた白い峰が、アイスクリームのように薄雲を纏《まと》い付かせて聳《そび》え立っている。

　トルナイは急いで目隠しを下ろす。顔には困惑と恐怖が浮かんでいる。

　来たことがあるからね、とゾルナイは平気な顔で言う。もう身形《みなり》を整えている。ミンゴヴィッツは蓋《ふた》を開けた洗面台の脇で、車窓を通り過ぎる恐るべき大自然を面白くもないといった顔で眺めながら歯を磨いている。

「いつ」とまだ部屋着のままのトルナイは訊く。

「新婚の頃さ。スキーに来た。妻は滑らないんで一人で滑っていた。もてたよ」遠い目をする。「素晴らしい休暇だった」

　ミンゴヴィッツは口を漱《ゆす》ぎ、顔を洗う。最上段に手を伸ばしてタオルを取ると顔と手を拭《ふ》き、叩くようにトニックを付ける。タオルを投げ上げてシャツを取ると、寝床で替えて来たアンダーシャツの上から羽織ってボタンを留め、ズボンに突っ込んでズボン吊りを上げる。ジレを着込む。トルナイとゾルナイは戸口寄りに身を寄せている。

「この状況は」とトルナイは言う。「著しく人間の尊厳を損ねちゃいないか」

　ミンゴヴィッツは、空いたぞ、と言って外に出て行く。ドアを叩いてから隣の車室に入る。ミンゴヴィッツ夫人はカラーとネクタイを渡し、夫が付けて結ぶのを待って一番いい上着を渡す。これでいいのね、と念を押す。ん、というような返答がある。

「カラー、これが最後よ。着いたら洗濯屋を探さないと」窓の外を示す。「すごい風景ね」

ミンゴヴィッツはうんともうむとも付かない声を出す。頭の中は完全に仕事に入っていると見て、夫人はそれ以上何も言わない。窓際で身を寄せ合った息子と嫁は、子供のように窓の外の光景を眺めている。列車の音が変る。機関車と貨車がトンネルに入り、やがて寝台車の窓も暗転する。

機関車に牽《ひ》かれた三十輌を超える貨車が町を抜けて貨物用の側線を入って行く。客車が次々に通り過ぎる。やがて、最後尾の食堂車の窓に駅が見えて来る。プラットフォームを通過する。ブレーキが掛かる。線路の脇にオーストリア国鉄の制服を着た男が立っている。食堂車のちょうど端に来る位置にいるが、戸口がないのに気付いて、一瞬、心外そうな顔をしてから、三歩くらい寝台車の方に位置調整するのが見える。封筒を持っている。

「駅長です」と窓から見ていたバログは告げる。

列車は停まる。食堂車で待機していた職員を残して、アヴァルとミンゴヴィッツが外套に袖を通しながら降りて行く。バログが書類を入れた鞄《かばん》を持って続く。

「おはようございます、駅長のグレーデラーです」

アヴァルが、この列車の責任者です、と名乗ると、グレーデラーは愛想良く手を差し出す。敬礼はなしだ。ミンゴヴィッツとも握手する。バログには目顔だけだ。

「いやあ、長い列車ですなあ。大変だったでしょう。機関士は労《ねぎら》って帰します。機関車も一旦《いったん》外すことになりますが、キッツビュールに手配すればすぐ到着しますのでご安心下さい。ヴェルグル―ザンクト・ヨハン間は、定時とは言えませんが普通に運行しておりますから大丈夫です」封筒を差し出す。「電報を預かっております」

アヴァルは封をしていない封筒を受け取り、中の電報を見て、ミンゴヴィッツに回す。ミンゴヴィッツは老眼鏡も掛けずに目を落とし、バログに渡す。はらいんニソウシャジョウナシ。ほぷふがるてんニテタイキ。ゴジツゴウリュウ。とるでぃ。バログは一緒に渡された封筒に収め、外套の内ポケットに入れる。

「よろしければですが、町役場の方までおいでいただけますか。私が案内します。町長に列車の到着を報《しら》せたところ、御挨拶《ごあいさつ》したいが所用で役場を離れられないので、是非御足労をお願いしたい、とのことで」

「警備兵を列車の警備に就かせて行きたいのですが」

駅長は一瞬躊躇《ためら》うが、そうですね、と答える。「問題ありません。全くない訳でもないのですが、その辺りは町長が説明するでしょう」

装備はどうしましょう、とバログはミンゴヴィッツに訊く。

「ヴィルヘルムスブルクと同じだ。車内の警備人員は即応できる態勢で待機させろ。乗客は列車から降ろすな」

バログはミンゴヴィッツに書類鞄を渡して車内に戻る。二人は駅長の後に付いて町に出る。雲が低い。雪になりそうだ。

小さな町は呆れるほど小綺麗で、平穏だ。日が陰ったのに気が付いたのか、開いていた窓が次々に閉まる。まだ開いている窓から女の声がする。誰か呼んでいる。女中か、子供だ。店が開いている。買物籠を下げた女とすれ違う。鮮やかな人参《にんじん》の色が籠に掛けた布の端から覗いている。アヴァルが、戦争中とは思えませんね、と言うと、駅長は、そうでもないのです、と答える。

「戦前の賑《にぎ》わいとは比べようがありません。観光客は来ませんし、市も立つには立ちますが」言葉を濁す。「警備を付けたのは賢明でした。万が一ということもあります」

「万が一、とおっしゃいますと」

「武装親衛隊が山に逃げ込んだ、という話がありまして」味方の部隊の話をしているようには聞こえない。害獣か山賊のような言い方だ。「まあ、敗残兵なのですが、偶に降りて来て、食料品を徴発するついでに家宅捜索をする、と言われております。バイエルンでは散々やったようです。白旗や昔の国旗が出て来たりすると、家族全員外に引きずり出して銃殺にする、と聞いております」

「この辺りは大丈夫なのですか」とアヴァルが訊《たず》ねる。

「まだやられておりません。姿を見た、という噂を聞くばかりで。谷を出た辺りでは既に色々と面倒を引き起こしているようです。ろくにドイツ語も話せないような奴まで交じっているとか」溜息《ためいき》を吐く。「個人的には、警備兵を連れておられてほっとしました。

彼らも幾らかは考えるでしょう」

「全員が兵士ではありませんし、大した人数でもありません」

それでもです、と駅長は言う。「あなた方は本当に運がいい。ヴェルグルまで降りたりしたら大変です、すぐに襲われます。戦闘も始まるかもしれません。米軍が入って来るのも時間の問題です」

玉葱《たまねぎ》形の屋根を二本の塔に載せた教会の前では、なるほど、市が開かれている。小雪がちらつき始めた露天に覆いを掛けた台が幾つか並び、玉葱やじゃが芋が載っているのが見える。林檎《りんご》がある。どこで育てたのかパセリの束まである。チーズやバターもある。結構な賑わいだ。アヴァルは駅長の顔を窺《うかが》うが、特に反応はない。

「ほんの十キロの差ですが、下の谷は地獄、ここはまだ天国です。戦時にしては、ですが」

彼らは市が立つ広場の、民家と大差のない建物に入る。二階の、南側に窓が開いた広くはない応接室に通される。暑いくらい暖房が効いている。執務室らしき奥の扉から出て来た六十絡みの町長は愛想良く彼らを迎えて、長椅子に坐らせ、自分も安楽椅子に腰を下ろす。膝の上で両手を組み、身を乗り出す。

「ハンガリー政府の特別列車だと聞いておりますが」

アヴァルは、そうです、と答える。「暫《しばら》く停車させていただきます。上司が今、こちらに向かっておりますが、それまでは私が列車を統括することになっております」

「内閣の方々はキッツビュールにおいでだと、郡長に聞きました」

「ザルツブルクに近いですからね。事態の推移に対応するにはその方がいいでしょう。我々がこちらにいる事はすぐに報せます」

町長は頷《うなず》く。「当然ですな。同盟国としてできる限りのことはさせていただきます。何か特にご希望はありますか」

「まず警備を列車に付けることをお許しいただきたいのです」とアヴァルは言う。

「色々と事情があって陸軍砲兵隊の兵士もおりますが、中心は憲兵と財務警察官です。ごく文民的な警備、とお考え下さい」

「銃を持ってですか」

「そういうことになりますね。こんな平和な町で何か起るとは全く思いませんが」

町長は何事か考えたように見えるが、やがて力強く頷く。「自主独立の精神。非常に好ましいですね。それに、残念なことに割けるだけの警察力はありません。本当に平和な町なのです。乗客の皆さんは総勢で何人ほどで」

「警備の人員が四十五名。他は大蔵省の職員が中心で、軍需省の雇員と合わせると家族も含めて百五十名弱です」町長の困惑した顔を見遣って微笑する。「名簿を持参しております」

「拝見しましょう」

ミンゴヴィッツが鞄から紙挿《かみばさ》みを出して渡す。町長は開いて、指で軽くなぞる。

「宿泊の手配が必要ですか」

「ええ、可能でしたら。乳幼児を列車に留め置きたくはありません」

「わかりました。これは預からせていただいて構いませんね。午後には入れるようにします」

「お手伝いの人員を回しましょうか」

　そうですね、その方がいいでしょう、と町長は答える。「ところで食料品の問題ですが」

「当面の分は持参しております」

「助かります。配給はお分けできない、とお断りしなければならないところだったのですが」

「それは何処も同じでしょう。勿論《もちろん》、対処していただければ非常に有難いですが、急ぐことではありません」

　結構でしょう、と言ってから、町長はおずおずと、ところで何を輸送しておられるのか伺っても構いませんか、と訊く。「万が一の場合に備えて、念の為に、伺えればということですが。色々とお手伝いさせていただくには知っておいた方がいいかと思うのですが」アヴァルの顔を窺う。「勿論、無理にとは申しません」

　空襲警報が鳴る。四十くらいの事務員らしき女性が扉を開いて、防空壕《ぼうくうごう》に、と告げる。町長と駅長は二人を促しながら部屋を出ようとするが、ミンゴヴィッツは立ち上がると、窓の前に行く。腰を浮かせかけたアヴァルはミンゴヴィッツの背中を見ながら、また腰を下ろす。

窓のむこうには、裏庭と言うよりは空き地がある。立木が灰色の枝を広げている。屋根が連なるむこうは街道、そのむこうは駅だ。線路は川沿いに谷の底を走り、列車の一部は駅舎に隠れている。長く連なる列車の脇を警備兵が歩いているのが見える。誰も出て来ない。統率は取れているということだ。飛行機の轟音《ごうおん》が聞こえてくる。窓硝子《ガラス》が震え始める。高度を下げて来ている。

「危険です」と駅長が部屋の戸口から言う。

ミンゴヴィッツは両手を背中で組んで窓際に立ったまま動かない。無防備に、傲然《ごうぜん》と、駅を見ている。アヴァルは長椅子に腰を下ろしたまま凍り付いているが、傍目では同じように動いていないように見える。町長と駅長は戸口で、中腰になって二人を見詰めている。轟音は近付いてくる。駅の上を掠《かす》める。誰も動かない。遠ざかって行く。

「行ってしまったようですね」とミンゴヴィッツは言う。

「無茶なことをなさる」と町長は憤慨する。「駅が爆撃されたら窓が割れます」

ミンゴヴィッツは、そういうことはありません、と断言する。

「随分自信がおありですね」

無表情と大差のない微笑を浮かべる。「積荷の話でしたか」

町長と駅長は答えない。アヴァルが気を取り直して言う。

「お答えは致しかねます。非常に申し訳ないのですが、話すことはできないのです」

あれは無茶です、と言いながら、アヴァルは食堂車に戻って来る。「一体何故あんなことを」

ミンゴヴィッツは笑っている。度胸試しだよ、と言う。「君もなかなか頑張ったじゃないか」

「意味がありません」

「意味は、ある」

警備は配置しました、とバログは報告する。「空襲警報と爆撃機の通過で幾らか動揺はありましたが、全員、列車に留《とど》まりました」

「ご苦労だった。事務員を何人か連れて町役場に行って貰えないかな。宿の手配に協力してやってほしい。職員全員、税関吏と財務警察、憲兵隊、砲兵隊の宿泊だ。炭鉱の連中にも屋根のあるところが必要だ。名簿はむこうに渡したが、終ったら回収してくれ」

「食事は付くのかね」とトルナイが訊く。

「もうキャベツ漬けとベーコンにはうんざりだよ」とゾルナイは言う。

「出させる方法は考えました」

「ほう、どうやって」

「宿に食料の一部を提供すれば、食事は出してくれるでしょう」

「それは拙《まず》いんじゃないかね。闇取引だ」

「どの道、あの市場にあったものは殆ど闇物資です」とアヴァルは断言する。「配給品じゃない。近隣の農家が現金目当てに持って来ているものでしょう。役場は黙認しています。体裁は作れるでしょう。我々は食料を渡して料理を頼んだだけだ、と。配給券が手に入るまでの措置です。それは後々交渉します」

　昼過ぎまで、バログは役場と宿の間を行き来して全員分の宿泊の手配を終える。宿側は好意的だ。客がいない所為《せい》で干上がりかけている。食料品の提供と引き換えに食事も出すと約束して貰える。二時頃には、全員を町の中心部の二軒の宿屋および町外れの商人宿に押し込み遂《おお》せる。商人宿の方は貨車の前だ。主に警備の人員と一般事務員、炭鉱から来た面々が入る。お偉方が泊るのは町役場の前だ。

　全部終って報告も済ますと、駅の小さな食堂に行って食事を取る。話は同じように付けてある。ビールも飲む。ラジオが点いている。流しっぱなしだ。

　どこからだって、とカウンターの中にいる男が訊く。ハンガリー、と答える。

「そりゃまたえらく遠くから来たもんだな」

　確かに遠い。七百キロ近くはないか。ビールはできるだけちびちびと飲む。食堂車に戻るまでの時間を長引かせたい。三十分かそこらは。夜までは食堂車に詰め、その後は夜番で、事務員一名と交代で寝台車で眠る。商人宿には、物置のような部屋だが、何とか個室を確保した。非番の夜の為だ。

全てが、驚くほど軽い。何が軽いのか自分でもわからないが、軽い。

リゴーが入って来る。カウンターで煙草をちらつかせて一本と交換にビールを貰い、当然のようにバログの前に腰を下ろす。マルクでも買えるぞ、話は付いてる、と言うと、営業活動だ、と答える。

「生まれながらの独身者みたいに見えるな」

バログは答えない。そうかな、と考えている。独身生活なんて遠い昔の話だ。カタリンのことが浮かぶが、振り払う。

「煙草はまだあるか」

「あるよ」

「後で貰えるか」

「高いぞ。引く手数多《あまた》だ。資本主義、って奴だな」

バログはいい加減に返事をしておく。もう闇屋を始めているらしい。ブレンベルクより更に小さなチロルの田舎町の平穏を、二百人近いハンガリー人が引っかき回している。あんまり派手にやるなよ、とバログは釘《くぎ》を刺す。リゴーは身を乗り出し気味に囁く。

「話をしたい、という奴がいる」

「話？」

「偉いさんと話がしたいそうだ」

バログは溜息を吐く。「一体誰だ」

「田舎者だよ。地元の奴だ」

「無理だな」とバログは答える。上役たちがのこのこ出掛けて行く訳にはいかないだろう。「私が行くよ」

「ああ、まあ、それでもいいさ」

一応報告はしておこう、とバログは考える。何が重要で何が重要ではないか判断をするのは彼らの仕事だ。尤《もっと》も、バログはよく知っている――今一番重要なのは、ここに陣取って追い出されないことだ。


お墨付きを貰って、夜の九時頃、バログは事務員を残して列車を離れる。街道を下りて行く。柵を越えたむこうの暗がりには壁のように貨車が並んでいる筈《はず》だ。駅のプラットフォームが途切れる辺りから延々と側線の中を延びている。警備兵のカンテラの灯が疎らにちらちらする。居酒屋を兼ねた商人宿の食堂は兵士や憲兵で一杯だ。財務警察官はバログに挨拶をする。炭鉱の連中も上機嫌だ。やがて主が看板を告げてハンガリー人たちを追い出す。窓掛を閉め、通りと宿に通じる扉に鍵を掛ける。残ったのは地元の人間数人だ。駅長もいる。リゴーとヨースカも何故かいる。見知らぬ男がバログを手招きし、自分たちのテーブルに着かせ、ビールを持って来させる。取り囲まれている。列車の人だね、と言われる。そうだ、と答える。

「もうちっと偉そうな人を連れて来られなかったのかね」と一人がリゴーに言う。

バログは訊く。「これは公式の話し合いかね」

地元の男たちは無遠慮に笑う。肩を叩かれる。いや公式って訳じゃない、と一人が言う。

「公式ってなんだよ」

また全員が笑う。ないよなあ、と言う者もいる。駅長はどうしようもないと言わんばかりにかぶりを振る。

「あんた党員か。ああ、ほら、その、何だ」

「ハンガリーだったっけ？ ハンガリーのナチ」

「あの連中はトンネルのむこうにいるじゃないか。列車停めて」

「ナポレオン金貨」

おおおおお、と全員が言って、また笑う。「キルヒベルクのゴルザーが巻き上げた奴か」

「物置宛がって金貨だもんな」

「いいんだよ、物持ちなんだから」

「よりによってゴルザーかよ」

お国の党の列車がここととキルヒベルクの間に停車しているのです、と駅長は説明する。

「彼らと連絡があるのかどうかを気にしています」

「私は党員ではありません。職員の中に党員はいません。兵士や憲兵の中にもいるかどうか。いたとしても、熱心な党員ではない。矢十字党がそんなところにいることも知りませんでしたよ」

「大変結構です」と駅長が言う。

「じゃあ、祝杯を挙げよう」

バログは困惑しながらも、一緒にジョッキを上げる。オーストリアに、と言う者と、チロルに、と言う者がいる。

「これはどういう集まりなんです」

「何と言いますか、所謂《いわゆる》抵抗運動ですね」

抵抗運動に、と誰かが言う。アヴァルやミンゴヴィッツが来ないのは正解だった。さすがにこんなところに首は突っ込みたくないだろう。

「大丈夫なんですか」

「大丈夫、とおっしゃいますと」

いや、その、何と言うか、とバログが口籠《くちごも》ると、ゲシュタポ？と一人が言う。戸口に向かってジョッキを上げると、脇に坐って主と話をしていた男がジョッキを上げて返礼する。

「あれがそうです」

「つまり、この町は全員が抵抗運動に加わっている、と」

「全員という訳ではありません。町長はさすがに違います。でも知っています。どこの町でも、村でも、そうです。キッツビュールの郡長殿もそうです。ゲシュタポがいつもそうとは限りませんが、大抵は理解を示してくれていますよ。特に過激なことはしませんし。まあ、旗は隠しておいてくれと言われますが。白旗と、国旗です」

「どの国旗」

「オーストリア共和国の国旗に決っています」駅長は幾らかむっとした様子を示す。「米軍が進駐して来たら掲げる為に、各戸配布をしてあります。米国国旗も揚げるべきですかね」

私には何とも、とバログは答える。「それでお話というのは何です」

「特にお話ということもないのですが、歓迎の意をお伝えしたかったのだ、とお考え下さい。職務中はお伝えできない種類の、非公式の歓迎です」

何しろ爆弾除《よ》けだから、と一人が言う。「米軍機が避けて通った、って専《もっぱ》らの噂だ」

「ハンガリー人が町役場の窓際に突っ立って、防空壕にも入らず通って行くのを平然と見ていた、って」

本当ですか、とバログは駅長に訊く。ええ、ミンゴヴィッツ博士は、と駅長は言う。アヴァル博士も腰を下ろしたままで、と付け加える。「色々と事情はおありでしょうが」

バログはかぶりを振る。「事情なんて何もありませんよ」

いやあ、と何人かが言う。「米軍はあんたらがいることを知ってる、って噂だぞ。ハンガリーの王冠を積んでるから爆撃しないんだ、って」

「お答えできません」ミンゴヴィッツも何だってそんな馬鹿なことを、とバログは考える。積んでいるのがユダヤ人の没取《ぼっしゅ》財産だと知ったら、こいつらも態度を変える。

ほおら、と別の一人が訳知り顔で言う。奥でリゴーが苦笑いしているのが見える。

「兎《と》も角、あなた方が来られたことは我々には好都合なのです。町長が便宜を図るとか言っても口だけですが、我々が言えば、実際に便宜を図ってくれるでしょう」

「条件は」

「ありません」

「ない、ということはないでしょう」

「本当にないんですよ。ただあなた方は、列車をできる限り厳重な警戒態勢で守っていただければいいんです」

「それであなた方に何かいいことでも」

「我々に、ということはありませんね。あなた方にも、私らにも、です。山から敗残兵が下りて来ていいというなら別ですが」

敗残兵？

バログの顔を見て、駅長は付け加える。「ヴェルグルは雇われてくれる部隊を見繕って交渉しているところです。国防軍が引き上げたら何が起るかわからない。イッター村は退役して住んでいる武装親衛隊の将校に話を付けたらしい。どこでもそうです。そして我々にはあなた方がいる」

「警察ですよ。戦闘はできません」

「期待しておりません」と駅長は明言する。「ヴェルグルもイッターも、実際に攻撃を受けたら防衛は不可能だ、と言われたらしいですが、それはまあ当然でしょう。ただ、一悶着《ひともんちゃく》なしには攻められない、という印象を、作っていただきたいのです」

「私には権限がありません。持ち帰って相談させていただきたい」

「では上長にお伝え下さい。ただし」駅長は言葉を切る。「おわかりでしょう、それ以外は口外無用です」

「口外したらどうなります」

駅長は溜息を吐いてかぶりを振る。「我々は平和を愛する民です。平和は掛け替えがない。万難を排してでも守る価値がある。おわかりですか」

よくわかります、とバログは答えて立ち上がる。「返答はどなたに」

だってあんたここに泊ってるだろ、と一人が言う。駅長は微笑む。逃げようはない。立って、街道側の戸口に近付くと主が錠を開けてくれる。おやすみ、とゲシュタポが眠そうに言う。おやすみ、と返礼して、バログは外に出る。

＊　＊　＊

自動拳銃の銃声は、大きくはない。回転式と比べれば驚くほど静かだ。ヴァイスラーは決闘用の拳銃でも構えるように半身になって両足を開き、右腕を伸ばして銃把を握っている。

銃声なんて二十年ぶりだ、とバログは言う。あの頃は――戦争が終って二、三年は、ブダペシュト市内でも聞かないことはなかった。ヴァイスラーは笑って、ぼくもだ、と答える。カタリンとマルギットは呆れ果てた顔で、林道に停めた自動車から降りて来ない。子供たちは興味津々だが、マルギットが降りることを許さない。

誰か飛んで来るんじゃないか。

ヴァイスラーがまた一発撃つ。何を狙ったのかはわからない。木っ端と葉のようなものが飛び散るだけだ。

大丈夫。知人の地所だ。管理人には連絡が行っている筈だし、家は二キロも向こうだ。

ヴァイスラーはバログに銃を差し出す。バログは断る。小銃も拳銃も撃ったことがない。戦時中も前線に出たことはなく、大隊本部の机の抽斗《ひきだし》には回転式の拳銃が入っていて、着任した時一応の使い方は教わったが、敵の兵隊や味方の兵隊に襲われても脅し程度にしか役に立たないだろうと思ったことは覚えている。一発か二発撃ったとして、それでどうなるというものではない。逆上させるだけだ。半殺しで済んだら運がいい。戦時の兵隊というのは兎も角荒れているものなのだ。

まあ、試してみろよ。

仕方なく、バログは受け取る。ヴァイスラーが弾倉や安全装置の仕掛けを教えてくれる。複雑だな、とバログは言う。実際に使えるのかね、こんなもの。

さあねえ。

構えてみた感触は悪くない。雑に狙って引き金を引く。雑木の枝が弾ける。

一九三八年と九年は無事にやり過ごしたヴァイスラーも、一九四一年の法令にはさすがに引っ掛かった。顧客の多くも廃業を余儀なくされ、従業員に譲る形で会計事務所は続けたが、一九四三年の暮に引退した。事務所を引き継いだ従業員は、あからさまなくらいほっとした顔をしていたという。まだ引退って歳じゃないだろう、とバログは言ったが、何事にも潮時というものはあるのさ、とヴァイスラーは答えた。

拳銃を返すとヴァイスラーは、もう止めか、というような顔をする。十分だよ、正直、こういうのは怖いね、と答えると、結構いい腕なのに、と雑木の枝を指す。

偶然だ。狙ってもいない。

ヴァイスラーは拳銃を革のケースに仕舞う。それから、離婚を切り出した、と言う。

何を考えているんだ。

理由は、まあ、色々ある。無事な間に家と資産はマルギットに残しておきたい。彼女はどこをどうやってもユダヤ人じゃないからな。だが泣かれたよ。何も起る訳がない、と言われた。

私もそう思うね。ここはドイツじゃない。

今はまだね、とヴァイスラーは答える。年が明けた頃に色々聞いたんだよ。マルギットや子供たちには到底聞かせられないような話だ。

信じるのか。

ポーランドのラビの身柄を買い取る募金に応じた時に聞いた。労働大隊やポーランドから逃げて来た奴も色々知ってる。収容所から逃げた若い奴もいる。彼らを匿《かくま》っている連中と接触があるんだ。信じない理由はないね。

そういう連中は、危ないぞ。

かなり危ない。だが、知らなければもっと危ない。それに、そう、何と言うかな、全く別なことまで考えるようになった。事務所を辞めただろう？

そう言ってヴァイスラーは口を噤む。躊躇っている。それから続ける。

ほっとしたんだ。もうこれ以上じたばたしなくて済むぞ、ってね。マルギットと別れる、というのも同じだ。今なら彼女と子供たちがやっていくには十分なものを残せる。その後は、拘引されようとこの歳で労働大隊に入れられてウクライナに送られようと、或いは、そう、その手の施設で起っていることを自分で見ることになろうと、軽いよ。

軽い、というのは随分妙な言い方じゃないか。

他にどう言いようもない。軽いんだ。兎も角、軽い。

バログは恐怖を感じる。詰らないことを考えるのはやめた方がいい、と忠告する。ヴァイスラーが死人に見える。マルギットにも子供たちにも、まだ君が必要だ、と付け加える。

ああ、そうだな、とヴァイスラーはそれこそ軽い口調で答える。いい話も聞いた。政府は連合軍側と話を始めたらしい。うまくすればドイツとの同盟は抜けられる。

　本当に危ないな、その連中は、とバログは溜息を吐く。内心ではまだ怯《おび》えている。そんな連中と付き合うなんて無謀もいいところだ、と言うと、ヴァイスラーは、カンパまでむしり取られる、と笑う。貫禄《かんろく》も付いて、ある種の脂ぎった面の皮の厚さまで身に付いて来たのに、笑う顔だけは二十代の坊ちゃんのままだ。ただ、奇妙な空虚さ——抜け殻のような感じは消えない。

　戦争が終るのももう秒読みだ。君もそろそろ恩給が付くだろう？　一緒に何か別なことを始めないか。まあ終戦直後は多少ごたつくだろうが、大丈夫、切り抜けられるさ。

　考えておくよ、とバログは答えた。

　前よりは乗り気だった。同時に、ぎりぎりまで辞めないだろうな、とも思っていた。自分の人生が、そもそもどうしようもなく重いものであることに慣れきっていた。月に一度、ヴァイスラー一家と食事をして、午後を過ごして、気が向けば子供たちも連れて映画に行って、カタリンと家に帰り、薄明かりのあるうちに軽く摘《つま》む程度の夜食を取って、ラジオを聴く。カタリンは時々調子を崩し、そんな時には会食も断らざるを得ず、ヴァイスラーとマルギットは心配し、子供たちも心配し、バログは仕事を早めに切り上げて帰り、だがそのうちには彼女も立ち直り、近所の人に頼まれた仕立てや直しを器用にこなし、自分の服も作る。戦後？　そんな先のことは考えさえしなかった。時々ひどく重くなるカタリンの手を引いて、足下を確かめながら一歩ずつ歩いて行く。戦争が終っても、役所を辞めても、それは変らない――そう思っていた。

駅の食堂には相変らずラジオが点いている。仕事が終った後は、宿に帰るのだろうと列車に泊るのだろうと、バログはそこで代用コーヒーかビールを頼んで時間を潰《つぶ》すのが習慣になった。この町にいる限り必ず誰かが見ているのだとしたら、人目のある場所の方がいっそ好ましいが、と言って商人宿の食堂は避けたかった。警備要員と下級職員と避難民の宿舎の下にある居酒屋が闇屋と抵抗運動の巣窟《そうくつ》というのは、幾ら何でも渾《こん》沌《とん》としすぎている。落ち着かない。地元ゲシュタポが番犬のように張り付いて只酒《ただざけ》を飲んでいる有様では尚更だ。カウンターの男は中で新聞を広げて、一応布を掛けてはいるが煌々《こうこう》と点けたままの電燈《でんとう》の光で読んでいる。にこりともしないが好意的だ。宿屋の集会にいた一人だし、リゴーが煙草を委託してもいる。駅に立ち寄った人々がばらで買っていく。手数料がどのくらいかは知らないが、ハンガリー人様々、だ。

ホームに列車が着く。キッツビュール―ヴェルグル間は確かに動いている。遅延があっても三十分かそこらだ。そのむこうも動いているのかどうかは、ラジオを聴いていてもわからない。ニュースは景気のいい話しかしない。軽音楽が流れ始めると、カウンターの男は新聞から目を上げて音量を少し上げる。米軍がどこまで来ているかはアナウンサーより余程良く知っているだろう。聞けば教えてくれる筈だ。駅員が、ヴェルグル行き最終です、と言いに来る。見知らぬ客が立って、ホームに出て行く。

列車が行ってしまうと、駅員は戻って来て、バログに封筒を手渡す。ハラインからです、と言う。

　バログは外套を着込んで外に出、置いてあった自転車に乗る。寒さは緩んでいる。山の峰で大西洋からの風とせめぎ合っていた地中海からの風が押しているのだろう。時々は雨が降り出すが、今夜は無事だ。緩やかな登り坂を上がって教会の前の広場まで行く。宿屋に入る。

　ロビーというには小さな広間の、フロントというには幾らか投げ遣《や》りな、いつ来ても女主人か仏頂面の娘が坐っているだけのカウンターの外側には、今はお下げの女の子が張り付いている。電話中だ。カーディガンと格子のスカートに毛の長靴下を穿いている。イダ、と言ったかな。サシャルミ・イダ。受話器を耳に当てたままバログの顔を見ると、切る、とだけ告げて受話器を女将《おかみ》に渡し、ありがとう、と音で覚えただけらしいドイツ語で言って、逃げるように階段を上がって行く。バログはカウンターの中の娘に、アヴァル次長を、と呼び出しを頼む。彼女は二階に呼びに行き、戻ってきて、今降りて来るそうです、と言う。

　上着を脱いでスポーツセーターに着替えたアヴァルが下りて来るには幾らか時間が掛かる。委員長からでしょう、と言って駅員から受け取った手紙を渡すとアヴァルは封を切って開き、読んで、ちょっと待っていてくれ、と言う。上の階に上がって行く。戻っては来ない。やがて、バログ君、来てくれるか、という声がする。

二階の廊下には、アヴァルだけではなくミンゴヴィッツとトルナイ、ゾルナイがいる。トルナイは部屋着を引っ掛けているし、ミンゴヴィッツはカーディガン姿だ。赤ん坊が泣き叫ぶ声がする。バログは扉の一つを見遣る。いや、風呂に入れているだけだ、とアヴァルが説明する。「誰が持って来た」

「駅員が渡してくれました。ヴェルグル行きの車掌が預かったのではないかと思いますが」

「どこで」

「ハラインからだそうです」

誰も、何も言わない。やがてミンゴヴィッツが、今晩の泊りは誰だった、と訊く。

「裁判長です」

それなら大丈夫だ、とトルナイは言い、ゾルナイは頷く。

「明日九時に全員出て来たら話し合う、ということでいいだろう」とミンゴヴィッツは言う。「今夜着く明朝着くという話ではない。いずれにせよ」と手紙を指差す。「見解を取り纏めておく必要がある。全員下車して現地に残れというのは、幾ら委員長の指示でも従えるものではない」

アヴァルは頷く。赤ん坊はまだ泣いている。

「万が一トルディ委員長が着いても、それまで待って貰えばいい。裁判長なら、脅したくらいでは言うことは聞かないからな。正当性の権化だ」

そうですね、とアヴァルは言う。「バログ君、悪いが列車に行って、万が一夜間に委員長が到着しても、全員で検討するまで指揮権はこちらで預からせておいて貰う、と伝えて貰えないか。勿論その場合は連絡が欲しい。私はすぐに行けるようにしておく」

バログが車室の扉を叩くと、中から開けるのはボガ裁判長の歳の離れた妻だ。五歳くらいの子供が二人寝台の上に坐り、裁判長は蓋をした洗面台の上で食事をしている。葡《ぶ》萄酒《どうしゅ》まである。籠が足下に置いてある。宿屋から運んだらしい。何だ、と言うので、手紙を手渡す。ボガ夫人は夫の脇に腰を下ろす。

裁判長はカンテラの光で手紙を読み、呻《うめ》く。こんなことは到底受け入れられんな、と言う。「他の連中は何と言っていた。アヴァル君は」

「同じように言っていました。ただ、委員長が到着するのは今夜や明日ではないだろう、というのがミンゴヴィッツ参事官の見解で」

ふん、と裁判長は小馬鹿にしたように笑う。「続けなさい」

「その前に委員会としての見解を統一しておきたい、ということでした」

「また会議か」

「明朝九時に」

「その前に大佐が着いたらどうするね」

「列車を引き渡すのは見解を統一した後、ということで待って貰いたい、と。連絡をいただければアヴァル次長がすぐ来るそうです」

「なるほど、粘るんだな」裁判長はバログに手紙を返す。「何故拒否すると言わないんだ。こんなのは論外だぞ」

　実際には、トルディ大佐が着くのは三日後――いつものように事務員まで含めた全職員と警備の代表者を集めて、その日の予定と、昼夜の警備分担と夜勤担当の確認をし、一般職員が解散した後、大佐が着く前に積荷の一覧を作っておく方がいいのではないか、という提案をトルナイがしている最中だ。タイプの前に待機していたナプコリが外に目をやり、バログに囁く。「あれ、ブレンベルクにいた奴だ」

　バログは外を覗く。黒い髪の小柄な私服の男がホームの端にいるのが見える。ナプコリが話していたことを思い出す。誰だ、とミンゴヴィッツが訊く。

「乗客名簿を作成した晩、大佐と一緒に立ち去るところをナプコリが見た男です。私服ですがＳＳが随行していました」

　ミンゴヴィッツは立って車窓を覗く。確かか、と訊く。ナプコリは頷く。

　駅員に案内されて現れるのはトルディだ。片目を眼帯で覆っている。駅員が列車の方を示すと、一緒に降りて歩いて来る。アヴァルとミンゴヴィッツが迎えに出る。入って来ると、全員が立ち上がる。

　トルディは食堂の中央辺りまで進み、満足げに、坐りなさい、と言う。本人は立ったままだ。小柄な男は入口に一番近い食卓の椅子の背を引っ張って、斜めに腰を下ろす。通路を隔てたむかい側に、アヴァルとミンゴヴィッツは坐る。トルディは二人に向き直る。

「ところでアヴァル君、ハラインから指示を書き送ったんだが、届いているかね」

「三日前の夜に届きました」

そうか、とトルディは静かに言う。「勿論、内容は理解しているだろうね」

「まず、警備の人員以外を全員降ろし列車を引き渡すように、以後の管理は随行の警備要員を加えて委員長が直接行う、とのことでした」

「その通りだ――では何故、君たちはその指示に従っていない」

「多少の支障があります」

「どんな支障だ」

「委員の反対です」

トルディは威嚇的に沈黙する。アヴァルは動揺しない。

「君たちはユダヤ資産管理委員会の委員だ。私は委員長だ。何故委員が委員長の指示に従えない」

私から説明させていただいて宜《よろ》しいでしょうか、と裁判長が言う。説明したまえ、と促されると、答える。

「我々は国有財産の管理をハンガリー王国政府から任されています。その責任を放棄することは、たとえ委員長の指示であったとしても、できません」

　なるほど、とトルディは言う。アヴァルを見遣る。「君は彼らを従わせることもできないのかね」

「私も同意見ですから」とアヴァルは答える。「ただし、納得のいく御説明をいただければ、話はまた別です。それは他の委員も同様です」

「こんな時に何を言っている。米軍はすぐそこまで来ているぞ」

　承知しております、とアヴァルは言う。椅子にだらしなく腰掛けていたドイツ人は、おかしくて仕方がない、と言わんばかりに童顔の唇を歪《ゆが》めている。

「他の指示は」

「委員長の三箇月分の俸給の方は準備してあります」

「マルクでかね」

「計算書を付けてありますので受取時にご確認下さい。トルナイが担当しております」

「わかった。君らの希望については検討しよう」トルディは頷いてみせる。ところで、と言う。「積荷に確か金の延板があっただろう。あれを六箱出して貰えないか」

「金の延板ですか」

「そうだ。色々と便宜を図って貰った謝礼として、このミュラー氏に渡すことになっている」

　ミュラー、と言われた男は腰を下ろしたまま、極めて礼儀正しく身を屈める。トルナイがアヴァルに向かってしきりとかぶりを振る。

「出発時に税関の方で全て封印してありますので、すぐには難しいと思われます」

「封印し直せばいいだろう」

お言葉ですが、とトルナイは口を挿む。「そういう不明瞭《ふめいりょう》な理由での出庫はできません」

「君には訊いていない」

「担当は私です。後で監査が入った時に弁明に困るような理由による出庫は許可できません。具体的に、国有財産の保全に関りかつ不可欠な便宜であったことを明らかにし、その便宜に対する妥当な対価と判断できる材料を提出していただければ、受取人の身元を確認し署名をいただいた上で、可能になります」

その通りだ、と裁判長が呟《つぶや》くと、すっかり気分を害した様子のドイツ人が睨《にら》み付ける。裁判長は平気な顔をしている。

「わかった。ではそれも考えよう」

よろしくお願いします、とアヴァルが言うと、トルディはミュラー氏を立たせて出て行こうとする。

「ところでキシュは一緒ですか」ミンゴヴィッツが訊ねる。

彼も家族も行方不明だ、とトルディは言う。「国境を越えたところで敵機に襲われて森に逃げた。それきりだ」眼帯を指す。「私はこの有様だよ」

「それは残念です」とミンゴヴィッツは冷ややかに言う。

二人が列車を降りるまで、誰も動かない。口も利かない。それから漸く裁判長が、今のは少々弱腰だったんじゃないかね、とアヴァルに言う。

「こちらにも、指示に従っていない、という弱みはあります。全員解任は避けないと」

「キッツビュールに誰か送って内相に直訴しては」

「藪《やぶ》を突《つつ》いて蛇を出したくはありません。ぎりぎりのところで妥協を図るのが賢明です」

ミンゴヴィッツがバログを手招きして、クレックナーはどこだ、と訊く。

「まだ食堂で朝食を食べていると思いますが」

「行って、あのミュラー氏を知っているかどうか訊いてきてくれないか」

食堂に入ると、クレックナーと三人のＳＳが、いつものように揃って遅い朝食を取っている。むこうから手招きされる。クレックナーは何故か声を潜めて、今来て出て行った男ですが、何しに来たんです、と訊く。戸口の硝子戸越しに見えたらしい。

「トラックで先に出発した委員長ですが、まあ、色々ありましてね」

「そっちじゃありません」ミュラー氏のことらしい。

「お知り合いですか」

クレックナーはかぶりを振る。「知り合い、というほどのことはありませんが、ショプロンで見掛けたことはあります」

「来ていただくべきでしたかね」

「とんでもない」

「何故」

クレックナーは立って、バログを隅に連れて行く。「実を言えば、あなた方には感謝しています。屋根もある。寝床もある。食事も提供してくれる。任務を遂行しているという名目もある。文句の付けようもない。まあ、できればですが、多少現金を融通してくれると言うことなしです。兎も角ここの奴らはがめつい」

なんとかしましょう、とバログは答える。頼みます、とクレックナーは言う。

「だからできればこのまま、妙なことには引っ張り込まれずに終戦までやり過ごしたいんですよ」

「そういう奴、ということですか」

「まあ、そう聞いています」

「若造じゃないですか」

「若造ほど無茶苦茶をやるもんです、ご存知でしょう、戦争ともなれば若造の天下です。何にも知らないから、これもできるあれもできると得意顔でどんなことでもやってのけて、二年か三年すれば立派な悪党の出来上がりだ。こっちはどうにか面倒なしにここまで来たのに、最後の最後になって、後で弁解に困るようなことに巻き込まれるのは、正直、御免です」

「巻き込まれたくないのはこちらも同じです。教えて下さって助かった」

「何かあるんですか」

いやあ、大丈夫、と言う。「直接の接触だけ避けて下さい」

「言われなくてもそうしますよ。冗談じゃない」

夕暮れになると、谷は薄い靄《もや》で覆われる。自転車で一旦宿に戻って来たバログは、トルディのトラック隊が街道沿いに車列を並べて駐《と》まっているのを見付ける。最後尾にオープンタイプのスポーツカーがあるのが場違いだ。泥跳ねが青い車体にまで散っている。ハンガリーのナンバープレートが見て取れる。没取品だろう。車列の脇を、バログは自転車を降り、押して歩く。トラック組の憲兵たちが挨拶をする。だらしがない。煙草を吸っている者さえいる。列車の方の要員であるグリルがトラックの警備と一緒にいることにバログは驚くが、むこうは未練がましく最後のふた吸い三吸いを吸って煙草を投げ捨てると、前に立ちはだかって、バログさん、と声を掛ける。

「トルディ大佐が話があると言ってます」

バログが立ち止ると、自転車のハンドルを押える。「これは預かっておきます」脇の軍用乗用車のドアを開け、自転車は宿屋の壁に立て掛ける。宿屋の窓の中で誰かが、指で細く曇りを拭《ぬぐ》って覗く。誰かはわからないが、目が合う。グリルは気が付かない。バログは自動車の中に入る。後部座席で、奥にはトルディ大佐がいる。助手席から例のミュラーが身を乗り出す。ききっ、と小動物のような笑い声を立てる。

「あれはどういうことなのか聞かせて貰おうか」

「キシュ審議官の件です」とバログは準備してきた通りに即答する。「ブレンベルクを出発する直前に電話をしてきました。途中で拾うことになっていたのですが、うまく行きませんでした」

「それがどうかしたのかね」

「不信感の原因になっています。放り出したのではないか、と言っている者もいます」

「誰が」

「誰とは申しませんが、まあ、例えばミンゴヴィッツ参事官ですね」

「アヴァル君はどうだ」

「彼は職務に忠実です。ただ何というか——他の職員相手ではちょっと抑えが利かないところがありまして。だいぶ若年ですし。ただ賢明ですから、妥協しながら目的の方向に引っ張ろうとはしています」

「何の目的だね」

「委員長の指示に従って列車の積荷を守ることです。他に何かありますか」

いいから列車ごと取っちゃえよ、と、ミュラー氏はドイツ語で言う——こっちの兵隊を突入させて連中を追い払えばいい、十人もいれば排除できる。

「妥協、というのは具体的には何だ」

「列車への残留です。これだけは最低限、ということで、話は纏まっています」

「強制的に降ろしたらどうなるね」

「キッツビュールに駆け込むでしょうね。もうそういう話が出ています。次長がなんとか宥《なだ》めましたが」

　無理矢理降ろしたらキッツビュールに直訴するそうだ、とトルディが説明すると、ミュラーは、キッツビュール？　と訊き返す。閣僚はそこにいるんだよ。ミュラーはかぶりを振る――構うもんか、こいつを拘束して夜襲を掛けよう。

　ふいに自動車の窓硝子が叩かれる。おい、バログ、と名前を呼ばれる。グリルが引き離そうとしているのが見える。ヨースカが呂律《ろれつ》の回らないハンガリー語で、いるのはわかってんだよ金返せ、と叫ぶ。グリルと押し合いになる。騒ぎに気が付いて、居酒屋の方の戸口から何人か出てくる。

行っていい、とトルディが言う。ミュラーが失望の声を上げる。折角面白くなってきたのに。

　バログは自動車の扉を開ける。足を外に出し半分身を乗り出したところで、ヨースカに襟首を摑んで引き摺り出される。リゴーは自転車の脇でにやにや笑っている。

行っちまえ、酔っ払い、とグリルが罵倒《ばとう》する。屑《くず》が。ハンガリーの恥だ。バログはそのまま引き摺られていく。リゴーが、恩に着ろよ、と囁く。「燭台《しょくだい》は忘れた訳じゃないからな」

裏手から誰か報せにやろう、とバログは考える。今晩は第一級の警戒態勢を敷かないと危ない。

灰色掛ったチンチラのコートが翻る。ミュラーが襟のところを持って振り回している。いいコートじゃないか。グリルはさすがに渋い顔をしている。貨車の中からトルディが、三千マルクだ、と言う。

いいね、三千マルク。手を打つよ。

貨車の中から出したトルディと家族の私物は線路の脇に置かれている。トラック側の憲兵が積み込みを始めている。グリルの家族がその脇にいるのが見える。それも積みましょうか、と憲兵が言うと、おれの車に積んどけ、着るから、と答える。

女物だぞ。

ミュラーは袖を通して回って見せる。ほらぴったりだ、ユダ公の婆様有難う、と言って大仰に十字を切って見せる。あんたが臭え戸棚に仕舞い込んでおくよりよほど役に立ってます。脱いで、憲兵に投げ渡す。

本当にこんな連中に付いて行くのかね、とバログはグリルに訊く。

「しょうがないですよ。金貰っちゃったもの」

トルディも毛皮の塊を抱えて降りて来る。脇にいた憲兵に渡す。いいぞ、閉めろ、と言うと、曹長が閉めてバログから借りた鍵を掛け、税関吏たちが紐を通して封印する。

積み込み終りました、と憲兵が報告する。

「よし、出発する」

コバチ大尉とグリルを含む五人の憲兵が、家族を連れてトラックの荷台に乗り込む。車列は街道を下って行く。バログは鍵を受け取りながら曹長に、マルコヴィッツ伯が呼んでいる、と言う。

「マルコヴィッツ？　また何です」

「警備の最高責任者になったんだよ」

曹長はかぶりを振る。「五人も引き抜かれた上、伯爵様ですか」

「コバチと大差はないだろう」

「コバチの方がやりやすいですね」

「砲兵と財務警察にも教えてから行こう。どうせ通り道だ」

安全は金で買える、とヴァイスラーは幾らかの皮肉を込めて言ったものだ。ドイツ軍が入って政府を覆した直後、バログが心配して様子を見に行った時のことだ。ヴァイスラーは相変らず悠々自適の引退生活を送っており、違うのは玄関ホールにあったブロンズの像が消えていることくらいだった。

ああ、あれはやった、とヴァイスラーはこともなげに言った。殆ど毎日ＳＳが来てね、これが欲しいあれが欲しいと言うので渡すと、あんたの家には手を出さないと約束して帰って行く。時々、妙なものに興味を持つ。あのブロンズなんて退廃芸術の極致なんだが、おかげで電話も切られてないし、電気もガスもまだ来ている。自動車は、残念だが、真っ先に取られた。

どこかに避難した方がよくはないか。家に来てもいい。居間を空けるよ。

いや大丈夫だ。ぼくも色々考えてる。だがまあ——安全は金で買える。だから買えるうちは買って済ませるさ。

その冬、マルギットは毛皮のコートを新調していた。黒いアストラカンのコートで、ごく質素な仕立てだが、艶《つや》のある渦を巻いた毛並みは素晴らしかった。結局経済的だもの、と言っていた。何年も着られるし。夜でも、昼でも。

家から下りて来て通りに出たところで、二人組のドイツ兵に呼び止められた時も、マルギットはそのコートを着て、馬巣織《ばす》のハンドバッグを持っていた。これも随分彼女のご自慢だったものだ。身分証を出せ、と言われて、バッグの掛け金を外し、真新しい山《や》羊《ぎ》革の手袋を嵌《は》めた手で身分証を出して渡した。ドイツ兵はそれを見て何か囁き合い、笑いながらコートの襟を摑んで引っ張った。マルギットがその手を振り払うと、平手打ちを食わせた。もう一人がハンドバッグを摑んだ。金切り声を上げると、もう一度平手打ちを食わせ、無理矢理コートを脱がせようとした。暴れるので、門柱に頭を叩き付けた。それから二人で繰り返し殴り付け、動かなくなっても物でも投げるように投げ付け合って更に殴った。何度目かに力の抜けた体が滑って道に頽《くずお》れた。

悲鳴を聞いて家から出て来たヴァイスラーが見たのは、その瞬間だった。兵隊の一人が気が付き、ヴァイスラーに指を突き付けて、そこを動くな、と命令した。ヴァイスラーが逡巡《しゅんじゅん》している間にもう一人が大慌てでコートを脱がせ、ハンドバッグを拾い上げた。それから二人は走って逃げた。逃げる時さも忌々しそうに、ユダヤ人の妾《めかけ》が、と叫び、倒れたままのマルギットに蹴《け》りを入れて行った。

暗くなってから、バログのところに報せに来たのはエルヴィンだった。戸口で他人行儀に、母が死にました、と言った。

事情がよく飲み込めなかった。エルヴィンは妙に興奮していて、脈絡なく思い浮かんだことを口走った。ドイツ人に殴られた、警察は逃げた、パパとお姉ちゃんが家に運んだ、が辛うじて理解できただけだった。蒼い顔をして震えていた。カタリンが抱き締めると漸く口を噤み、静かに泣き始めた。

ヴァイスラーの家に電話を掛けたが出なかった。

バログとカタリンはタクシーを呼んで、エルヴィンを送って行った。エルヴィンは乗り渋った。だってぼくはユダヤ人だから、と口籠った。違うよ、とバログは言った。君はユダヤ人じゃない。エルヴィンは傷付いたような顔をした。

ヴァイスラーの家は真っ暗だった。客間の長椅子にマルギットは横たえられ、頭の上まで毛布を掛けられていた。キャビネットにあった燭台に蠟燭《ろうそく》が立てられ、火が点けられているのが唯一の灯だった。ヴァイスラーはその脇に椅子を置き、顔を覆って坐り込んでいた。カタリンが屈み込んで肩を抱いた。

マリカが、バログを玄関のホールに呼んだ。パパはもう全然駄目、と言った。だからおじさまに来て貰ったの。お葬式を出すにはどうすればいい？

バログはまず警察に掛けた。あちこちの部署をたらい回しされた末に、検証は終っている、事件性はない、と断言され、そちらで処理してくれと告げられた。ヴァイスラーの教会の牧師を呼び出した。話を切り出しただけで逃げ腰になったが、勤め先をちらつかせるとずっと協力的になった。医者と、葬儀屋にも掛けた。どちらもすぐにやって来たが、遺体を見て逃げようとするのを捕まえて説得しなければならなかった。隣家の主婦がやって来た。ヴァイスラー一家は奥だと言うと、激しくかぶりを振り、泣き出した。一部始終を聞いたのは彼女からだ。隠れて見ていたのだ、と言った。怖くて止めに出られなかった、あいつらが逃げてから警察を呼んだ、と。

すぐに来てくれました。でも話をすると、あんたも帰れ、と言って行ってしまって。

それから何故か謝った——ご免なさい、ご免なさい、私、本当に勇気がなくて。

奥さんに悪いところは何もありません、とバログは答えた。

医者と葬儀屋を送り出してから、バログは暗い客間に入った。棺《ひつぎ》の蓋は閉じられたままだ。今度はマリカが泣いている。ヴァイスラーは彼女を抱きかかえ、エルヴィンは棺の横の椅子に腰を下ろし、両手を組み合わせて目を見開き、カタリンが随分大きくなった肩に手を回して抱き寄せても、身じろぎもしない。

食堂車の扉は開いたままだ。寝台車の通路からでも、マルコヴィッツ伯がひどく興奮した様子で叫び立てているのが聞こえる。

「わかるか、私が列車の指揮官だ。列車の警備の指揮を任されたのは私だ。私が、指揮官だ」

「列車の警備の指揮についてはそうでしょう」とミンゴヴィッツがうんざりしたように言う。

「うるさい、この共産主義者どもが、ゲシュタポに突き出してやるぞ」

トルナイとゾルナイが小馬鹿にしたように目を見交わす。

「特に貴様だ」アヴァルを指差す。「プロレタリアの共産主義者が。軍閥の親玉が。扇動家が。貴様のいいようにはさせないぞ。真っ先にゲシュタポに引き渡して銃殺にさせてやる」

「事実ではありません。中傷はやめていただきましょう」とアヴァルは答える。

曹長は深い溜息を吐いてから、入っていって名乗り、お呼びだと聞きまして、と言う。

「遅い」

「委員長をお送りしておりました」

マルコヴィッツは一瞬頼りない顔を見せるが、すぐに精一杯重々しく頷く。「よし、では行って全員に訓示しよう。今までのようにはいかない、とな。いいか、列車はすぐに出発する。行き先はランデックだ」

「ですから鉄道側の手配が必要なのです」とアヴァルが言う。

「すぐにやらせればいいだけだ。今日中に出発するぞ」

「無理だと申し上げております」

「お前たちが妨害工作をしなければ、無理ではない」

　曹長の案内でマルコヴィッツは可能な限り堂々と歩いて行く。脇に寄って通すバログには目もくれない。副官のチラギが哀れみを求める犬のような視線を寄越す。バログは食堂車に入る。扉を閉めろ、とミンゴヴィッツが言う。閉めて、ゾルナイに鍵を返す。

「委員長は行ったか」

「はい」

「何を取った」

「チンチラのコート一枚、黒貂《くろてん》を一枚、狐のコートを一枚。チンチラはミュラー氏に三千マルクで売りました」

　ミンゴヴィッツとトルナイは溜息を吐きながら、それぞれ手帳に書きつける。

「完全に私物化しているな」

「積荷を売る権利は委員長にある」とトルナイは言う。「尤も、代金は懐に入れるだろうがね。それであのマルコヴィッツとやらはどうするんだ」

「あの通りの馬鹿だもの」とゾルナイが言う。一同は低い声で笑う。

「駅長に報せますか」とバログはアヴァルに訊く。

「ああ、頼む――手配は可能な限り遅らせてほしいと伝えてくれ」

二、三日喚《わめ》き散らすと、マルコヴィッツ伯は大人しくなった。何をどう喚いても、冷ややかな沈黙しか返って来ないことに気が付いたらしい。警備も財務警察のフロップと憲兵隊のトルカイ曹長が砲兵隊のウタッシー大尉と協議して回していた。つまりは従来通りだ。喚いても機関車が出て来ないことも、漸く理解したようだ。クレックナーに話をしようにも、逃げ回っていて捕まらなかった。あれはトルディ大佐とミュラー氏の一味だ、とバログが教えてやったからだ。マルコヴィッツは落ち込んだ。委員長の指示を守って出発できるよう努力していますから少しだけ我慢して下さい、鉄道側はちゃんと準備を進めています、と言って慰めなければならない始末だった――じきに出発して合流できますよ。

共産主義者どもが、とマルコヴィッツは呟く。ゲシュタポに引き渡してやるからな。

ミンゴヴィッツは嘲笑《ちょうしょう》する。「これは驚いた、共産主義者が妨害工作をしていたとは。これはあなたの責任ですよ、マルコヴィッツ伯、一体警備体制はどうなっているんです」

マルコヴィッツは恨みがましく沈黙し、宿に帰ってしまう。虐《いじ》め過ぎでしょう、とアヴァルが言うと、ミンゴヴィッツは肩を竦める。

マルコヴィッツを追い払うと、一同は懸案の検討に取り掛かる。積荷の再確認だ。この先、トルディ大佐がまた何か寄越せと言って来た場合に備えて、トラックと列車の積荷を把握しておく必要がある。トラックの積荷は概算しか出せないが、その為には列車の積荷を把握しなければならない。

一体目録はどこにある。

キシュ審議官の命令で、と曹長に連れて来られた憲兵の一人は口籠る。「出発の直前にトラックの方に移しました。トラックの方にあると思います」

或《ある》いはもうないかだ、とトルナイは溜息を吐く。

「何をどれだけ持ち去ったかさえ把握させないつもりだよ」とゾルナイが言う。「トラックに臨検を掛けてやればよかったのに」

アヴァルはかぶりを振る。「住民が見ている前で争うのは避けなければなりません」

ミンゴヴィッツは暫く沈黙しているが、ふいに気軽な調子で、バログ君、と言う。

「これは君に頼めるかな」

貨車を開けて確認することになるな、とバログは考える。許可を求めようとすると、ミンゴヴィッツは遮って、方法は一任する、と続ける。

「覚書でいいから可能な限り早く提出してくれ」

あの人たちは積荷には一切触りたくないんですよ、と税関吏のエルチェは愚痴る。

「開けて見た、も、開けて見ろ、もなし。あなたが勝手に開けて勝手に見て、メモを纏めて上げて来た、と、そういう形になりますよ。いいんですか」

「開けなければどうにもできないよ」とバログは答える。「君にもいて貰う。証人が必要だ。業務上横領の容疑は避けたい」

ああ、ああ、私は別に構いませんよ、とエルチェはうんざりした様子で言う。「浴場のあれに関っちまったら、あとはもうおんなじだ。あの人たちだってショプロンケヴェジュドやケーセグではやってるんですがね、あれはなしってことになってるらしい」

まあ、そう主張はするだろう。エルチェは貨車の封印を破る。憲兵たちが貨車の扉を開ける。バログと一緒に入り、箱に書かれた文字を調べ、数える。貴金属については中を確認する。下敷きに挿んだ裏紙に鉛筆でメモを取って行く。後で廃棄しろと言われるなら、紙を無駄にしない方がいい。衝突の衝撃で崩れたり、そもそも乱雑に積み込まれていた箱については積み直させる。

その日は日暮れまで、貨車の中を調べて終る。一輌終る度に入った者の身体検査をし、扉を封印する。食料や乗客の持ち物を積んだ車輛には封印はしない。翌日、残りに取り掛かり、積荷のある最後の車輛を開けようとしたところで空襲警報が鳴る。全員を貨車の中に退避させる。遠く、爆撃機の音が南から北へと通過して行く。

車輛は半分ほどが空になっている。バログの自転車も含めて、乗客の鞄やトランクは降ろした後だ。雑に積み込まれた没収品は端の方に押し込まれている。ジルツで最後に積み込まれた衣類その他だ。分類作業を免れてそのままになっていたらしい。憲兵たちに場所を譲る為に詰めたところで、柔らかい袋の下にある木箱に躓《つまず》く。作業を続けよう、とバログは言う。袋をチェックし、切手帳や稀覯《きこう》なのかどうかわからない本やレコードが詰め込まれた箱をチェックし、半ば焼け焦げた紙袋の束を脇に退け、木箱を開ける。銀のメノーラーが詰め込まれている。覚えのあるひとつを取って、台座の裏を確かめる。磨いていない窪《くぼ》みに、何かで引っ掻《か》いたような文字がある。

Telkes Josef 1898

ヴァイスラーの家にあった小さいブロンズ像を、バログは思い出す。ひしゃげた大きな顔のようなものに潰れた小さな顔のようなものが貼り付いている。子供を抱き寄せている母親だとヴァイスラーは説明する。強いてそう見れば見えないこともない。表現主義だよ。

こういうのは、どうも私にはわからないね、とバログは言う。

ヴァイスラーはブロンズを軽く傾げて眺める。あんな戦争の後では、人間はもう人間じゃない、と言う。まだ人間だと思っているが、人間じゃない。十九世紀の彫像のような人物像を造れば嘘になる。だからこんな風に造るしかない。

ドイツ兵が持ち去ったと言うなら、列車にはない。嫌がらせに取ってどこかに捨てたか、値打ちがわかるなら本国に送ったかだ。夏中、ドナウ川は略奪品を満載した艀《はしけ》で一杯だった。

曹長が覗き込んでいるのに、バログは気付く。重さを量るように揺らして、銀だね、と言う。

「他の車輛に移しますか」

「封印をしてしまったからね。わざわざ開けて移す程のことはないだろう。袋で適当に隠しておこう」戻して、蓋を閉める。曹長が箱を奥に寄せ、衣類の袋で埋める。

バログは食堂車に戻ってメモを纏《まと》める。前日の分は既に纏めてあるので、後は今日の分を車輛《しやりよう》別に記載して合算するだけだ。金塊十箱、金製品四十一箱、金時計三十五箱、金製装飾品十八箱、ダイヤモンド八箱、金貨三箱、各国通貨トランク九十五個、宝石類を収めた小箱二つ、銀製品千五百六十箱、銀の延板一箱、絨毯《じゆうたん》三千枚、衣類、毛皮、切手、稀《き》覯《こう》書、レース、カメラ、レコード、時計等銀製装飾品、磁器、酒、その他、が最終的な報告内容になる。美術館の車輛にあるものは含まれていない。

ミンゴヴィッツに見せて浄書の許可を求めると、ミンゴヴィッツは、このままでいい、と言って受け取る。事務員たちが総出で、列車に残った憲兵、税関吏、財務警察官に聞き取りをする。バログがブレンベルクで集めたメモは消えたが、ミンゴヴィッツが手帳に書き留めた分は残っている。突き合わせを始めたところに、駅長がやって来る。

「非常に申し訳ないのですが、列車の出発は不可能になりました」と駅長は言う。「ラッテンベルクの鉄橋が爆撃を受け破壊された為、その先へは進むことができません。こちらでお待ちいただくように、と運行指令所から指示が出ております」

「ラッテンベルク？」

「ヴェルグルとインスブルックの間で、イン川を渡る鉄橋です」

ミンゴヴィッツは幾らか満足そうに頷《うなず》く。「そうですか、それでは仕方がありませんね」それからバログに、アヴァル君に報《しら》せてきてくれ、宿にいる筈《はず》だ、と言う。

駅長に付いて、バログは列車を出る。ヴェルグルの方を眺めるが、煙が上がっている様子はない。それはそうですよ、随分と遠くですから、と駅長は言う。

ブダペシュトに最初の爆弾が落ちたのは、マルギットが殺されてから十日も経たないうちだった。

知り合いの警察幹部と話をしたと、ヴァイスラーは言った。マルギットのことも知っていたので同情的だったし、ドイツ兵が方々で引き起こす暴力沙汰《ざた》にうんざりしてもいた。下手人は特定されていた。だが既にハンガリー国内にはいないというのが軍の返答だった。前線に送ったと言われれば、引き下がるしかない。是非にと言われたので問い合わせたが、それだけでも大層危険なのだ、とヴァイスラーは忠告された。キシュタルツァにユダヤ系の要注意人物を収容する施設があり、反抗的と見做《みな》されるとそこに送られる。その後、送り出される。ブダペシュト市内のユダヤ人は当面移送しないことになっているが、要注意人物は例外だ。どこに、とは警察幹部も言わなかった。言わなくても十分通じることを、彼もヴァイスラーもよく知っていた。まず自分と子供たちのことを考えろ、と警告された。

ヴァイスラーの家にいる間は、カタリンも黙っていた。ヴァイスラーが努めて、全くありふれたことのように言おうと努力していたのがわかったからだ。子供たちには言っていない、とも付け加えた。外に出ようとさえしないからね。ドイツ人が来ると隠れている。ヴァイスラーが黙っていても何がどうなったのかは知っているのだろうとバログは思った。そういうことはわかるものだ。

帰りの市電の中でも、カタリンは黙っていた。子供たちの恐怖が伝染したかのように押し黙って、脇に立ったままのバログの陰から客たちを盗み見た。停車場からアパートまでは抱えるようにして連れ帰った。扉を閉めるとカタリンは叫び出した。

そんな非道《ひど》い話って聞いたことがない、あいつらは強盗殺人犯を野放しにしているの？

前線送りというのは、ほぼ死刑判決だよ。野放しって訳じゃない。それはヴァイスラーも知っている。

前線で死んだら名誉の戦死じゃない、泥棒で、人殺しなのに。

それから、私もうこんな国にいたくない、と言って泣いた。こんなの私の国じゃない。どうしてみんなそんなに薄情なの。ドイツ人なんて犯罪人なんだから追い出せばいいじゃない。なんで言うことを聞いてるの。

あれは同盟国なのだ、と説明しようとは思わなかった。最初は、価格の下落した農産物を買って貰《もら》う。それから、前の戦争で失った領土を取り返して貰う。引き換えに、ユダヤ人政策を少しずつ進める。そうやってしまいには進駐され政府まで挿《す》げ替えられていたのだ、とは、とても説明できなかった。まして、確かに占領軍は刺激しない方がいいのだ、とは。SSがユダヤ系企業の経営者一族を全員拘束し監禁している話も、省内では囁《ささや》かれていた。会社を丸ごと強請《ゆす》り取るつもりだろう、と言われていた。政権獲得当初にドイツ国内で散々やったのは有名な話だ。本当にやられたら国家にとっては大変な損失になる。ただ、手の打ちようはない。ヴァイスラーが不確かな安全を買うように、沈黙で安全を買うしかないのだ。

翌日、バログは欠勤した。カタリンが心配だった。

十時過ぎに、空襲警報が鳴った。

警報には、誰もが飽きていた。部屋を出て、本省にいれば訓練通り整然と地下の文書庫に入ることになっている。入る順番も決っていた。階段に並んで上役たちから順に入り、全員が入ったところで防火扉を閉める。アパートにいれば、カタリンと一緒に地下室に入る。だが、ついぞ爆弾など降って来た例はなく、警報解除と共に、本省ならこれまた順に、アパートならてんでに、外に出る。だからその日も、取り敢《あ》えず地下室に入った。一応防火扉は取り付けて補強もしてあったが、ただの地下室だ。シートを掛けた古家具の上にカタリンを坐《すわ》らせ、彼自身は、満員の市電の中のように、その脇に立っていた。いつもと違うのは音が聞こえたことだ。遠雷のようでもあり、砲声のようでもあった。立て続けに鳴って、それから静かになった。

警報解除のサイレンが鳴ると、他の住民と一緒に通りに出た。川の見える通りの端には既に人集《ひとだか》りが出来ていた。対岸の川上に火の手が上がっていた。フェレンツヴァーロシュの辺りだ。それよりも遥《はる》かに上流には黒煙の柱が、遠い驟雨《しゅうう》の雲のように高く、太く立ち上がり、上空で北に向かって流れていた。石油精製施設だろう、と誰かが言った。

電車が止るな、と別の誰かが言った。

いやあ、どうかねえ。

朝、アヴァルは広場に立つ市場を横切って町役場に行く。通されるのはこの前の応接室ではなく、町長の執務室だ。窓が開いている。隣家との間の大きな立木は芽吹いて薄緑色になり、綺麗《きれい》に拭《ふ》き上げた執務机の上まで染め上げている。

目下の悩みの種は、と町長は切り出す。「闇取引の増大です。あなた方が来てから目に見えて非道くなっている。一体あの貨車で来た連中はどうなっているんです」

「配給制度を尊重するように言ってはいるのですが──そんなに非道いですか」

「立派に商売を営んでくれていますよ。何をどのくらい持って来たのやら」

「手荷物に何を持っているのかは調べておりません。勿論《もちろん》、是非にとおっしゃるなら調べましょう」無理だとは思っている。ほんの社交辞令だ。「ただ、根本的な解決を図らないと、根絶は難しいでしょう」

「根本的な解決、とおっしゃいますと」

「彼らは――我々もですが、現在、町の配給制の外に置かれています。全ての原因はそこにあります」

「それでも立派にやっておられる」

「町のご厚意のおかげです。宿も、駅の食堂も、渡した食料品でほぼ賄ってくれていますから。有難いことですが、しかしどうですかね――配給外の闇取引とおっしゃるなら、これも立派な闇取引だ」アヴァルは同意を求めるように微笑む。「闇の流通がなければ回らない部分があることは理解しております。ただ、無秩序に闇経済が拡大することは避けなければ、農民が食料を出し渋るようになって配給制は破綻《はたん》します。可能な限り早期に正常化を図る方が、お互いの為になると思いますが」

　無茶なことをおっしゃる、と町長は言う。「何事にも、限界はあります。この町の人口は周辺村落を含めて三千六百です。三千六百五十二人。そこにあなた方が来られた。既に二百人の増加です」

「百八十六名」

「いずれにせよ大きな人口増です。キッツビュールには既にオーストリア東部からの難民が現れた――遠からずここにも来るでしょう。そうなれば更に負担は増えます。食料品への要求も高まり闇価格は上昇し」一人で納得したように頷く。「おっしゃる通りのことが起きる」

アヴァルも頷く。難しい局面ですね、と言う。「配給品自体を増やせば、状況は落ち着く──そうお考えですか」

「そうですが」

「矢十字党幹部の避難列車が遠からぬところに停車中だと聞きましたが、それは事実ですか」

町長は短く方言で罵声《ばせい》を漏らす。「あの連中はあなた方より厄介だ。見境なく金品をばら撒《ま》いている」

「食料の備蓄をかなり抱え込んでいると」

「そう聞いています」

「何故徴発をなさらないんです」

町長は、正気か、というような顔でアヴァルを見遣《みや》る。アヴァルは無邪気そのものといった顔で視線を返す。

「あれはお国の方では」

「ごろつきです。そのごろつきどもが、同盟国の法秩序を乱しているというのは腹立たしいものです」

町長は暫《しばら》く考え込む。徴発して、その先はどうなりますかね、と訊《き》く。

「配給に組み込みます。気休め程度でしょうが、配給品の品薄と闇取引の拡大を抑える効果はある筈です」

「しかしそれでは彼らはどうするんです。あんなところで日干しにしておく訳にはいかない」

「配給券を人数分渡すしかないでしょうね。何かの拍子に彼らが持っている食料が一気に闇に出回るよりましです」

「発砲は、しませんか」

「できません。そのくらいの分別は彼らにもあるでしょう」

町長は考え込む。アヴァルは言う。「ただその場合は当然ながら、こちらも配給に与《あずか》らせていただくのが筋というものでしょう」

それが目当てか、という顔を町長はする。「列車の食料品を供出していただきますよ」

「それとこれとは別問題です。第一に、我々は食料品を宿屋や駅の食堂に渡して調理をお願いしているだけです。従って、特に需給を乱してはおりませんし、今後とも細心の注意を払うつもりでおります。受け取っている方々が余分を闇に回すようなことをしているかどうか、私は知りませんが、皆さん法を守る善良な市民であることは疑っておりませんよ」アヴァルは微笑む。「矢十字党の列車で、取り敢えずの目的は十分達成できる筈です。その後のことは追って協議、ということにしましょう――ところで、燃料はご入用ではありませんか」

「燃料、ですか」

「発電機に使う可能性を考えて多少ですが積んであります。ただし発電機はありません。宜《よろ》しければ幾らかお贈りしたいのですが、いかがです」

その晩、列車に泥棒が入る。

食堂車まで警備の憲兵の一人が呼びに来たのは朝の二時頃だ。不寝番で起きていたバログが行ってみると、憲兵が貨車のうちの一輌を指差す。鍵《かぎ》は掛かったままだ。屋根を破って入ってます、と言う。憲兵と二人でよじ登り、斧《おの》で破られた辛うじて肩が入るくらいの穴から中に入る。カンテラの光で、積んであったトランクの一つが引き摺《ず》り下ろされ、開いているのが見える。中に入っているのは万年筆だ。バログは丁寧に拾い集めてトランクに戻し、蓋《ふた》を閉める。憲兵の手を借りて穴から這《は》い出す。

「大した被害はなさそうだな」朝、ゾルナイが出て来たら鍵を開けてもう一度確認する必要があるだろうが、当座はそう判断するしかない。「他の貨車はやられていないか」

「確認します」

バログは食堂車に戻る。中にはリゴーがいる。あんたの仕業か、と訊くと、何、請負仕事だよ、と答える。

「何を盗った」

「何も盗ってない。盗るなと言われたが、盗るような値打ちのあるものもなかった。何だ、あれは」

「最終的な移送の前に剝《は》ぎ取ったものだ。大部分は処分済みだが、まだ一部が残っている」

リゴーはかぶりを振る。「お前さんたちも、そんなもん抱え込んで、よくまあ恥ずかしげもなくお役人でございって顔していられるな」

「上司の一人もそう言っていたよ。目新しい話じゃない」

「そう伝えてほしいか」

バログは聞き返す。

「何が積んであるか知りたい、と言われたんだよ。ユダ公から剝ぎ取ったお宝が山積みだと言い掛けたが、黙っていてやった。言えば、ほぼ確実に追い出されるな。負け戦で終るって時に、あんなもん抱え込んで進駐軍を迎えたい奴がいると思うか。厄介の種だ」

「誰が知りたがってる」

「守秘義務がある、とあんた方なら言うだろうな。あんたらが抱えているのがお宝なのかがらくたなのか知りたがってる奴、とだけ言っておくさ」

バログは暫く黙ってリゴーを見詰めている。それから、なるほど、と言う。「脅してるのか」

リゴーは笑う。「列車を端から開けただろ」

「ああ、開けた」

「例の燭台《しょくだい》はあったか」

「目星は付けた」

「どこに」

「押し入って探すんだな。銀の箱だけで千五百六十箱あるがね」

千五百六十一箱だ、とバログは考えるが、まだ踏ん切りは付かない。いずれにせよ、あれなら渡そうと思えばいつでも渡せる。扉に封印もしていない。

リゴーは溜息《ためいき》を吐く。「わかった。がらくたがあっただけだと言っておくよ。どうせむこうが興味を持っているのは食料をあとどれくらい持っているかだけだ」

「そっちなのかね」

「彼らにとっちゃ大問題なのさ」

町長は翌日、町役場の役人や近隣の村の手伝いを連れて村を一つ抜け、丘を一つ越える。丘の向こうの待避線に、目標の列車は停まっている。列車から降りて来た拙いドイツ語の責任者と押し問答をしている間に、助役と収入役が他の者たちを率いて貨車まで行く。警備の党員が降りて来るが、困惑しきった状態で追い払おうとするだけで、発砲はしない。町長は配給券を押し付け、後続のトラックに食料品だけを積み込ませる。

町との間の何往復かで、食料を積んだ数輌の貨車は空になる。町長は役場に戻ってから上機嫌にアヴァルを迎え、警官を呼んで、被害届を受理させる。

＊　＊　＊

雨の中を、男と女が歩いて来る。女は頭からハンガリー憲兵の外套《がいとう》を被《かぶ》り、男の制服は既にぐっしょりと濡《ぬ》れている。外套の陰には男の子がいる。三人は宿屋の前を通り過ぎる。

貨車の脇で警備をしていた憲兵が、気が付いて声を掛ける。男が柵のところで話をする間、女は頭から外套を被って立ったままだ。憲兵が、柵を越えて中に入れ、と合図をする。男が見遣ると、女は被った外套の下でかぶりを振る。男も憲兵にむかってかぶりを振り、また歩き出す。憲兵は連絡に走る。

トラックを護衛中とかいう憲兵が来ていますが、と曹長は食堂車の中に首を突っ込むようにして言う。宿から持って来た本を詰らなそうに読んでいたミンゴヴィッツは、老眼鏡を掛けたまま顔を上げる。

「どこの」

「ハンガリーです」

「トラックが来たのか」

「徒歩です。今、街道を上がって来ます。奥さんと子供を連れてます。ずぶ濡れですよ」

ミンゴヴィッツはバログに、傘を持って迎えに行け、と言う。「君は次長に報せに行ってくれ、曹長」

バログは傘を差し、もう一本を持って駅を出る。線路沿いの街道を、まだ若い男と外套を被った女が歩いて来る。足早に近付いて名乗り、傘を渡す。

「ウィーン総領事館付憲兵隊のガランボシュ中尉です」と男は名乗る。傘を開いて妻に差し掛ける。顎《あご》には薄く髭《ひげ》が浮いてはいるし、制服はびしょ濡れだが、身形《みなり》を整えようと努力した痕跡はある。言葉遣いも正しい。「途中までは晴れていたんですが」

「天候が変りやすいので」とバログは説明する。女は外套を肩から掛けなおして、男に身を寄せる。男も大柄ではないが、女はその脇で一際華奢《きゃしゃ》に見える。乱れた髪は黒く、顔色は蒼白《あおじろ》い。口紅だけがくっきりと赤く見える。男の子が外套の中から覗《のぞ》いている。

「宿に部屋を取りましょうか。ずぶ濡れだ」

「大して歩いた訳ではありません。まず責任者と話をさせて下さい。トラックが戻りを待っています。燃料切れで」

「どの辺りです」

「二キロくらいむこうですね」

「イッター村かな」

「その村は通りました」

駅に入ると、憲兵は食堂に目をやる。ストーヴがあります、奥様はそちらに、とバログが言うと、頷いて女を軽く押し遣る。

新聞を読んでいたクレックナーは目を上げる。入って来た子連れの女に目を留める。この辺りとしては洒落《しゃれ》た身形だが、裾《すそ》は濡れて水が垂れている。やはり水の垂れた大きな外套を抱えて立っていると、滅多にカウンターの中から動かない男が出て来て、ストーヴのすぐそばの席に、子供と一緒に坐らせる。外套を広げて、ストーヴの前に掛ける。女に何か訊く。頷く。かぶりを振る。外套は湯気をたて始める。カウンターに戻って、温めたミルクを持って来る。女は配給券を取り出すが、断られる。困惑したまま、まず自分で味を見る。怯《おび》えた動物のようだった顔が僅《わず》かに緩む。それから子供に回す。小声で何か言う。女のハンガリー語はいいね、とクレックナーは考える。男のにはうんざりだ。牛乳嫌い、と子供が言う。文句を言わずに飲みなさい、次にいつ何を食べられるかわからないんだから。そうだ、母さんの言うことをちゃんと聞くんだ、何ならおじさんが言って聞かせようか。

バログはガランボシュとホームを降りて、寝台車の戸口から入る。ウィーン総領事館付のガランボシュ中尉です、とバログは言う。中尉は敬礼する。

ウィーン総領事館、とミンゴヴィッツは言う。「よく陥落に巻き込まれなかったな」

「一日に出発しておりますから」と言ってガランボシュは考え込む。日付も判らなくなるほど草臥《くたび》れているらしい。ミンゴヴィッツが、今日は二十二日だ、と助け船を出す。

「三週間掛かっております。あちこちでトルディ大佐の行方を訊かなければならない上、道中の混乱に巻き込まれ、更にザルツブルクで足止めを食いまして」

「彼はランデックだ」百五十キロ先だ、とミンゴヴィッツは付け加える。「我々も合流しろと言われたが、出発できなくてここにいる。爆撃で鉄橋が落ちてね」

　ミンゴヴィッツは立って厨房《ちゅうぼう》に行き、ぶら下がったままだった大きな布《ぶ》巾《きん》を取り、ラム酒の瓶とグラスを持って来る。布切れを投げて、上着を脱いで拭きなさい、と言う。

「次長はすぐに来る」

　ガランボシュは上着を脱ぎ、頭と顔を拭き、襟口から雨の流れ込んだシャツの水気を取る。ズボンの水気も取る。濡れた布を申し訳なさそうにバログに渡す。促されて椅子に腰を下ろす。ラム酒を注いだグラスが目の前に置かれると、慎重に最初の一口を飲み、それから、この上なく美味《うま》そうに、ゆっくりとグラスを空ける。

「用件には我々が対応するよ。できることなら、だが」

　傘が四つ、プラットフォームに現れる。降りて、線路を渡る。寝台車の戸口が開く。トルナイの声が一際高く聞こえる。私は聞いてないよ。誰も聞いていません、とアヴァルが言う。扉が開いて入って来ると、ガランボシュは立ち上がる。アヴァルは一瞬、面《めん》喰《く》らった顔をするが、いいから坐りなさい、と言う。トルナイとゾルナイ、それに裁判長はガランボシュを取り囲むように腰を下ろす。

「次長のアヴァルです。列車の責任者です」

「燃料の補給をお願いに参りました。内務省のトルディ大佐の隊とはぐれたトラックが、ここから二キロほどの地点で立ち往生しております」

「キルヒベルク？」とゾルナイが訊く。

「イッター村のむこう、ということになるようです」

なんでまたそんなところに、とゾルナイが言うと、トルナイが頷く。「大体、君はブレンベルクにはいなかっただろう。覚えがないもの」

「敵機の襲撃を受けて散り散りに逃げたトラックの一台が、ウィーンの総領事館までやって来たのです。私は総領事館付武官からハラインまでの護衛を任されました。ただハラインでは追い付くことができなかったので、山越えしてイン渓谷まで後を追う途中でした。こちらに列車がいることも聞いていたので、お願いに来た次第です」

奥さんとお子さんを同行しています、とバログが言う。今、駅の食堂にいます。ガランボシュは頷く。

「結構です。給油はしましょう。雨が止み次第、こちらの人員に燃料を持たせて送ります。通り雨だと思いますから」

有難うございます、とガランボシュは言う。

「ですが、トラックは一旦《いったん》、こちらに持って来てはいかがです。お疲れのようですし、ご家族は尚更です。トラックの憲兵たちにも休息が必要でしょう」アヴァルはガランボシュの顔を見詰める。「この列車も、最終的には、大佐の隊と合流することになります。ラッテンベルクの鉄橋が通行可能になり次第出発です。トラックの方の警備人員は何名ですか」

「三名ですが」

「この列車には四十五名の警備兵がおります。これは飽くまで提案、ということで聞いていただきたいのですが、トラックの積荷を移して列車で合流することも一案ではあるでしょう。遥かに安全でもあります。委員会の次長としてはこちらを是非お勧めしたいのですが、いかがですか。判断はお任せしますが」

「時間をいただけますか。お言葉に甘えさせていただいて、宿の方で考えます。トラックの者とも相談して決めたいので」

「勿論です――バログ君、中尉とご家族を宿まで送って行ってくれないか」

ガランボシュがバログに連れられて出て行くと、それで、とトルナイが訊く。

「明日、もう一押しすれば、トラックの積荷を列車に積めるでしょう。どうしても行くと言われても、その前に何を積んでいるか調べられます」とアヴァルは答える。ミンゴヴィッツは笑っている。裁判長は、実に大したもんだな、と言う。

夕方、混み始める前に、ガランボシュは宿の食堂で夕食を取る。トラックは前の路上に駐まっており、列車の憲兵が警備に就いている。トラックで来た三人は別の席で上機嫌に食事をしている。妻が微笑む。濡れた服はとっくに着替えて寛《くつろ》いでいる。彼自身も平服だ。こんなことはこの三週間に一度もなかった。ガランボシュは途方に暮れたように微笑み返す。

　夜勤の日、バログは夜九時に列車に入って、三時まで仮眠する。三時に、それまで起きていた事務員と交代して、朝の九時まで食堂車に詰める。トルディ大佐とミュラーの件があって以来、一応、銃は持たされている。持たされてはいるが、それでどうなるものとも思っていない。

　六時頃になると軽く眠気が差してくる。今日の勤務人員の表を纏めてから、組んだ指の上に額を載せてうとうとする。バログさん、と呼ばれて目を覚ます。グリルが覗き込んでいる。時計を出して時間を確認する。薄暗がりの中で、駅舎に灯が点《つ》いているのが見える。そろそろ始発が来るのだろう。

「いつ来た」

「トラックを一晩転がして、今着きました」

「誰と」

「コバチ。駅食に駆け込みました」

　駅の食堂にも灯がある。誰がいるのかまでは見えない。飲むかね、と言うと、いただきますと言うので、厨房でラム酒をグラスに注ぎ、自分で一杯を呷《あお》り、別な一杯を持って行く。グリルは受け取って、飲む。宿屋の前にトラックがありましたね、と言う。

「どこから来たんです」

「ブレンベルクからだ。はぐれて、ウィーン経由でここまで辿《たど》り着いた」

　これは荒れるな、とグリルは面白そうに言う。

「大佐殿はお元気かね」

「怒ってます。何故来ない、って」

「ラッテンベルクの鉄橋が落ちたんだよ」

「途中で見ました。あれはもう駄目だな」

「駄目？」

「戦争が終るまでは修理なんかできない」にこにこする。

「大佐は今どこだ」

「ザンクト・アントン」

「ランデックじゃないのか」

「ザンクト・アントンの自宅ですよ。胡散臭《うさんくさ》い奴が溜《た》まってます。大佐殿もですが、身分証明書を何通も持ってるような奴ばっかりです。ミュラーは米軍の通行証まで持ってます」

「そんなものどうやって手に入れたんだ」

「米軍の情報局とお友達らしいですね。真剣にやばいですよ、あいつは」

「やばいという話は聞いてるよ」

「誰から」

「クレックナー。ショプロンで噂を聞いたそうだ。関り合いになりたくない、と言っている」

「でしょうね。おれも拙《まず》ったと思ってます」

「きちんと情報をくれるなら、こっちの仕事をしていた、と言ってやれる」

グリルは考えるふりをする。ふりだけだ。「大佐はおしまいだ、という話は」

「いいね」

「飯と引き換えです」

「聞こう」

「ここを出てすぐですが、列車の積荷の一部をメザロシュという奴に譲りました。メザロシュ大佐、だったかな。陸軍の奴です。便宜を図って貰った、というんでしょうが、何なのかは不明です。ただまあ、この前の件もあるんで、渡せと言っても大人しく渡す訳がないと思ったんでしょう、トルディ大佐に対する内相命令、という書状をでっち上げて、本人に署名させようとしたんですよ」

「それはばれるだろう」

「出頭命令が出ているらしいです。だからランデックを引き払って、ザンクト・アントンへ」肩を竦《すく》める。「どうするんです、合流するつもりですか」

「上の方針はそうだ。鉄橋の修復が終らないように祈るよ。で、大佐は今度は何を持って行く気だ」

「トラック以外でですか」

「トラック以外で」

「衣類と下着を男性三名女性五名分。酒を百リットル。金を十箱」

「揉《も》めるね」

「コバチに言っておきますよ」

アヴァルが宿屋まで行くと、ガランボシュ中尉は家族と朝食を食べている最中だ。黒い髪の綺麗な細君と不機嫌な子供が一緒だ。いや、もう終ります、と言って、ガランボシュは代用コーヒーを飲み上げる。二人で外に出る。

外は昨日の雨が嘘のような好天だ。

「こちらに残らせていただきます。トラックの憲兵たちも残ります」とガランボシュは言う。

アヴァルは少し困った顔をする。「公平を期す為に言っておきます。今朝、大佐の使者が着きました。列車の積荷を少しでも持って行きたい、と要求をするでしょう。トラックの荷も同様です」

ガランボシュの失望は痛々しいほどのものだ。わかります、とアヴァルは言う。「一度決めたことを覆すのは難しいものです」

「何がどうなっているのです」

「一番わかっていないのは私たちです。政府委員会の任務として、大佐の命令で、積荷を守ってここまで持って来た。あなたと一緒に来た憲兵たちも同様でしょう。ところでその大佐は業務上横領の意図を疑われている、というのが今朝聞いた情報です」

「本当なのですか」

「諸般の事情を考え合わせると、おそらくは」

ガランボシュは黙り込んでいる。国に帰りたいですか、とアヴァルは訊く。「犯罪に加担したと責められることなく」

「勿論です」

「我々も全く同感です。その為に努力しています」アヴァルは言葉を切る。「もう一つ、知っておいていただいた方がいいことがあります。その前に念の為、伺いたいのですが、あなたは矢十字党の党員ですか」

まさか、とガランボシュは言う。それから幾らか疑わしげに、あなたはどうなんです、と言う。

「私は違います。他の職員にも党員はいません。殆《ほとん》どが大蔵省の官吏で、政治任命は大佐だけです」

ガランボシュはほっとした顔をするが、でしたらこれは非常に申し訳ない話になります、とアヴァルは続ける。「積荷が厳密にはどういう性質のものかご存知ですか」

「国有財産、とだけ」

「ユダヤ人からの没収《ぼっしゅ》財産です」

ガランボシュは答えない。顔から表情が全て消えている。

「これは極秘でお願いします。この先、敗戦となれば非常に面倒なことになります。一緒に来た三人は、没取品の整理分別にも関っています。命令なので拒否はできなかった筈です。我々も同様ですし、あなたに至っては巻き込まれただけだ。ただ、今は不当に奪われない為の努力をする以外、悪意の不在を立証する方法はありません」

ガランボシュは暫く考えている。つまり、と咽喉《のど》の詰ったような声で言う。「私はあなた方と行動を共にするしかない訳ですね」

「そういうことになります」

「国がユダヤ人から没取した財産を守る為に」

人が一瞬で老け込むのを、アヴァルは初めて他人の顔に見て驚く。自分にもあったのかどうか考える。多分。どの時かもわかる。

いいでしょう、とガランボシュは答える。「あなたの指揮下に入るのですね」

「宜しければ」

「宜しいも何もありませんよ。指示をお願いします」

「トラックの積荷を列車に移して下さい」

「それで守れますか」

「幾らかの妥協は必要になります。今はまだ、指揮権は大佐にありますから。それでも兎も角、こちらの列車にある、という状態が必要です」

朝九時からの会議は大荒れになる。コバチが乗り込んできたからだ。大佐の要求をトルナイが長々しい言辞で蹴《け》り、ミンゴヴィッツが無責任に嘲笑《ちょうしょう》し、コバチは怒り狂い、裁判長が大佐の不在を問題にし、現今の状況下での一週間の不在は十分に責任の放棄として扱い得るという話を始め、全員が疲れ果てたところに、グリルが報告に来る。

「トラックは空です。全部、列車に持って行かれました」

お前ら、とコバチは言う。「自分たちのやっていることが判っているのか」

どのみち最終的には合流する訳だよ、とゾルナイが答える。コバチが睨《にら》み付け、会議は休憩に入る。

午後に、会議は再開される。ナプコリは半ば呆《あき》れ顔で議事録を取っている。婦人物の下着は？　これは問題ありませんね？　職員への販売という形なら、権限は大佐にあるよ、とトルナイが答える。いいですよもうそれで、とコバチは言う。紳士物は。同様でいいんじゃないのかね。しかし内務省XI局の局長殿も落ちたもんだね、とゾルナイが茶々を入れる。他人の穿《は》き古しの絹の下穿きがご入用とは。必要なのは洗濯石鹸《せっけん》じゃないのか。大佐殿に報告するぞ、とコバチは言い、報告して欲しいもんだね、とゾルナイは答える。どんな顔をするか見てみたいもんだ。衣類についても同様に販売という形で処理される。酒百リットルは全員一致で、無条件で却下される。売却なら考えるが、その量では価格は衣類や下着とは比較にならない。大佐の給与は支払い済みで、そこから引き落としという形も不可能だ。その先の給与からという提案は拒否され、現金の準備がなければ渡すことはできない、という結論になる。

　では金は。

「ミュラー氏が図った具体的な便宜の内容及び氏の身分の証明と直筆署名とがなければ駄目だ、という事で決着済みだよ」

「今回は別件です。列車の荷をトラック隊に移すだけです」

「事務処理に不都合を来す。書面を提出するように言ってくれ」

「トラックとその積荷はどうです、元々こちらのものでしょう」

　トラックねえ、とトルナイは言って黙り込む。もう積んじゃったからねえ、とゾルナイが付け加える。

「どのくらい欲しいの」

　コバチの顔は真っ赤になる。泥棒ども、と言う。人聞き悪い、とトルナイが返す。人聞きも何もないだろう、くすねたのはあんたらじゃないか、とコバチは叫ぶが、沈黙の中に飲み込まれて消えたことに気が付くと、恥じたように口を噤《つぐ》む。

　記録はしていないな、とミンゴヴィッツがナプコリに訊く。していません、と返答がある。

「積荷の細目はお持ちですか」とアヴァルは訊く。「お持ちなら、それに基づいて話ができますが」

　ありません、とコバチは答える。

「それでは何を要求されても、こちらとしては正当かどうか判断ができません」

「空手で帰れと言われても困るんです。私の立場も考えて下さい」

　では、こういうことにしよう、とミンゴヴィッツが言う。「要求通り、金製品の箱十箱をそちらに移管する。以後についてはそちらで責任を持っていただく」

「十箱では言い訳に困ります。トラックの分を上乗せして貰わないと」

「では十一箱」

「宝石類を詰めた箱もあった筈です」

「幾つ」

　コバチは溜息を吐く。「知りません」

「知らないのなら仕方がない。二箱でどうだ」

「結構です」

　バログは口頭で書式を伝え、ナプコリがタイプで打つ。出来上がったものは全員に回覧され、コバチが署名し、その脇にトルナイが署名する。

　バログ君が積み出しの監督をします、ご苦労様でした、とアヴァルが言う。コバチは席を立って出て行く。バログとグリルが後に続く。外は既に暗くなり始めている。

　文官はおっかねえ、とグリルが半ば笑いながら囁く。コバチが振り返って睨むが平気なものだ。「でもどうするつもりです、これじゃ叛乱《はんらん》だ」

　まだ叛乱じゃないさ、とバログは答える。叛乱にならない形は、幾らでも作れる。

コバチたちが去っても、食堂車では誰も口をきかない。暫くしてから、やっちゃったね、とトルナイが呟《つぶや》く。

「これは命令不服従ではないのかね」と裁判長は言う。幾らか愉快そうでもある。

「内務大臣と直接連絡を取ります」とアヴァルは答える。「そういう段階だと考えます」

「捕まるかね」

「キッツビュールに誰かやります」

私が行くよ、とミンゴヴィッツが言う。「伝手《つて》がある」

「内相が動かなかったらどうするね。大佐の指揮下に戻るか」

「ザンクト・アントンというのはねえ」トルナイがかぶりを振る。「スイスまで一山越えるだけじゃないか」

「我々も行くかね。一つの考えではあるよ」

「ラッテンベルクの鉄橋の問題があります。インスブルック方面への移動は不可能です」

「バイエルンは」

「戦場ですよ」

「ということはここに留《とど》まることになるね」

「米軍が来るぞ」

飽くまで可能性として検討することになりますが、とアヴァルは言う。「その場合は、米軍の保護を求めることになります」

一番現実的な判断だろうな、とミンゴヴィッツは言う。いかがですか、と訊かれて、裁判長は溜息を吐く。

「私は国際法の専門家ではない」だが、と続ける。「正当性は十分に認められるだろう」

「まだ可能性にすぎませんよ。今は内相に、こちらの方針に対する支持を求めるしかありません。飽くまでここに留まり、大佐の要求には応じないことに対する支持です」

V　一九四五年四月二十五日―― 25. IV. 1945

大きな金貨ほどの円形の硝子《ガラス》に花が挟まれている。元は白かったのであろう花弁は乾燥で捻《ねじ》れ黄ばんでいるが、まだ十分に美しい。ふわふわと生えた毛羽も残っている。ただ、本当は花弁ではなく葉だ。花弁に囲まれた中に幾つも固まっているのが花で、灰色に変り始めた縁《ふち》以外はまだぼんやりと黄色い。細い銀枠は飾り気のないもので、土産物じみた派手さがないところが好ましい。

ミンゴヴィッツが後ろ手を組んで覗き込んでいるのは古道具屋のウィンドウだ。日除《ひよ》けで遮光された硝子の中に、木彫りや錫《すず》や、メタルに塗装を掛けた昔の土産物が、安物のシガレットケースや灰皿や古いペンと一緒にぞんざいに並べられている。奥に、老人が店番をしているのが見える。

女房には暫く何も買ってやっていない、と考える。この状況では致し方なくはあるが、非常な不面目であるような気がしてくる。値段を訊くくらいは構わないだろうとも思う。

だが、ペンゲーの両替が殆ど不可能である以上、所持金のマルクを無駄に使うのは控えたい。誘惑を断つ為に時計を取り出して開く。別に時間を決めた訳ではないが、向かいのカフェに入って待つことにする。窓際に坐る。配給券を出してコーヒーを頼む。古い籐《とう》の枠に挟んだ備え付けの新聞を捲《めく》る。どこの新聞だろうと中身に大したことが書いてあると思ったことはない。特に昨今は。ただ、暇を潰《つぶ》す為に文字を追うだけだ。日はじりじりと回って、いつの間にか向かいの古道具屋の日除けは上げられている。

　カフェの扉が開く。目付きの悪い男が店内を見回し、ミンゴヴィッツに目を留めると、戸口を遮るようにして、背後にいたもう一人に何か言う。禿頭《とくとう》の男だ。イムレディ。元首相。その前は国立銀行総裁。その前は蔵相。そのずっと前——ミンゴヴィッツが入省したばかりの頃は、財務秘書官だった。歳は自分と大して違わない筈だが、首相をしていた頃と比べても老け込んでいる。祖父の代から三代掛けて野望の大通りを驀進《ばくしん》した挙句、こんなところに流れ着いたのでは無理もない。目付きの悪い男に先導されて中に入って来る。ミンゴヴィッツは立ち上がる。イムレディは目を留め、ハンガリー語で、君は、と訊く。

　大蔵省勅命参事官のミンゴヴィッツです、と名乗る。「下で働かせていただいたことがあります」

　ああ、ミンゴヴィッツ君か、とイムレディは言うが、覚えている様子はない。

「今はユダヤ資産管理委員会におります」

イムレディはひどく狼狽《ろうばい》した様子をする。ああ、いや、そんな政府委員会があったかね、と言う。「大体何故こんなところにいるんだね」

「内務大臣に指示をいただきに来ました」

「彼らはみんなグランドホテルだよ」とイムレディは投げ遣りに言う。「私は立ち寄っただけだ。私人だからね。残念ながら口添えはできないな」

「是非ご挨拶《あいさつ》をと思っただけです。お会いできて光栄でした」

イムレディはお付きの男と一緒に奥の席に着く。ミンゴヴィッツは坐って、また新聞を開く。コーヒーの匂いがする。代用ではなく本物のコーヒーだ。幾らか摑《つか》ませれば出すな、と思うが、思っている間にイムレディは飲み上げて出て行く。ミンゴヴィッツはまた立ち上がって敬意を示す。

トルチュヴァイが来るのは三時過ぎのことだ。

手紙は渡したよ、と言う。「その場で封を切った。ロビーで立ち話もした」

「グランドホテルか」

ああ、グランドホテルだ、とトルチュヴァイは言ってくすくす笑う。「誰に訊いた」

「イムレディに遭った」

「ザルツカンマーグートに潜伏していた筈だがな。何か言っていたか」

「この件には関りたくないらしい」

トルチュヴァイはにやりと笑う。「いい話だ。有難う」

「内相は何と言っていた」

「今日は所用があって時間は取れない、日を改めて来て欲しい、とさ。別途指示するまでキッツビュール近辺に留まれ、とも言っていた」

「上々だよ」ミンゴヴィッツは内ポケットから封筒を出し、机の上を滑らせる。トルチュヴァイは中を確認して内ポケットに入れ、新聞を指差して、いいかね、と訊く。渡して、外に出る。

　通りを渡って、ミンゴヴィッツは古道具屋に入る。ウィンドウのブローチを見せて欲しい、と切り出す。玩具《おもちゃ》みたいなものではあるが、趣味はいい。感傷的な美しささえある。それが一番重要なことだ。綺麗だと思ったので買った——そう言って渡せる。値段を訊いて、納得したので払う。包んで貰い、ポケットに入れて外に出る。駅までの道を、揺すらないようにそっと歩く。乾燥した古い花弁が、或《ある》いは葉が壊れたりしないように。

「いや、あのアイパッチは笑えた」とナプコリは言う。「こう、ほら脇刈り上げてるでしょ。地肌まで見えちゃって。そこが紐《ひも》で窪《くぼ》んでるんだもん。あれ一番嫌いなんだ、刈り上げに段ができてるの」

「いい男だと言ってなかったか」

　ナプコリはけたたましい笑い声を上げる。「百年の恋も冷めたよ。落ち目、ってやつ？　しかも下着だって。どんだけ困ってんの」

バログはかぶりを振る。幾ら何でも意地が悪過ぎる。だが、大佐が落ち目なのは間違いないとも思う。マルコヴィッツはもう列車には顔も出さない。

居酒屋の中は騒然としている。非番の警備兵と事務員や税関吏で一杯の時間帯だ。何故かこの店がいたくお気に召したらしい。地元の連中と交ざって何が何だかわからないような有様になっている。ナプコリを飲みに連れ出すなら、そういう店の方がいい。本人も気楽そうだ。

「男って意気阻喪すると凄《すご》い勢いで潮垂れるからね」

「女は、潮垂れないのか」

「意気阻喪はあんま関係ない。歳食ってじわじわ来るだけ。あんな風に一瞬で、どん、と来ないよ」それからバログの顔を見て、にたりと笑う。「大丈夫、あんたは最初からそんなだから。大体あんな風に勢いだけでもってないでしょ」

幾らか心外な気はするが、そういうものだとは思う。一体どうするつもりだ、と訊く。

「どうするって？」

「この先だ」

「ああ、そういう話？　行き着くところまで行くしかないんじゃない」それからバログの方に身を屈《かが》める。「こっちに付いてて良かったね。良識の勝利、ってやつ？　放り出すまでもなく、大佐の方が転げ落ちちゃった」

そう判断するには早い。だがまあ、何とかなるだろう、とバログは考える。「その後は」

「その後、何」

「国に帰るのか」

「あんたどうするの」

「考えている」

ふうん、とナプコリは言う。「残ること、考えてるの？」

「まあ、そうだな」

「ここに？」

「ここじゃない。だがまあ、帰らない、という選択もあるとは思う」それから言う。

「一緒に残らないか、と言ったらどうする」

ナプコリは虚を衝かれたように黙り込む。それからけたけたと笑い出す。肩を叩《たた》く。ああ、それ、駄目駄目、と言う。「奥さん死んで、まだ、一年経ってないでしょ」

今度はバログが黙り込む。

「気の迷いだよ」ナプコリは残っていたビールを一気に飲んで立ち上がる。「帰る」

「まだ早いだろ」

「お袋もう寝るからさ」

車のヘッドライトが窓の外を通り過ぎる。バログも立って、送って行くよ、と言う。

二人はゲシュタポに挨拶して、街道側の戸口から出る。バログはナプコリと並んで自転車を引いて緩い坂道を上がる。駅の方から両手に鶏の足を掴んでぶら下げたグリルがやって来る。鶏は両手の先で羽をばた付かせながら叫んでいる。

「何それ」とナプコリが言う。

「大佐の贈物なんですが」グリルが差し出しても、ナプコリは後ずさって受け取ろうとはしない。「おれ、マルコヴィッツ伯を呼んで来なきゃならないんで」

　バログは自転車をナプコリに預けて、鶏を受け取る。

「コバチはもう列車にいます」

　バログは、次長に知らせに行ってくれ、とナプコリに頼む。ナプコリは自転車に跨《また》がって立ち漕ぎで走り去る。

「乗れたんですか」

「乗れたんだね」

　両手に鶏を下げて駅を抜けるのはきまりが悪い。駅員が呆れている。警備の砲兵が寝台車の扉を開けてくれる。食堂車の扉は事務員が開けてくれる。何だねその鶏は、と泊り番のゾルナイは顔を顰《しか》める。

「グリルに渡されまして」

　大佐殿の好意の印です、と既に来ていたコバチは言う。バログは鶏を厨房に放り込み、扉を閉める。

　主だった職員がナプコリを連れてやって来ると、コバチは大佐からの書簡を読み上げる。次長の弱腰を責め、現今の状況を顧みれば、反抗に対しては厳罰を以《もっ》て処すべきだと諭してから、動揺には大いに理解を示し、友邦ドイツの全面的な支援を強調した上で、秩序を保つことを要求している。鶏は厨房で落着きなく動き回り、声を立て続けている。

何だねあれは、とミンゴヴィッツが訊く。

　鶏です、とバログは答える。大佐殿からの差し入れです、とコバチが続ける。ミンゴヴィッツは馬鹿馬鹿しいと言いたげにかぶりを振る。

「じゃ、いらないんですか」

「いるよ。置いて行け」

「それで今度は何が欲しいんだね」とトルナイが言う。

　コバチは書簡を畳んでアヴァルに渡す。「トラックの残りの積荷です」

「積荷は我々が守っている。ご心配には及ばない、と伝えてほしい」

「憲兵の交代も要求しています。もう来ています。トラックで待機しています」

「連れて帰れ」とミンゴヴィッツは言う。

「宝石を詰めた手提金庫がまだある筈だと言っています」

　ゾルナイが溜息を吐く。「コバチ大尉、まさか君は、大佐が一番金目のものだけを持ち去ろうとしていた、ということを知らない訳じゃあるまいね」

「それはまた聞き捨てならない言い掛りですね」

「言い掛りじゃないさ。金の大部分が二台のトラックにあったことは判明している」

「トラックの方が安全だからです」

「この状況でもまだそれが言えるかね。こちらで保護しなければ、一台分の積荷は失われていたんだよ」

申し訳ないが、とアヴァルが口を挿む。「協議したいので、暫く外してくれないか」

「協議、って」コバチは抗弁しようとするが、アヴァルは戸口を示す。コバチは黙って外に出る。

「一体何を協議するんだ？　内務大臣の直接の指示を受けたんだよ。大佐は外された、と判断していいんじゃないか」とゾルナイは言う。「これ以上何か渡す筋合いはない」

「復活する可能性も皆無ではないがね」とミンゴヴィッツは言う。「だが、今はそうだ」

異議を唱える者はいない。もっといい考えがあるよ、とトルナイは言う。「誰か覗かれないようにそこにいてくれないか」と扉を指す。

ミンゴヴィッツが立って、嵌《は》まった硝子越しにコバチを見遣ってから、背中で塞《ふさ》ぐ。

ナプコリ君、手提金庫があったよな、と、トルナイは訊く。

「文房具入れに使っているやつですか」

それだ、とトルナイが言うので、ナプコリは取って渡す。トルナイは蓋を開ける。全部持って行かれると困るんですけど、とナプコリが抗議するので、鉛筆やペン軸を半分ほど出す。定規も、と言われて、定規も出す。蓋をして、鍵を掛ける。鍵束を手探って、別な鍵を外す。これでよし、と言う。

「実に子供じみている」とボガ裁判長が指摘する。顔が笑っている。「鍵は意味がないだろう。壊せばいいだけだ」

「これ以上明確な意思表示はないね」とゾルナイは言う。

アヴァルは黙っている。特に反対はしない。ミンゴヴィッツが扉を開けて、コバチを招き入れる。入って来ると、トルナイが精一杯不機嫌そうに手提金庫を渡す。

「これが最後だ。二度と来るんじゃないぞ」

バログはコバチを駅の外まで送って行く。トラックは駅前に駐《と》まっている。憲兵たちがトランクや鞄《かばん》を積み込んでいる脇に、マルコヴィッツ夫妻と娘がいる。チラギは積み込みを監督中だ。お前たち全員乗れ、とコバチが言うと、グリルが、交代じゃないんですか、と訊く。

「拒否された。このまま帰る」

憲兵たちは不満そうに溜息を吐くと、次々に荷台に乗り込む。マルコヴィッツは無言でよじ登り、チラギが美しい令夫人と小さな娘を抱き上げて荷台に乗せる。お外見る、と娘が言うと、憲兵たちは場所を替る。

トラックは幌《ほろ》の後部を開けたまま走り出す。彼女は荷台の縁から顔を覗かせているが、毛糸の手袋を嵌めた手を上げて、バログにむかって指先だけ曲げて見せる。ばいばい、と口がうごく。幌の奥から手が伸びて引き寄せ、彼女の姿は見えなくなる。

ドイツ兵は毎朝来ては、ヴァイスラーに怪しげな安全を売り付けていった。ハンガリー政府がそれに加わった――バログが事前に警告したので口座凍結の前に現金を引き出すことには成功したが、配給からは外されたので、カタリンが買物をしてやることになった。時々はバログが、役所に出る前に食品や必需品を運んだ。マルギットの残した装身具や自分のカフスボタン、ドイツ軍が取り残した金器や銀器は、ヴァイスラーが自分で郵便貯蓄銀行に持って行った。内容を記した紙袋に収め、受領証を貰った。まあ、ドイツ兵よりはましだ、と言って笑った。少なくとも受領証を出すことは知っている。

「最近は衣類にまで手を付け始めた。高く売れるらしい。マルギットの洋服箪笥《だんす》はもう空だよ」

　ヴァイスラーの家は徐々に解体されつつあった。親から貰った銀器はとっくの昔に消えていた。絨毯もなくなった。茶器も食器も持ち去られた。マルギットと結びついていたものが一つ一つ消えて行く中に、ヴァイスラーと子供たちだけが残っていた。マリカはバログとは口を利かなくなった。切手帳を取られて以降は、エルヴィンも口を利かなくなった。ただヴァイスラーだけが平静だった。奇妙な軽さ、と言った。

　もう何も感じない。ある意味、自由だな。生まれてこの方感じたこともないくらい自由だ。今なら仏教徒にだってなれそうだ。

　スイス大使館が匿《かくま》ってくれるらしい。スウェーデンやスペイン、南米の大使館も受け入れている。行った方がよくないか。

いや、別の解決策を考えている、とヴァイスラーは言った。

五月の初め、気持ちのいい晩に、扉を叩く音がしたので開けると、外にマリカとエルヴィンがいた。マリカは鳥打帽を被って若い男のような身形をしていた。エルヴィンの服装もひどく粗末だった。問い質《ただ》そうとすると、急いで中に入って扉を閉めた。

マリカは驚いているカタリンに抱き付き、それから、帽子の下から覗いている短い髪をちょっと触って見せた。

切っちゃった。目立つから。

エルヴィンは戸口に立ったままじっとバログを見詰めていた。それから、口を開いた。

ぼくたちは行くことにした。

一体どこに。

言っちゃ駄目だ、ってパパに口止めされた。

お父さんも一緒なのかい。

二人はかぶりを振った。マリカは泣きそうだ。パパは行かない、とエルヴィンは言った——一緒に行こう、って言ったんだけど、お前たちだけ行きなさい、って。

カタリンは口元に握った拳を当てる。

それでね、ご免なさい、ここに迎えに来て貰うことになってるの。他に場所が見付からなかったし、それに、おじさまとおばさまに会ってから行きたかったから。少し待たせて貰っていい？　すぐに来ると思う。

カタリンが、お腹空いてない、と訊くと、二人はかぶりを振る。エルヴィンは暫くバログを見詰めて黙り込んでいるが、ふいに、戦争、恐慌、革命、と呟く。

おじさんは言ったよね？　蒐集品《しゅうしゅうひん》が動く時、って。あれ、やっとわかったよ。

バログはエルヴィンの顔を見詰める。気難しい大人のような顔になっている。

今日、ドイツ人が来て家のものを洗いざらい持って行った。家具も。電燈《でんとう》も。ぼくやマリカやパパの服まで。ハンガリー人も一緒だった。分け合って、ハンガリー人は持って行く分の受け取りをくれた。でも一番大事なものは救い出した。隠しておいたんだ。

今持ってるよ。見る？

見たくはあるよ。

見て欲しいんだ。

エルヴィンは背負ってきた背嚢《はいのう》から、油紙で包んだ小振りな切手帳を出して開く。最初のポケットに、いつか持って来た古い切手が入っている。

これをぼくにくれた人は、もういない。そうでしょう。

ああ、とバログは答える。多分ね。

だからぼくにくれたんだ。やっとわかった。それで持って行くことにした。値打ちのわからない人に渡してはいけない。次の、値打ちのわかる本物の蒐集家に渡すまで、ぼくが持っていなきゃいけない。だから行くことにした。

マリカは、馬鹿馬鹿しい、と言いたげにかぶりを振る。

ふいに硝子《ガラス》をこつこつ叩く音がする。井戸のような中庭に突き出したベランダ——というよりは木製の張り出しに通じる硝子扉を、若い男が叩いている。アパートの住人が塵芥《ごみ》出《だ》しに使う中庭の階段を上がって来たらしい。マリカが眩《まばゆ》いくらいの微笑を浮かべる。若者は入って来て帽子を取り、バログとカタリンに軽く頭を下げる。エルヴィンは切手帳を油紙に包んで背嚢に仕舞い、背負い直す。

ちょっと待って、とカタリンは言う。台所の買物籠から、闇で手に入れたチョコレートの包みをとり出す。明日持って行こうと思って買っておいたの。持って行って。

マリカは、ありがとう、助かる、と言って、肩掛鞄に入れる。

君はどの入口を使った、とバログは若者に訊く。

裏の通りに出る入口です。この建物じゃありません。

そうか、とバログは幾らか落胆して答える。慣れてるんだね。

慣れてます、と若者は答える。それからマリカとエルヴィンを促して、張り出しの扉を出て行く。振り返って小声でバログに言う。

ぼくたちが出て行くまで動かずにいてくれると助かります。今夜はヴァイスラー氏には連絡しないで下さい。明日は大丈夫です。もう遠くにいますから。

バログとカタリンは立ったまま、階段を下りる足音に耳を澄ます。殆ど聞こえない。中庭を横切るのを見送りたい気持ちを抑える。裏の棟の扉は微《かす》かに軋《きし》む。その後は、何の音もしない。

プラットフォームに停まっているヴェルグル行きの列車の脇を、数人の職員が歩いて行く。冬物の外套を着ている。四月の末だというのに気温は急速に下がり始めた。列車から降りて来たハンガリー陸軍の将校は、彼らが通り過ぎるのを不審そうに眺めてから付いて行く。最後尾の女に声を掛ける。

「ユダヤ資産管理委員会の列車はこちらかね」

ナプコリは困惑して、将校を見遣る。バログが気付いて、何か、と訊く。

「列車の責任者に会いたいんだがね。トルディ大佐について訊きたいことがある」

ではご一緒にどうぞ、とバログは答える。更に歩いて行って、プラットフォームの端を降りる。列車の全貌《ぜんぼう》が目の前にある。将校は一瞬足を止める。信じられないほど長い。まるで壁だ。駅のプラットフォームの傍から始まって、谷間をどこまでも続いて行く。

職員たちが線路を渡り始める。奇妙な黒っぽい群だ。将校は慌てて付いて行く。

バログは食堂車に将校を案内する。ベケシュ大佐が名乗ると、アヴァルとミンゴヴィッツは一般職員を全員外に出す。寝台車の通路で、彼らは待つ。扉に嵌まった硝子越しにお偉方がベケシュと話をしているのが見える。

「叱られてる?」とナプコリが訊く。

「そういう感じではないな」

ミンゴヴィッツが手を動かし、かぶりを振る。アヴァルが軽く頷く。ベケシュは手帳に書き留める。あれ、軍の警察とかじゃない、とナプコリは言う。どうかな、とバログは答える。他の職員も口々に話をしている。

　ベケシュはアヴァルと握手をする。ミンゴヴィッツが扉を開ける。職員たちは沈黙する。

「わかりました、可能な限りの支援が取り付けられるよう、私からも言ってみましょう」

「助かります」とアヴァルは答える。

「ところで次のザルツブルク行きは何時ですか」

「ヴェルグルから折り返してきますから、それほど待つ必要はありません」

　ベケシュは敬礼する。頑張って下さい、と励ます。愛想良く職員を見回して頷き、列車を出て行く。職員は食堂車に入る。

　良かったんですか、とアヴァルが言い、構うものか、とミンゴヴィッツが答える。

「むこうから時々使い走りを寄越すだけで、本当はどこにいるのかなんて誰も知らないんだからな」

「指揮の放棄だ」と裁判長が言う。「これでもう確定だな」

　朝の会議はいつものように行われる。警備態勢の確認、昼間列車に待機する職員の確認、夜の泊り込みの人員の確認、特筆事項が何もないことの確認。全てが、最《も》早《はや》日常だ。ただ、幾らか空気が軽い。昼の列車組に入らなかった職員たちは、ヴェルグルから列車が来る前に線路を渡って戻る。食堂車の窓からは黒い群のように見える。何人かが列車を待つベケシュに敬礼すると、ベケシュが敬礼を返す。折り返してきた列車がその光景を覆い隠す。

通りから奥まった車寄せまで歩く間にも、グランドホテルの玄関に屯《たむろ》している男たちは見える。服装はきちんとしているが、何か胡散臭い。地元の人間ではない。明らかにハンガリー人だ。何をしているんでしょう、とアヴァルは訊く。

「御用を承るチャンスを狙っている」とミンゴヴィッツは言う。「稼ぎの種だ。そういう連中を使ったことはないのか」

いえ、私は、とアヴァルは言う。

「そうか、用心は必要だが、わかった上で使うなら便利だぞ」

ミンゴヴィッツはトルチュヴァイに目顔で挨拶しながら通り過ぎる。少し奥にハンガリーの憲兵がいて、出入りする者を確かめている。いかにも役人じみた態度で、内務大臣から話があった筈だ、と告げる間も、トルチュヴァイは彼らを目で追っている。だが、すんなり通して貰える。大丈夫だ、と言うように、ミンゴヴィッツは頷いて見せる。フロントに、内務大臣にお目に掛かりに伺った、と伝えると、電話を掛けて訊いてくれる。

広くはないロビーの安楽椅子に坐っているのは閣僚級の泊り客ばかりだ。外務大臣がいるのが見える。農業大臣と何か話し込んでいる。外務大臣が階段を見遣る。誰かを待っているらしい。彼らも待つ。やがて、大蔵大臣が若い男を連れて下りて来るのが見える。挨拶しよう、とミンゴヴィッツは言う。

「嫌がられたら」

「構うものか」

ミンゴヴィッツとアヴァルは大蔵大臣に声を掛ける。大蔵省勅命参事官のミンゴヴィッツです、と名乗る。声を落として、ユダヤ資産管理委員会の列車でこの近辺に停まっております、と囁く。

大臣はすぐには反応しない。何か考えている。「トゥルヴェルジ君のところか」

「はい、立ち上げの時には。現委員長は内務省ですが、消息を絶った為、内務大臣に指示を伺いに来たのです」

大臣は非道く同情的に、長いのかね、と訊く。

「四月八日以来ですから、二十日ですね」

「それは大変だ」と大臣は言う。それから彼らを隅へと連れて行く。「資金は足りているか」

「長くは粘れません。警備兵も含めて百名近い態勢で積荷を守っておりますので」

よし、と、大臣は言う。若い男に何か耳打ちする。男は走るように階段を上がって行く。「少し援助しよう。微々たる助力だがね。待っていてくれれば彼が渡す」

「有難うございます」

大蔵大臣は愛想よく笑って、大臣連中の席の方へと去る。あれは何なんですか、とアヴァルは訊く。

「もともと大蔵省の外局だった委員会を内務省が奪った恰好《かっこう》だ。大佐が消えて内務大臣が愚図愚図しているとしたら、奪い返す好機だ」

フロントが呼ぶ。今日はお会いできないそうで、済まないが再度出直して来てほしい、とのことです、と言う。ミンゴヴィッツは満面の笑みを浮かべて、有難う、と答える。

「有難いんですか」

「こういうのは歓迎だね」

すっかり上機嫌のミンゴヴィッツと困惑するアヴァルは、閣僚たちとは離れた隅に腰を下ろす。閣僚たちとは別な集団もいる。服装は幾らかいいが、様子は玄関脇の男たちと大差はない。何人かが彼らを注視している。やがて若い男が小振りな手提鞄を持ってやって来る。受け取りを書かされる。一万五千マルク。鞄の中で確認をする。

「ひと月はやれるな」とミンゴヴィッツは呟く。

立って外に出ようとしたところで、トルチュヴァイがやってくる。見えるか、と言って、隅の集団を示す。一際大柄で粗暴そうな男が大声で何か言っている。

「目を付けられたぞ」

「誰だ」

「ウィーン総領事のヴァイタ」

「あれが？」とアヴァルは訊く。到底外交官には見えない。

「やばい奴だから気を付けろ」

ミンゴヴィッツは五十マルク札を渡す。「売るなよ」

「売らないさ、貰うもの貰ったもの」

「酒でも飲みに行け」

彼らは外に出る。アヴァルは困惑しきった顔をしている。まあつまり、そういう商売だよ、とミンゴヴィッツは言う。

夜、泊り込みのアヴァルは食堂車のテーブルに向かい、拳銃を分解清掃している。窓の外は風が強い。時折大きな太鼓を鳴らすような音を立てて、谷間を吹き上がる。カンテラの灯の中で、分解し、掃除し、組み立てる。弾倉も綺麗にして、きちんと並べて立ててあった弾丸を一つずつ丁寧に入れる。爪の短い指は無骨で器用だ。交代のバログが入って来ても、顔も上げない。

組み立て直し、遊底を動かす。それから弾倉を入れる。

「銃を持っておいでとは知りませんでした」

「ああ、昔はよく使った」と言ってから、アヴァルは顔を上げて付け加える。「撃ったことはないよ。練習以外では。幸い、撃つ必要はなかった」

それから革のショルダーホルスターに収め、手に提げて、立ち上がる。よろしく頼むよ、と言って、食堂車を出て行く。

＊　＊　＊

ウィーン総領事ヴァイタ・フェレンツの一行は、翌日、黒塗りの乗用車でキッツビュールからやって来る。住民の注目を集めながら車は駅前に駐まり、ヴァイタは意気揚々と部下二人を連れて駅舎を横切り、プラットフォームを歩き、じきに列車が来ますので、という駅員の制止を振り切って端から降りる。線路を渡ろうとしたところにヴェルグル行きの列車が入って来る。一人が恐怖の余り引き攣《つ》った声を立てるが、ヴァイタに後頭部を平手で殴られて黙る。列車の前を横切り、線路を渡る。警備に就いていたガランボシュが呼び止め、名前と用件を聞いて食堂車に案内する。

お前見たことのある顔だな、とヴァイタは言う。ウィーン総領事館で勤務しておりました、とガランボシュは答える。

「おお、そうか、今は事務屋どものお守りか。ご苦労なこった」

食堂車にはアヴァル以下五名の委員の他に、バログとナプコリが詰めている。アヴァルは愛想良く彼らを迎える。酒を振舞う。ヴァイタの両脇に坐った二人は落ち着かない様子をしている。育ちの良さそうな青年たちで、おそらくは外務省の職員だろうと思われる。名前を訊いても、名乗ろうとはしない。

「こいつら二人はおれの手下だ。こいつはベンケ、こっちはエレク。今、鍛えてやってるところだ」

二人は大人しく頷く。ヴァイタはグラスを空け、いい酒だな、と言う。「積んでんのか、これ」

「積荷から出庫はしたね」とトルナイは言う。「正式の出庫だ」

正式の出庫だ、とヴァイタは真似をして、げらげら笑う。「全く、事務屋どもは始末に負えねえ。正式だろうと何だろうと、どうでもいいんだよ。もうおれのもんだからな」手下の一方に言う。「こういう玉なしどもの真似すんじゃねえぞ。ある酒は飲む。そういうもんだ」それから、瓶を寄越せ、と言い、手酌する。二人が飲もうとしていないのに気が付いて、飲めよ、と凄む。二人がおどおどと飲むと、頷いて、注いでやる。

「それはつまりどういうことか、ご説明願えるかね」とミンゴヴィッツが訊く。

「外務大臣の命令だ。この列車はおれが貰った。お前らは降りろ」

「残念ですが」とアヴァルが口を開く。「できません」

何だとこらお前、とヴァイタは唸《うな》ってポケットを手探りし、苛々《いらいら》と、コートだ、おれのコート、と言う。ベンケと呼ばれた方が立って、入って来た時に脱ぎ捨てたコートを取って手渡す。畜生、と言いながらヴァイタは拳銃を取り出すとコートを放り出し、何故かベンケに、膝を突け、と言う。ベンケは、え、と訊き返すが、いいからそこに膝を突くんだよ、と繰り返されるだけだ。アヴァルとミンゴヴィッツの顔を窺《うかが》いながら、ベンケは跪《ひざまず》く。ヴァイタは頭の毛を掴んで口に銃を突っ込む。

「ぐだぐだ言うとこいつをここでぶっ殺す」

ベンケはアヴァルを振り返ろうと努力しながら何か言うが、もごもごするだけで言葉にならない。何かの冗談だろうと思って職員たちが黙っていると、顔はみるみる赤くなり、もごもごは必死の語調を帯びてくる。

やめて貰えませんか、とアヴァルが言う。「お話は詳しく伺いますから」

「話なんざねえわ。出て行くのか行かねえのか。返答次第じゃこいつが脳味噌《のうみそ》ぶちまけて死ぬぞ」

食堂車の扉を叩く音がする。誰だ、とヴァイタが訊く。

「ガランボシュです。クレックナー大尉がおいでです」

「ああ、誰でもいいよ、通せ」

入って来たクレックナー大尉は呆気《あっけ》に取られるが、全員の困惑しきった顔を見回して溜息を吐く。発砲していいですか、とアヴァルに言う。

「許可します」

クレックナー大尉は腰の拳銃を抜いてヴァイタの頭に突き付ける。ヴァイタは笑って誤魔化し、銃をベンケの口から出すと付着した唾液《だえき》を本人のスーツの襟で拭く。摑んでいた髪の毛を放し、銃を持ったまま、両手を挙げる。ベンケはアヴァルたちの方に這って逃げる。

「冗談デス」とヴァイタは拙いドイツ語で言ってへらへら笑う。「ネ。コレハ冗談。オモシロイ？　ワカル？」

警察に突き出しますか、とクレックナーは訊く。

「いや、そっちに坐らせてくれ」

クレックナーの部下が銃を取り上げ、職員から少し離れた場所に坐らせる。ちっくしょう、ドイツっぽが一緒かよ、聞いてねえぞ、とヴァイタは呟く。

「兎も角、暴力はやめて下さい。外務大臣の命令ですね」

「そうだよ、ケメニーの野郎が行って分捕ってこいと言ったんだ」

「この列車は外務大臣の管轄下にはありません」

何言ってんだ、とヴァイタは大声を出す。クレックナーが睨む。「いいか、ここはどこだよ。ハンガリーか。オーストリアだろ。オーストリアだったら、外国じゃねえか。外国のことやってんのはどこだよ。外務省だろ。ってことは、ウィーン総領事のおれのもんだよ。どうしようとおれの勝手だ。違うか」

「違います」

「お前、おおごとになっても知らねえぞ。大臣はみんないいと言ってんだよ。何だほらその、閣議決定か、閣議決定で、おれが取ってもいいってことになったんだよ」

「書面でその旨の通達をいただければ、考慮します」

「大蔵大臣に言いつけるぞ」

「大臣とは昨日話をしましたが、何も聞いていません」

ヴァイタは摑みかからんばかりの勢いで腰を浮かせるが、銃に手を掛けたクレックナーをちらりと見遣って坐り直す。

「話が変ったんだよ。いいから列車を寄越せ」

「話が変ったと言うなら、大蔵大臣から直接にその旨の指示を受ける必要があります」

ヴァイタは唸って、少し考える。ほお、そうか、それならそうしようか、と言う。

「一緒に大臣どもんとこ行って、お前が間違ってる、って言って貰うか？　その方がいいか？」

「結構ですね。参りましょう」

自動車で来てますよ、とガランボシュは忠告する。アヴァルは頷くだけだ。バログに、私の車室にあれが置いてある、鞄の中だ、コートと一緒に持って来てくれ、と言う。バログが鞄ごと取って来ると、上着を脱ぎ、ショルダーホルスターを取り出し、銃を抜いて付けてから、差し直す。上着を着る。物慣れた動作だ。ヴァイタは憮然《ぶぜん》とした顔でその様子を見ている。

「さあ、行きましょうか」

立ち上がったヴァイタは、銃を返せ、と言うが、クレックナーは、お返しできません、と答える。私が預かるよ、とアヴァルが言う。渡しながら、同行しなくて大丈夫ですか、とクレックナーが囁くが、大丈夫、とアヴァルは答え、ポケットに収めて、ヴァイタの後に付いて出て行く。その後には職員がぞろぞろ続く。外務省らしき二人は職員の中に隠れるように交じっている。

すいません、とベンケが言う。ゾルナイが慰めるように肩を叩く。エレクはひたすら恥ずかしそうにしている。駅の前に停まっている自動車の後部座席に、二人に挿まれる恰好で、アヴァルは乗り込む。座席に腰を落ち着けると、コートと上着の前を軽く左側に開く。

　あれは大丈夫かね、とトルナイが訊く。まあ、大丈夫だろう、とミンゴヴィッツが答える。「慣れてると言ってる種類の状況だろうな」

「外務省も落ちたものだ」と裁判長は呟く。自動車は走り去る。


　日が暮れると、雪がちらつき始める。バログは駅の食堂でアヴァルが戻って来るのを待っている。終電で戻って来なければ朝まで待合室で粘るつもりだ。朝になっても帰って来なかったら。捜索隊を出すということで、既に見解は一致している。今夜の泊りはミンゴヴィッツとフロップ。ラジオは陰気な音楽を流し続けている。

　暗いね、とバログはカウンターの中の男に声を掛ける。グラスを磨いている。「もう少し軽い音楽をやってるところはないのか」

「緊急ニュースがあるらしいんで」

「何のニュース？」

「ベルリンが陥落したんならいいですがね」グラスを棚に戻し始める。「いいざまだ」

バログは暫く黙っている。それから口を開く。「ずっと訊こうと思っていたんだが、君らは米軍が怖くはないのかね」

「解放軍ですよ。何しろこっちは占領されていいようにされてたんだから」

ものは言いようだな、とバログは思う。「神々の黄昏《たそがれ》」が中断する。ファンファーレが鳴り、仰々しくドラムが打ち鳴らされ、午後十時に重大発表があるとアナウンサーが告げる。時間が決っただけでもましか、と男は言う。またワーグナーが始まる。

駅員がヴェルグル行き最終の入線を告げに来るが、乗客は誰もいないと見て、何も言わないまま出て行く。列車が来る。降りて来る乗客は疎《まば》らだ。プラットフォームに面した扉が開き、アヴァルが入って来る。バログを見ると微笑み掛け、カウンターに行って、何かまだ食べるものは出せるかい、と訊く。

「ザウアークラウトならありますよ。ベーコン入りです」

「それを頼む。あと、ビールを」

アヴァルはバログのすぐ脇の席に腰を下ろす。ビールを美味そうに飲む。不思議だと思わないか、と言う。

「駅のビールというのは、どうしてこう美味いのかね」

頬骨の上に痣《あざ》ができている。バログが指摘すると、ああ、これか、とアヴァルは言う。

「自動車の中で二度くらい殴り合いになった」

「三対一ですか」

「うん、助手席対後部座席だ。だから、かすっただけだな」

「ミンゴヴィッツ参事官を呼んできます。それから宿の方に戻っている方々にも報《しら》せに行きます。奥様にも」

アヴァルは困った顔をする。「妻に言ったのか」

「言わない訳にもいかないでしょう」

「それもそうだな」

バログは食堂車に報せに行く。次長が戻りました、今、食堂で食事をしています、と告げると、ミンゴヴィッツはものも言わずに一緒に出て、食堂に入る。バログは自転車で宿屋にも報せに行く。トルナイが下にいてラジオを聴いている。戻って来ましたと言うと安堵《あんど》の表情を浮かべる。アヴァル夫人はかぶりを振る。無茶なことばっかりする、と愚痴る。

「止《と》めて下さい、お願いですから」

わかりました、と言って、また駅に戻る。アヴァルは食事を終えて、ミンゴヴィッツとビールを飲んでいる。

「根負けか、そりゃいい」と言ってミンゴヴィッツは笑う。「それで降ろされたか」

「三人でキルヒベルクまで歩きましたよ。まあ、雪になっていたんで濡れはしませんでしたが」

「兎も角、大臣には確認しなきゃならんな」

「明日行きます。あの調子なら問題はないでしょう」

「一緒に行こうか」

「いえ、この前で勝手はわかりました。グランドホテルで拉致《らち》されるってことはないでしょう」

　バログはビールを貰って、少し離れた席に腰を下ろす。店仕舞いとも言われない。疎らに客が増えている。増え続ける。話し声がうるさいので、カウンターの男がラジオの音量を上げる。何だっけ、これは。ブルックナー？

　また音楽が中断し、ドラムが鳴る。声の最初の方はかき消されて聞こえない。深刻にして重大なニュース、という言葉だけが聞き取れる──我らが総統アドルフ・ヒトラーは、ボリシェヴィキとの戦いのさなか、総統府内の作戦司令室において斃《たお》れました、とアナウンサーは続ける。

　食堂は一瞬、静まり返り、それから歓声に満たされる。終戦だ、終戦だ、と叫ぶ者がいる。ベルリンざまあ、と笑う者がいる。終ったの、本当に？　という女の声がする。ビール持って来い、配給券はあるぞ、と言う者もいる。静かにしろ、と言う声はかき消される。何人かは立ってラジオのすぐ前に行く。

　デーニッツだ、と誰かが言う。気にする者はいない。喋《しゃべ》っている声はアナウンサーに比べると聞き取りにくい。歌を歌い始める者がいる。合唱になる。カウンターからビールを運ぶ者がいる。

　いやそれで実際のところどうなんだね、とミンゴヴィッツが言う。アヴァルはかぶりを振る。ラジオではデーニッツが話し続けている。

「持ち場を守り、義務を果たしましょう、そのようにしてしか、来るべき苦難を和らげ、崩壊を避けることはできません。全力を傾注しましょう。かくも多大な苦難を経、犠牲を払った我々を神が見棄てることはありません」

　何人かが嘲笑する。何人かがさすがに腹を立てる。本当に終りか、と訊く者がいる。議論が始まる。ミンゴヴィッツたちは席を立つ。

　隅に一人で坐っている老人がいる。誰も声を掛けない。老人はただ静かにビールを飲む。

　バログが宿に戻ると、居酒屋の扉が開くところだ。主人がゲシュタポを外に連れ出している。巫山戯《ふざけ》やがって、とゲシュタポは叫ぶ。呂律《ろれつ》が回っていない。

「おれたちはみんなナチだったただろ？　みぃんなナチが来た時大喜びしたただろ、違うか？　上の谷から下の谷まで、ナチじゃなかった奴なんか一人もいねえじゃねえか」飲みすぎだよあんた、と主人が言う。「もう帰って寝た方がいい」

んんん、とゲシュタポは唸る。「わかってる、そうするよ、畜生。でも変だろこんなの」主人は宥《なだ》める。ゲシュタポは頷く。ぜぇんぶ忘れて生きて行かなきゃなんないからな。ゲシュタポは何度も繰り返し頷く。「わかってるよ。生きて行かなきゃなんないからな。ぜぇんぶ忘れて生きて行かないと死ぬからな」それからいきなり二、三歩駆け出す。足を止める。前のめりに屈んで、吐く。

ヴァイスラーがグラスの脚をナイフで軽く叩《たた》く音が響く。食卓で賑《にぎ》やかに話をしていた賓客たちが注目する。バログには声は聞こえない。ただ、彼が立って話しながら自分を示したのがわかるだけだ。バログは微笑む。ヴァイスラーは木陰に置かれた横長のテーブルの中央にいる若者にグラスを挙げる。

生まれなかった息子だ、とわかる。自分に似ていないこともない。古めかしい仕立てのモーニングを着ている。はにかんだような嬉《うれ》しそうな顔は自分より幾らか整っているが、それ以上に無防備な、間抜けと言っていい表情が目立つ。大丈夫か、と思う。その隣には花嫁がいる。黒い髪を断髪にした大柄で活発そうな娘だ。木の葉の緑が白い紗《しゃ》のヴェールに影を落としている。

宿屋の庭に並べられたテーブルの間で、息子は花嫁と踊り始める。バログはテーブルの下でカタリンの手に手を重ねる。カタリンは手を裏返し、指を絡ませて握り返して来る。花嫁はダンスが上手《うま》い。息子はひょろ長い脚を縺《もつ》れさせるように付いて行く。意外に器用だ。カタリンが声を上げて笑う。

マルギットもいる。ヴァイスラーの脇からバログにグラスを挙げてみせる。マリカもいる。腹が大きい。踊っている息子にむかって警告するように指を振り立て、息子は口を開けて笑う。隣にいるのは窓から入って来た若者だ。日に焼けて、前に見た時より随分と精悍《せいかん》な青年になっている。太って殆《ほとん》ど中年男のようなエルヴィンは隣の若い男にずっと話をしている。言葉を切るとぼそっと何か言い、神妙な表情で聞き入っていた若い男が困惑するのを見て満足そうにほくそ笑む。頭に小さな丸い帽子を載せている。改宗したのか、と思う。それもありそうなことだ。デブレツェンの義兄とその妻がいる。周りにいるのは場違いなくらい柄が大きくむさ苦しいその息子たちで、目だけが妙にはしこい。娘は信じられないくらい綺麗《きれい》だ。仕立てのいい軍服を着た男がしきりに話し掛けている。むかいの髭剃《ひげそ》り男の息子だ。死なかったんだな、とバログは考えて何故かほっとする。或《ある》いは、死んだんだな、と。どちらでも同じことだ。

握っていた手を、カタリンが引っ張る。立ち上がる。皆が踊り始めている。バログはカタリンに手を引かれて、二人で、踊っている人々の中に交じる。彼女の腰に手を回す。寄り添う。

かつて感じたこともない至福を、バログは感じる。それでいながら悲しい。悲しみで頭がどうかなりそうだ。吠《ほ》えて、目を覚まして、バログは自分が泣いているのに気が付く。

ですからそういう訳にはいかないのです、コシュマイさん、とミンゴヴィッツは鉄壁の仏頂面で答える。

「確かにこの列車は、内務省の管轄下にありました。ただし、内務省の委員長は行方不明で、今のところ、大臣からの直接の指示も受けておりません。もともと大蔵省の監督下に出来た委員会でもあり、一昨日、大臣からの支援も受けました。この事実に基づき、我々としては大蔵省の下に戻った、と想定して業務を続けています。一方で、外務省も管轄を主張している。そう考えざるを得ない事情がありましてね」

つまり？　とコシュマイは両手を膝《ひざ》の間に挿《はさ》んで肩をすぼめたまま訊《たず》ねる。控えめな、哀れっぽい人物だ。こういう奴ほど油断がならない、とミンゴヴィッツは経験から考える。でなければ県令職など務まる訳がない。

「つまり、現在、指揮権は宙に浮いていると、そう判断せざるを得ないのですよ。内閣の方ではっきりした結論が出ない限り、これを」机の上に置かれた指令書をコシュマイの側に押しやる。「受け取る訳にはいかないのです」

「それは幾ら何でも無体というものでしょう、見て下さい、内務大臣の書簡箋《しょかんせん》です。署名もあります」

　ミンゴヴィッツは溜息《ためいき》を吐いて見せる。おそらくはご存知ないかとも思いますが、と断って続ける。「書簡箋が流出する事故があった、と聞いております。指令書を偽造し、内務大臣御自身の署名を求めて発覚したそうですが」

「ですからその件の捜査の為に列車を引き渡していただきたいのです」

「残念ながら、一度キッツビュールに問い合わせて確認しない限り、ご希望には応じかねると思います。尤《もっと》も、現在、指揮を執っている次長は不在ですので、私ではお答えしかねる訳ではありますが」

「いつお戻りですか」

「さあ、その辺りはちょっと」

待たせていただきます、とコシュマイは答える。

「ここでですか」

「こちらでです」

「業務に支障を来しますので、別室にご案内しましょう」

「別室、ですか」

「寝台車の車室の方でお待ちいただければ」

ご案内しろ、と言われて、バログはナプコリの隣席を離れる。ミンゴヴィッツに耳打ちされる。コシュマイを寝台車に連れて行き、車室に入れる。戸口から顔を出して、警備の憲兵を呼ぶ。一人割けるか、と訊《き》くと、大丈夫でしょう、と言って入って来る。相変らず小雪がちらついている。

「その車室に客がいる。車内をうろついたりしないよう見張っていてほしい。特に、食堂車には近付けるな」

わかりました、と憲兵は答える。嬉しそうだ。屋根がある方が楽な勤務という訳だろう。

トルナイとゾルナイが戻って来る。ミンゴヴィッツはコシュマイのことを説明する。

「ぞろぞろ、ぞろぞろ、よく来るねえ」とトルナイは言う。

「欲の皮を突っ張らせて」とゾルナイは付け加える。

二人は食堂車のテーブルに向かい合わせで坐《すわ》る。ゾルナイが携帯用のチェス盤を取り出す。丸い駒は磁石で盤に貼り付いている。

「私が長考しているところからだよ」

「無限に考えるね」

「無限に考えられるのが、この盤のいいところだ。いつでも再開できる」

「夜の間に考えなかったのか」

「夜の間になんて考えないよ」

「二週間目だねえ」

「一週間目だよ」

ゾルナイは長考の続きに入る。トルナイは文句も言わない。ミンゴヴィッツは食事に行く。裁判長は、昨日のショックで関節炎が悪化したというので休んでいる。アドルフ・ヒトラーの死亡ではなく、ウィーン総領事の振舞だ。

アヴァルは三時の列車で戻って来る。雪は止んでいる。ミンゴヴィッツが事情を説明すると、車室まで出向く。コシュマイは入った時と同じ恰好《かっこう》で坐っている。

「次長のアヴァルです。列車の指揮を執っております。指令書を拝見できますか」コシュマイが差し出した書面を受け取り、眺めて、返す。感じのいい微笑を浮かべて、残念ですが、と答える。「今日は受け取ることができません。内務大臣ご自身の確認が必要です。後日、キッツビュールで落ち合って、一緒に大臣のもとに行くということにしたいのですが、いかがですか」

「それは、拒否、ということですか」

「早まっていただいては困ります。飽くまで、後日、ということです」とアヴァルは答える。「ただキッツビュールは昨日の報《しら》せの後で少々混乱しております。今日も出向いたのですが閣議中とのことで、誰にも会えませんでした。今週は駄目かもしれません。再度ご連絡をいただけますか」

コシュマイは大人しく立ち去る。また来ると思うかね、とミンゴヴィッツは訊く。

「いや、来ないでしょう」アヴァルは溜息を吐く。「でも、この先もああいうのは無限に現れますよ」

ヴァイスラーの家は空っぽだった。門扉にも玄関の扉にも、鍵《かぎ》は掛かっていなかった。呼び鈴を鳴らしても誰も出て来なかった。押し開けて入って、立ち竦《すく》んだ。

何一つない。何も残っていない。あるのは取り去られた家具や天井の電燈《でんとう》が壁や天井に残した跡だけだ。ヴァイスラーの名前を呼んでみる。こっちだ、という声がしたのに驚いて、それから、書斎だった部屋の半ば開いた扉を押し開ける。

そこもまた空だ。壁を占めていた書棚も、自慢の寄木の机も消えている。本さえ消えている。椅子も、一つも残っていない。窓掛まで持ち去られている。完全な空白の真ん中に剝《む》き出しのマットレスだけが投げ出されていて、ヴァイスラーはそこに腰を下ろしている。

全面的な解体、とヴァイスラーは言う。実に徹底してるよ、いい仕事だ。屋根と壁がまだあるのは奇跡だな。

バログが反応に困っていると、マットレスを叩いて、坐れよ、と言う。バログはヴァイスラーの脇に坐る。煙草あるか、と言われたので、出してパッケージごと渡すと、一本だけ取って咥《くわ》え、返して来る。ポケットから蓋《ふた》付きの携帯用灰皿を出す。バログも咥え、マッチを擦って火を回す。二人は暫《しばら》く無言で壁を見ながら煙草を吹かす。額の形に白い空白が浮かび上がり、上には電燈の線が覗《のぞ》いている。船の絵があった筈《はず》だ、とバログは考える。大したものではないが、悪くはないヨットの絵が掛けてあった筈だ。

子供たちは行ったかい、とヴァイスラーは言う。

ああ、行った。あの若者は誰だ。

マリカの彼氏さ。

ヴァイスラーは笑う。笑っている場合じゃないだろう、とバログは言う――あれは駆け落ちか。一体どこに行ったんだ。

さあ。

さあ、じゃない。

国境の向こうだ。海の向こうとも言っていたな。大丈夫、あいつは若いが、あの連中の中じゃ顔だからね。上手くやるさ。

マリカはまだ十八にもなっていないだろう。

ピクニックに行っていた頃、カタリンは幾つだった、マルギットは。

二十歳にはなっていたよ。

マリカもじきに二十歳になる。一瞬だよ。誤差の範囲だ。

エルヴィンは十五だ。

ああ、だが、二人ともぼくに任せて下さい、と言われたら、この有様では任せるしかない。あの子たちは孤児になるからね。

バログは沈黙する。来たのか、と訊く。

ああ、来た。今日の午後、警察署に出頭することになっている。実際には出た途端に拘束されるだろうな。その後は――ヴァイスラーは煙草を持ったまま、塵《ちり》を払うような動作をする。

何故一緒に行かなかった。

私までいなくなれば捜索される。それは、好ましくない。モイシェは――。

モイシェ？

あの若者だよ。最近そう名乗るようになった。父親を知っていた。海の向こうに行くという運動の熱心な支持者だった。かなり金も出していた。私にも出させた。支援者、って訳だ。今はどこにいるのかね。兎《と》も角モイシェはなかなか頼りになるが、まだ若い。

余計な荷物は背負わせないことにしたのさ。

空想的な話すぎて付いて行けないよ。

私もそう思う。迎えに来た連中と合流すると言っていた。それから連れて行って貰《もら》うのだと。おとぎ話だ。私は信じない。海の向こうだろうとどこだろうと何も違わないことは知っている。だが、おとぎ話を信じなければとても乗り切れないだろう。だから残った。

もう少し具体的な話をしてくれないか。私はどうすればいい。

何も。

何も？

ああ、何もしちゃ駄目だ。

捜さなくていいのか。

それは一番して欲しくない。君も危険だし、子供たちも危険だ。だから具体的なことを知っているとしても、話さない。

そう言って、ヴァイスラーは短くなった煙草を眺め、携帯用灰皿で揉《も》み消す。差し出すのでバログが自分の吸い殻を消すと、蓋を閉めて寄越す。立って、目の前の壁の羽目板を拳で軽く叩く。斜めに外れる。

これは流石に誰も気付かなかった、と言って自慢顔をしながら奥に手を入れる。革のケースに挿した拳銃が出て来る。バログが狼狽《ろうばい》していると、一際大きな微笑を浮かべて、向こうを向いてくれ、と言うように指をくるりと回す。躊躇《ためら》っていると、頼むよ、と言う。

　バログは腰を下ろしたまま、ヴァイスラーに背を向ける。

　気が付くと、男二人がバログの腕を引いて立たせようとしている。外から来たらしい。壁際にヴァイスラーが倒れているのが見える。彼の面倒を見る連中も送り込まれている。死体を表返し、一人があれこれ確認し、別な一人が書き留める。バログは連れ出されて車に乗せられ、警察署に連れて行かれて、無愛想な部屋に坐らされる。様子を見に行っただけだ、昔話を少しして、背を向けるよう言われたのでその通りにしたのだ、と説明する。何の話か訊かれる。ヴァイスラーがまだ省にいた頃の話だ、と答える。具体的には？　入省したばかりの職員に既に妻も子供もいるのを無茶だと笑ったことだ。幾らあの頃で戦争帰りで自暴自棄でも、あり得ないことだった。子供たちは、とも訊かれる。何も聞いていない、と答える。何度も同じことを尋ねられ、何度も同じ話を寸分違《たが》わず繰り返す。何十回でも、自動的に、機械人形のように僅《わず》かな齟齬《そご》もなく繰り返せるであろうことに自分でも驚く。やがて一人きりにされて外から鍵を掛けられ、二度ほど、中から扉を叩いて出して貰い、見張り付きで手洗いに行く。それから、お引止めして申し訳なかったと言われて釈放される。

　外は真っ暗だ。真っ暗な中を、自転車は押収されたので歩いてアパートに帰る。ヴァイスラーの灰皿は上着のポケットの中にあり、歩く度に腿《もも》に当る。

＊　＊　＊

朝の五時、眠っていたバログは砲声で目を覚ます。近い。着弾点はもっと近い。急いで服を着、同じように起こされた非番の憲兵たちと外に出ると、貨車の一部が粉々になっているのが見える。柵を越える。食堂車の方から泊りのゾルナイが走って来る。

怪我人は、と警備の砲兵に訊くと、いません、と言う。弾は貨車を抜け川原に着弾したらしい。道路の向こうの山を指差す。朝日で木立の影しか見えない。ウタッシー大尉が無事だった貨車によじ登る。双眼鏡を提げている。上に立って、山に双眼鏡を向ける。危ないぞ、とゾルナイが声を掛けるが、返事はない。あれだ、と独り言のように言うのが聞こえる。

「何だ」

「高射砲です。ほぼ水平撃ちですね」暫く何も言わない。「武装親衛隊です」

「いいから降りなさい」

ウタッシーは降りて来ない。ゾルナイは溜息を吐き、集まって来た砲兵に、警備に戻れ、と言う。シートの予備はあったかね、と宿屋から駆け付けた曹長に訊く。ある、と聞くとゾルナイは貨車の鍵の束を渡す。「被《かぶ》せて隠しなさい。それから積荷を回収するように。空いている車輛《しゃりょう》に何とか収めるんだ。バログ君は次長たちを呼んで来てくれ」

ウタッシーを見上げる。「そこを降りてくれ、お願いだから」

ウタッシーは降りて来る。大丈夫です、次を撃つ動きは今のところありません、と言う。

「攻めて来るかね」

「脅しですよ。こっちの反応を見てるんです」

イッターに下りて行く斜面にいるようです、とウタッシー大尉は報告する。「対空機関砲が二門、あと、アハト・アハトらしきものも見えます」

アハト・アハト、と裁判長が訊く。高射砲です、と大尉は説明する。

「組織立った部隊ではありませんが、戦闘は可能でしょう。兵力は百名以上、おそらく百五十名程度と見ています」

「敗残兵かね」とミンゴヴィッツが訊く。

「生き残りを寄せ集めたんでしょう。編制が滅茶苦茶です」

「斜面でじっとしているのか」

「警戒しているのだと思います。正規の中隊なら簡単に蹴散《けち》らせる程度の装備と兵力ですから」

「我々はどうです」とアヴァルが訊く。

「こっちには迫撃砲さえありません。攻撃された場合、難しいことになります」

曹長は同意を示す。財務警察官は絶望的な顔をしている。

「こちらに下りて来ないことを祈るのみです。監視させていますが、今のところ、その様子はありません。今日のうちに大規模な攻勢に出るとは考えにくいですが、威力偵察の可能性は考えておいた方がいいです」

天候が悪かったからねえ、とトルナイは震えて見せる。「山になんていたくないだろうよ」

どう思うね、とゾルナイに訊かれて、ミンゴヴィッツは、戦争呆《ぼ》けどもが、と吐き捨てるように呟《つぶや》く。それからアヴァルに訊く。「どうするね」

「武力抵抗は不可能、ということですか」

誰も答えない。ミンゴヴィッツは警備の三人を示す。三人とも固く口を噤《つぐ》んでいる。

「敗残兵といってもむこうは倍以上だ。装備も比べ物にならん。積荷を守ることが第一だ」

アヴァルは口惜《くや》しそうに押し黙っている。

「杞憂《きゆう》に終ることを祈るが、機関車の手配を頼んで、いつでも離れられるようにしよう」とミンゴヴィッツは続ける。

居心地は良かったんだけどねえ、とトルナイは言い、ゾルナイは頷《うなず》く。

「一つ問題がある」と裁判長が言う。「ここを出るとして、キッツビュールにはどう説明するね」

「説明くらいは幾らでも付けられるが、これ以上、妙な奴が列車を寄越せと言って来る隙は作らない方がいい」とミンゴヴィッツは答える。

アヴァルは黙り込んでいる。それから、わかりました、と諦《あきら》めたように言う。「退去命令を取りましょう。同盟国の行政機関が退去を要請したので尊重した、という形です。ただし、一度取ると撤回させるのは困難ですから、引き払うことになります」

決を採ろう、と裁判長が言うと、全員が手を挙げる。

「次に、乗員の問題があります。混乱が始まっているとすれば、この後はかなり危険な状況になるでしょう。警備の人員は残すとしても、それ以外の人にはできるだけ降りて貰いたい。列車を守れる最少人員まで、できれば縮小したいのです」

「降ろすということかね」とゾルナイが訊く。「降りた連中はどうなる」

「ここで連合軍の到着を待って貰うことになります。僅かの辛抱です。食料、宿舎の問題から考えても、どこに行くことになるかはまだ判りませんが、ここ以上の条件は望めないでしょう。我々と最小限の警備要員事務要員以外は、希望を聞いた上でですが、ホプフガルテンに残るよう説得することになります。勿論《もちろん》、正式には退去命令が出た後ということになりますが、打診は始めておきたい」

炭鉱の連中はどうするね、とトルナイが訊くと、あの連中は好きなようにするだろうさ、とミンゴヴィッツは答える。決を、と議長が言い、全員が手を挙げる。

よろしいでしょうか、と曹長が許可を求める。「実は憲兵隊が浮き足立っています。

財務警察もです」

　大尉が溜息を吐く。「砲兵隊も同様です。我々には戦闘能力がないに等しい。襲撃を受けた場合、抵抗できるとは思えない。とはつまり、見せ掛けで追い払うことができない場合は抵抗しない、ということになると思うのですが――」

　情けない、と裁判長は言うが、無理なものは無理だ、とミンゴヴィッツは無愛想に反論する。裁判長はミンゴヴィッツを睨《にら》む。曹長は俯《うつむ》いている。大尉は申し訳なさそうに続ける。「その為に、戦闘員と見做《みな》される恰好はしていたくない、という声が出ておりまして」

　これには流石に非難の声が上がる。批判しないのはアヴァルだけだ。

「警備は、続けて貰えますね」

「続けます。形だけですが」

決を、と裁判長は言い、全員が手を挙げる。裁判長も挙げている。

「積荷から私服を支給します。トルナイ監査課長、出庫をお願いします。他に何かありますか」

特にないなら、私は積荷の回収を見に行くよ、とゾルナイは言う。「そこらに金貨が散らばっているような有様でドイツ兵を刺激したくない」

「町の連中も」とトルナイは付け加える。

「町の連中もだ」

バログは宿屋に戻る。おかみに、御主人は、と訊く。居酒屋の入口を示される。中に入ると朝食の支度をしている。えらい音だったな、と言われる。

「あれは何だね」

「高射砲だそうだ」

宿屋の主人は頷きながらテーブルに皿とカップを配る。食べるかね、と言われる。ああ頼む、と答える。「ついでに少し話があるんだが」主人がおかみを呼んで代わって貰おうとするので手を挙げて制止する。「内密の話だ」

主人は席までコーヒーとパンを持って来てくれる。温かい茹《ゆ》で卵も運んで来て、置くと、前に腰を下ろす。小さい林檎《りんご》とバターがひと欠片付いている。バログは卵の殻の上を取り去り、匙《さじ》で掬《すく》って口に運び、バターを半分入れる。塩を振り、軽く混ぜて食べる。

白旗がいるんだよ、と言う。

「なんだ、あんたら降伏するのか」

「武装親衛隊が下りて来た。今朝の砲撃だ」

「一発だけだったが」

「こっちが反応するのを待っているんだろう、と警備の砲兵大尉は言っている。ウタッシーだ」

「ああ、あの人ね。砲兵さんか」

「一応教えておくが、武装親衛隊は少なくとも対空機関砲を二門と高射砲を一門持っている。アハト・アハトと言っていた。兵力は百五十人程度だろう、ということだ」

有難う、と主人は言い、お互い様だ、とバログは答える。卵が美味《うま》い。下手をすると当分、あり付けない。「こちらの警備兵では対応できない。おそらく、出発することになる」

主人は唸《うな》る。「追加で二週間分、色々受け取ったばかりだが」

「警備兵以外は殆ど残る。炭鉱の連中もだ。米軍が来るまでおいてやってほしい」

「それは別にいいよ。クフシュタインまでは来てる。お代も貰ってる。で、白旗だな」

「腕章はあるかね」

「縫わせてる。白い奴だ」

「それも分けてくれないか」

武装親衛隊が相手なら制服の方が効くと思うがね、と主人は言う。「ただじゃないぞ」

「幾ら」

「纏《まと》めて七十マルクでどうだ」

「五十にしないか」

「六十」

いいだろう、とバログは答える。

「あとで子供に列車まで届けさせる。代金引き換えだ」

バログは卵を食べ、バターの残りをパンの一切れに塗って食べ、もう一切れは半分に割った小さい林檎の切断部に当ててポケットに入れる。今日は忙しいんだよ、と言いながら残り半分を齧《かじ》る。そうだろうな、と主人は言う。

「部屋を空けるのはいつになるね」

「上の交渉次第だが、今日はない。明日以降だ。警備の連中が戻って来たら、少し遅くなるかもしれないが、朝食を出してやってくれないか」

居酒屋を出たところで、ヨースカが戻って来るのに遭う。おはよう、と声を掛けられる。おはようと応じて、出発することになりそうだとリゴーに伝えてくれ、と言う。

ヨースカは寄って来る。全員か、と訊く。

「後で話し合いがあると思うが、上の意向では警備兵と職員の一部だけだ。他の者はここで連合軍の到着を待ってほしい、と言っている」

「それは有難いが——燭台《しょくだい》はどうする」

「見付けた」

「それで」

「今日は忙しい。後で話そう」

アヴァルは駅長室で事情を説明する。退去命令、と聞くと駅長は、何故私に、と訊き返す。

「町長に直接お願いするより、あなたから言っていただく方がよろしいかと思いまして」とアヴァルは言う。「線路に破損が出ているのでは」

「線路自体は問題がないだろうという報告を受けています。破損した貨車を外した後確認点検をして、午前中に終りますが——そうですね、私から言う方がいいでしょう」

駅の食堂で朝食の後を過ごしていたクレックナー大尉にも説明する。賢明です、砲まで持っている武装親衛隊に抵抗するのは馬鹿馬鹿しい、とクレックナーは答える。

「私もあまりお役に立てるとは思いません。申し訳ない」それから、民間人の服が、もしあれば都合してくれませんか、と頼んでくる。「迂闊《うかつ》にこのなりで出会《でくわ》して合流しろとか言われたくありません」

警備人員に積荷の衣類を配るので、その時に来て下さればお渡しします、とアヴァルは答える。

炭鉱の代表者も、食堂車に呼び出して説明する。一応訊いてみますが、残るということで考えていただいて結構ですよ、と回答される。

駅長が言っていた作業の前に、積荷の回収は終っている。昼には破損した車輛と最後尾に付いていた空の貨車、合計四輛が外される。午後には貨車から衣類の袋が出され、警備の憲兵、財務警察官、砲兵たちは私服に着替え腕章を付けて警備に就く。クレックナーとその部下たちも、私服を持って宿に戻る。駅長が食堂車まで来て、町長の承諾を得ました、郡長に連絡して、明日には退去命令が出るでしょう、と伝えて行く。宿に戻って、妻に、出発することになると告げる。子供たちはもう部屋の中を歩き回っている。

「君は残ってもいいんだけど。正直、先行きに自信がない」

「大丈夫。あとほんのちょっとじゃない」と彼女は言う。「ここまで来たんだから、やれるわ」

三時頃、食堂車に戻る。憲兵隊は私服に白い腕章を付けて警備に就いている。一見では、制服を着て銃を背負っているよりも物騒に見える。ガランボシュはウィーンから持って来たらしいすっきりした私服に着替えている。外套《がいとう》まで自前だ。ご苦労様です、と言われる。感謝までされる。

「列車を守って戦えと言われたらどうしようかと考えていました」

そうだね、とアヴァルは答えて食堂車に入る。テーブルに着いて頬杖《ほおづえ》を突いていたバログが身を起こす。立たなくていいよ、と言う。列車に留《とど》まる職員とその家族、それに事務員の仮名簿を渡される。

「憲兵隊、財務警察、砲兵隊の方はタイプ打ちがまだです。何人か残る者が出る、無理強いはできない、と言われています。手書きですが、ご参考までにお渡しします」

「ナプコリはどうするんだね」

「行くと言っていました。少し飲みますか」

「そうだな、一杯だけ貰おう」

バログは厨房《ちゅうぼう》から瓶とグラスを持って来る。アヴァルは自分でグラスに注ぐ。傾き始めた日が薄茶色の酒の透明な影をテーブルの上に落とす。中心部だけが金色に明るみ、それが左右に揺れている。

「君は何年勤めたんだっけ」

バログは考える。「一九一五年からですから、ちょうど三十年ですね。間に二年、戦争に行っていますが」

「前の戦争が終った時もこんな感じだったか」

「前線に近いところにいましたから、大混乱でした」

そうか、とアヴァルは答える。「私はまだ子供だったからね。町中にセルビアの旗が立って、祖父母と両親がばたばたし始めて、ハンガリーに連れて行かれた。ゼンタにいた時に一度、一人で昔の家まで行って見た――他の家族が住んでいたよ。知っている人たちだったが、挨拶《あいさつ》もせずに戻って来た」

「そういうことは、あまりお勧めできませんね」

「そうだね、あれはすべきじゃなかった」

アヴァルは酒を飲み干す。戻すように言おうと思ったところに、ガランボシュが入って来る。ドイツ兵が来ています、と言う。

「武装親衛隊です」

三人のドイツ兵――大尉と中尉と少尉は、入口で背負っていた銃をガランボシュに預け、入って来ると敬礼する。列車の運行責任者は貴殿でありますか、と言う。そうだが、君たちは、と訊くと、第十七装甲擲弾《てきだん》師団指揮官ボッホマン大佐の代理として参りました、と言う。

「むこうの斜面の、かね」

「部隊の位置は口外してはならないと言われております」

「見えるよ。イッター村に下りて行く斜面にいるのは君らだろう。砲撃を受けた時に確認した」

三人は顔を寄せ合って相談する。だーだーと言うのが聞こえる。

「我々はいつでも貴列車を砲撃できるのであります。列車の貴重品を徴発しに来たのであります」

アヴァルは実に微妙な顔をするが、まあ坐って少し飲んだらどうだ、と誘う。三人はまた相談する。バログがグラスを持って来る。結局、三人は腰を下ろす。注いだグラスを一気に空けると、がやがやと何か言う。バログには何を言っているのか理解できない。

アヴァルがバログの知らない言葉で訊く。

君らはヴォイヴォディナの出身じゃないのか。

三人は驚愕《きょうがく》する。ええ？　というような声を上げる。ふいに、若さが剥き出しになる。

私はキキンダなんだよ。

おれテミシュヴァルだ。近場じゃん。

おれたちみんなバナト。

何でこんなとこいるの、おっさん、何してんの。

今はハンガリーで働いてる。

三人は笑う。おんなじだおんなじ。ドイツだけど。

軍だろう?

武装親衛隊だ。ドイツ軍が来て、爺《じぃ》さん婆さんは何人だと聞かれて、志願しろと言われて、まあこんな感じ。

高校とか出てるからさ、こんなんなってるけど、と言って制服の襟を引っ張って見せる。

山は寒かったか。

寒かったよ。今日はましだけど。

下りて来たからだよ、糞《くそ》寒かったぁ。

吹雪《ふぶ》いたもんな。五月なのに。

アヴァルは酒をもっと注ごうとするが、二杯目の途中で切れる。

「一本持って来てくれ」とアヴァルは言う。「いや、二本だ、二本持って来てくれ」

三人は懐かしい言葉でも聞いたようにアヴァルとバログを見比べる。だったら外飲みしない?と一人は言う。糞沁《し》みて最高だよ?　二人は歓声を上げる。バログが瓶を渡すと、アヴァルは立って、じゃあ行こうか、と言う。

「ちょっと出て来る。ここは任せる」

バログは訊き返すが、アヴァルは笑っているだけだ。そんな顔をするのは見たことがない。

「日が暮れる前に戻って来る。大丈夫だ」

アヴァルは寝台車に置いてあったコートを着て、三人と出て行く。酒瓶はコートの両ポケットに入っている。何なんですか、あれ、大丈夫ですか、とガランボシュは訊く。外に出て、アヴァルが三人と柵を越えるのを眺める。材木置き場にいる、とアヴァルが叫ぶ。

「何しに行ったんです」

「わからん」

ミンゴヴィッツが食堂車に顔を出すのは一時間ほどしてからのことだ。アヴァル君は、とバログは訊かれて、ドイツ兵に連れて行かれました、と答える。何だと、とミンゴヴィッツは言う。

「行かせたのか」

「どうもよくわからないことになりまして。いきなり知らない言葉で話し始めて、意気投合して、ラムを二本持って、行ってしまいました」

同郷か、とミンゴヴィッツは唸《うな》る。「何人だった」

「三人です」

「憲兵を二人連れて一緒に来てくれ。どこへ行ったかわかるか」

「材木置き場だと言っていました」

ミンゴヴィッツは、書類と一緒に置いてある泊り込み用の拳銃を取り出し、弾が入っていることを確認してコートのポケットに入れる。君も来い、と言ってバログを連れて出る。後にガランボシュと憲兵がもう一人続く。駅員に材木置き場はどこかを訊き、ミンゴヴィッツは恐るべき早足で街道を下りて行く。三人は殆ど走るようにして追い縋《すが》らなければならない。

一日の好天で乾いた街道の脇に、材木置き場はある。ミンゴヴィッツは手前で足を止める。

木立を背負った空き地に切り出してまだ皮も剝《は》いでいない丸太が積み上げられたままになっている。アヴァルが、崩れ落ちたのか放棄されたのか、一本だけ手前に転がっている丸太に腰を下ろしているのが見える。顔を夕日に向けている。男たちの一人は、すぐ傍に、丸太を枕にして大の字になっている。もう一人は彼らに背を向けてアヴァルの前に坐り込んでいる。瓶が光る。喇叭《らっぱ》飲みをしているらしい。それからアヴァルに渡すと、アヴァルも瓶に直接口を付けて飲み、返して、また夕日を眺める。坐り込んでいる男の顔がちらりと見える。同じ方向を見ている。それからまた瓶に口を付けて一口飲む。三人目は、半ば空になった酒瓶を片手に、両腕を上げて、何か歌いながら時々、くるっと回り、外れた節回しを辿《たど》って捕まえようとしている。耳で覚えたらしい妙なハンガリー語だ。わたしのめぇは、ひらいたままぁ、あなたをさいごぉにぃ、みつめるためぇ。暗《くれ》えよ、と坐り込んだ男が言うと、踊る男は更に声を張り上げる。だけどあなたぁ、こわがらないでぇ、あいしてるぅ、さいごまでぇえ。喇叭飲みする。歌は最初に戻る。くらいにちよぉびぃ、まっしろなはなをひゃくもかかえてぇ、まっていたのにあなたぁをぉ、いのりながらぁ。夕日が酒瓶の底に残って揺れる酒を輝かせる。何もかもが輝いている。眠り込んだ男の顔も、脚を投げ出した男の頭も、また酒瓶を受け取ったアヴァルの手も、丸太の山も、真っ黒な山の縁に接しようとする太陽の光を受けて、炎を放って輝いている。

　アヴァルが、ふとこちらに顔を向ける。輝く世界の中の真っ黒な染みのように見えるだろう、とバログは考える。アヴァルは顔を背けると、横で眠り込んだ男をそっと揺り起こす。坐り込んでいた男が彼らを振り返る。踊っている男は、相変らず踊っている。

　迎えが来た、帰らないと、仕事がある、とアヴァルは言う。

　ああ、仕事、と言って、坐っていた男は立ち上がり、眠り込んでいた男に、仕事だよ仕事、と言う。丸太で眠り込んでいた男は肘《ひじ》を突いて体を起こすと、いい気分だったのに、と言う。

　見ろよ。すげえ夕日だ。

　もういいよ、明日にしようよ。

　そうだな、これ以上飲んだら本当に寝込んじまう。

それから、歌っている男を呼ぶ。

おい、帰るぞ。

ええ、と言いながら、男は両手を下げる。酒の煌《きらめ》きはゆらゆらと消える。三人が揃うと、アヴァルに、話はまた次にしよう、と一人が言う。

おれたちはそこの上の村にいるから。何だっけ、キルヒドルフル？

キルヒドルフル。

そのルは何だっての。

司令部だろう、とアヴァルは訊く。三人はげらげら笑う。

うん、まあ、司令部。農家だよ。入り切らなくて、おれたちは納屋とか野営とかだけど、言っとくから大丈夫。

酒ないから持って来て。酒に餓えてんの。

わかった、と言って、アヴァルは持っていた一本を渡す。受け取った男は幾らも残っていない中身を一気に飲み干して瓶を返す。

三人は背後の木立に消える。アヴァルは暫くそのまま坐って夕日を見ているが、立って裾《すそ》を払うと、戻って来る。

＊　＊　＊

朝の会議では、事務員も含めた全員に、今日中に出発することが告げられる。退去命令が出ました、とアヴァルは説明する。機関車と、列車の落着き先は鉄道側が手配中です。

「何人かには既に話をしてありますが、この先は、かなり渾沌《こんとん》とした状況になります。最小限の人員以外はホプフガルテンに残ってほしいと考えています。宿側とは交渉済みで、現在クフシュタインまで来ていると思われる米軍の保護下に入るまでの滞在に問題はありません。午前中に、残留するか同行するかの最終的な意思表明をお願いします。多少の調整は必要になるでしょうが、可能な限り希望には応じます。乗車は午後です。同行するなら荷造りも済ませておいて下さい」

解散を命じられた後で残るのは、バログとナプコリ、それにアヴァルとミンゴヴィッツだけだ。私の荷物はもう運び込んでありますから、とアヴァルは言う。キッツビュール行きの列車が来て停車する。その陰から私服に白い腕章を付けた砲兵隊のウタッシー大尉が線路を渡って来るのが見える。箱を抱えている。プラットフォームにある箱を列車まで運ぶよう、やはり私服の憲兵に指示する。姿が見えなくなり、やがて食堂車の扉を叩く音がする。

入って来ると、扉のむこうに置いた箱を示す。

「何だね、それは」とミンゴヴィッツが訊く。

「白旗と、国旗です。一旦《いったん》回収したので発車までここに置いてほしい、と駅長から言われました」それから、言いにくそうに付け足す。「武装親衛隊が山を下りて来ました」

「戦闘態勢か」

「いえ、二人三人でぶらぶらしているだけですが、用心の為、と駅長は言っていました。今現在、町で一番警戒厳重なのはこの列車だろう、ということで」

「役場にでも置けばいいだろうに」ミンゴヴィッツは迷惑そうに言う。

「バイエルンにはそれで銃殺された市長がいたそうです」

アヴァルは無言で聞いているが、出発まで預かると駅長に伝え、箱は寝台車の車室に入れて下さい、と言うと、立って、ナプコリ君、国防軍の書類を、と指示する。ナプコリが書類挿みを渡すと、確認して、閉じる。「司令部に行って交渉して来ます」

「交渉してどうにかなる相手かね」

「一応、やってみます」

「バログ君、君も一緒に行け」ミンゴヴィッツはゾルナイが置いて行った銃をテーブルの上に置く。「確か軍歴はあったな」

「まあ、一応は」

「ないよりましだ」

「白旗は掲げるものですか」

「ハンカチくらいにしておけ。出所を云々《うんぬん》されると面倒臭いぞ」

厨房に行って、アヴァルは酒を二本持って来る。残りがあまりないですね、と言う。

出庫するようトルナイに言っておくよ、とミンゴヴィッツは答える。

アヴァルとバログは宿屋の裏の山道を上がって行く。キルヒドルフルへの道だ。幾らかぬかるんでいる。バログが片手に開いたハンカチを持って上げているのを、下りて来る兵士が面白そうに見遣《みや》る。町まで行くつもりらしい。木立に入り、小さい橋を渡る。コートのポケットに入れた拳銃が腿に当る。登り切る手前で誰何《すいか》される。

アヴァルは一瞬躊躇ってから、何か言う。例のバログの知らない言葉だ。

脇の藪《やぶ》の中から訊き返される。返答すると、兵士が出て来る。誰何とは全く違う語調で、暫く何か話をする。ゼンタ、という語が、バログには辛うじて聞き取れただけだ。出て来た兵士が道を隔てた木立の中にむかって叫ぶと、返答がある。一緒に来るよう身振りで示して、そのまま、歩き出す。

後を付いて歩きながら、ハンカチは仕舞っていいよ、とアヴァルは言う。「大丈夫だ」

「同郷ですか」

「ああ、同郷だ」と言って溜息を吐く。

山道は牧場に出る。靄《もや》が掛かっている。そこから二、三軒の建物が固まっている辺りまで下って行く。更に下には教会の塔がある。イッター村だ。脇には小高い丘が盛り上がり、樹木の陰に四角い白い塔のようなものが見える。兵士が何か言う。据え付けてある高射砲を示す。

「今夜はあそこで寝るんだそうだ」とアヴァルは言う。「城らしい」

「親衛隊がいると聞きましたが」

「親衛隊は撤退して、今はもう囚人しかいないと言っている」

道に面した納屋の戸口を軍服の男たちが出入りしている。アヴァルが声を掛ける。昨日の三人組の一人だ。寄って来ると機嫌良く言葉を交わし、鞄《かばん》に入れて来た瓶を二本渡す。むこうは納屋の中を示すが、アヴァルはかぶりを振って母屋を示し、肩を竦める。

何か言い合う。肩を叩き合う。別れる。

母屋の入口で身体検査をされ、銃を取り上げられる。アヴァルはコートと上着を開いてホルスターの拳銃を渡しながら涼しい顔をしている。こんなもの持って来て何か意味があったんですか、と訊くと、意味は、あるんだよ、と答える。

「外交官のフロックコートとシルクハットみたいなものだ」

身体検査をした一人に連れられ、中に入る。薄暗い。全くの百姓家だ。暖炉に盛大に焚《た》かれた火が唯一の灯だ。ある薪を景気良く燃やし切るつもりらしい。皮を剝がれた小さい獣が串《くし》に刺されて炙《あぶ》られ、下士官が時々ひっくり返す。昨日の三人組よりはだいぶましな様子の将校らしき男たちが四、五人、隅の暗がりにいるが、別に何かしている様子はない。脅してさえ来ない。暖炉の前に置いた藁《わら》椅子にも一人いる。大佐で、勲章を首から下げている。草臥《くたび》れ切った顔だ。入口から一緒に来た男が耳打ちをする。ゼンタ？　と訊き返す。それからアヴァルの方を見て、それは一体どこだね、と訊ねる。ヴォイヴォディナです、とアヴァルは答える。「ゼンタ市長ラズロ・アヴァルです。

ホプフガルテン駅に停車中の列車の責任者を務めております」

「敬礼は省略させてもらうよ」と大佐は答える。「私はもう、そういうのはやめたんだ。昨日、うちのを飲ませて帰した奴だな」

はい、とアヴァルが答えると、バルカンの屑《くず》どもだ、と大佐は言う。「全くの屑だ。獣同然だな。規律がない。だがまあ、員数のうちだよ」

アヴァルは鞄から紙挿みを出し、中の書類を手渡す。大佐は目から少し離して顔を顰《しか》めながら睨む。それから返す。

「こういうのも無駄だ。わかるかね、もうやめたんだ。今更国防軍参謀司令部の保障とか、意味があると思うか」

「二国間関係において尊重されるべきであることは変らないと思いますが」

「無意味だね。戦争は終る。ドイツは滅びた。ハンガリー王国も、もう存在していない。もともとナンセンスな代物だが、今となっては完全に、存在していない。あるのは私と、私の軍隊だけだ。それから、君の列車だな」わざとらしく笑みを浮かべる。「昨日の砲撃でわかっただろう。線路上にあるものは全て、私のものだ」

アヴァルは溜息を吐く。「非常に申し訳ないのですが、一つ提案させていただいてもよろしいですか」

「いいだろう、言ってみたまえ」

「上申していただく訳には行かないでしょうか」

大佐は笑う。「無線は壊れている」

「伝令を出して返答を待っていただくことはできませんか」

「まだそんなことを言っているのか」と大佐は皮肉に言う。「上なんかどこにもいない。崩壊した。ドイツもない。法もない。あのバルカンの屑どもも二度と国には帰れない。私は連中まで抱え込んで、面倒を見てやって、生き延びなきゃならんのだ、ヴォイヴォディナのどこかの市長殿。あんたにできると言うなら連れて行って面倒を見てやれ。できないなら愚図愚図言わずに積荷を引き渡せ。金と物は幾らでもいるからな」

アヴァルは呆《あき》れ果てたように沈黙している。

「列車を潰《つぶ》されたいか？」

わかりました、とアヴァルは答える。「ですが、お望みのようなものは何も積んでいませんよ。がらくただけです」

「何も、ということはないだろう」

「何も。本当です。貴重品はこちらの上司がトラックに積んで運び去りました。見ていただいても構いませんが」

「わかった。見せて貰う」入口から案内してきた将校にむかって追い払うような手つきをする。「あとで人をやる。帰れ」

アヴァルは礼儀正しく頭を下げて退出する。バログは付いて行く。あれはもう駄目だな、とアヴァルは呟く。

「聞こえたぞ」と大佐が大声を出す。「人を舐《な》めるのもいい加減にしろ、言葉がわからなくたって、何を言ったかはわかるからな」

銃を返して貰い、外に出ると、数人の兵士が牛を曳《ひ》いている。乳牛だ。牛は懸命に抵抗している。別な兵士が寄って来て銃を構え、牛の頭を撃ち抜く。牛が倒れると、曳いていた連中は呆気《あっけ》に取られてから、猛然と食って掛かる。撃った兵士はげらげら笑っている。

ヴァイスラーの件があった後、バログは自転車を取り戻した。何回も署まで行って書類を出し、結局、一月《ひとつき》以上掛かった。

カタリンは家から出なくなった。

出たくない、と言うのだった。街を見るのが辛い、歩いている人々を見るのが辛い、声を聞くのも辛い、とも言った。寝たきりにもならなかったし、泣いていることもなかった。買物をしてきてやれば食事も作ったし、家事も普通にしていた。ただ、出たくない、と言うのだった。窓も閉め切った。カーテンも閉めていた。繕い物や縫い物は断った。何も見たくないし、聞きたくないのだった。ラジオも点《つ》けなかった。家の中は静まり返った。

辛いなら出なくてもいいよ、とバログは言った。あちこちの家が空になっていた。よく行く店は閉まったままになった。何軒かの家は戸口に星の印を掲げた。ペンキで描かれていることもあった。星の家、と呼ばれることもよくあった。黄色い布で出来た星の記章を付けた住人を見掛けることもあった。お互い知っていても、むこうが顔を背けた。ユダヤ人が住んでいれば国際ユダヤ資本の手先である連合国は爆撃をしない、と主張されていたが、全くの与太話なのは明白だった。見たくはなかったし、聞きたくもなかった。それでも、彼は勤めに出なければならなかったし、買物もしなければならなかった。朝一番に買物に出て、家に置いてから出勤する日が続いた。そのうちにカタリンは、今日は大丈夫だから、と言って買物には出るようになった。安堵《あんど》はしなかった。何かが進んでいることには気が付いていた。音のしないラジオの前に並んで、腰を下ろして、手を握っても、返って来る感触は頼りなかった。バログがいる空間と重なっている別の空間から手探りで握り返す気配があるだけで、それも次第にずれて遠ざかっていくようだった。

　ある夜、確か六月のことだが、ふと見るとカタリンが涙を流していた。片目だけだった。バログが驚いて、というよりは凍り付いていると、涙を流さない方の目で素早くバログの顔を見、漸《ようや》く自分でも気が付いて手の甲で拭《ぬぐ》った。

　何でだろう、と咽喉《のど》の詰った声で言った。変よね、こんなの。

　カタリンの声はいつも泣いた後のような声に変っていた。昔から、ないことではなかった。大抵は暫くすれば戻ったので気にもしなくなっていたが、随分と前からそのままだったことに初めて思い至った。翌日は、起きようとしなかった。バログが夕食を作った。それでも次の日には何事もなかったように起きて来て、相変らず泣いた後のような声で、大丈夫だから、と言った。

　初めて、休職を考えた。或いは、退職してもいい。今度こそ。買い置きできる限りのものを買い置き、窓もカーテンも閉め切り、外の世界を締め出して、全てがすっかり変るまで家に閉じ籠《こも》る。新しい世界が来るまで、二人とも部屋から出ない。できるような気がした。やってしまえば、おそらくそんなに難しいことではない。多分、できる。小さくはない犠牲だが、それでカタリンを引き留めておくことができるなら、やる価値はある。そもそもバログ自身でさえ、こんな世界はもう見たくもないし、聞きたくもないのだ。

　何かくれ、とドイツ兵は言う。金目のものくれ。
もう一人は頷く。何でもいいからくれ。
食い物くれ。腹減った。くれ。

　ミンゴヴィッツはテーブルの反対側に腰を下ろして、うんざりした顔で聞いている。酒は、出していない。出すととんでもないことが起る、というのは、昨日の一件でわかった。向かい合って顔を見ていると尚更よくわかる。食うや食わずで何日も凍えた後だ。青い顔をして、無精髭を生やして、目だけ飛び出させて、何かくれ、と言う。駅の食堂でもやっている。町でもやっている。哀れを催して何かやるとむしゃぶり付き、もっと、と言う。食堂の床には既に倒れて寝ている奴がいる。時計を出して、これで飲めるだけ飲ませろと言ったが、ビール一杯もたなかったらしい。民家に上がり込んでチーズ一切れで涙を流し、もっと、と言う。挙句に、女にさえ追い出されている。クレックナーと部下たちは嫌がって宿に籠っている。

時々、職員が来て、ナプコリに乗るか降りるか告げて出て行く。ナプコリが名簿に印を付ける。ドイツ兵には目もくれない。ミンゴヴィッツが付き合っているのは、アヴァルが戻って来るまで押えておこうと思ったからだ。人質としてはやや軽い。交換に応じるかどうかも怪しい。だが、ないよりはましだ。

くれ、とドイツ兵は言う。

あなた方が期待しておられるようなものは何もありません、絨毯《じゅうたん》くらいしかありません、あったとしても現在、責任者が不在です、戻るまで何もお渡しすることはできません、とミンゴヴィッツは平板な声で繰り返す。ドイツ人は怯《おび》えたような顔をする。脳に血が回ってないだろう、お前ら、とミンゴヴィッツは考える。昨日の連中の方がまだしも人間の体裁を保っていた。

腹減った、とドイツ兵はドイツ語で話し掛ける。もう一人は俯く。それから、何かくれ、と言う。してみるとこれはヴォイヴォディナとかその辺りから出て来た連中ではないようだ。

くれ。

寝台車の方で物音がする。扉に嵌《は》まった硝子《ガラス》越しに、アヴァルがゾルナイと話をしているのが見える。入って来る。何かくれと言って聞かないんだよ、とミンゴヴィッツが言うと、ないところを見せますよ、と答える。両手を叩いてにこやかに笑い掛け、私が列車の責任者です、ご案内します、と言う。二人は出て行く。バログが入って来る。

「どうだった」

「埒《らち》が明きません。そもそも指揮系統から外れているようです」

アヴァルはドイツ兵を連れ、ゾルナイと歩いて行く。私服の警備兵たちの視線を浴びて、兵士たちは歩く。アヴァルは足を停め、ゾルナイに鍵を開けさせる。貨車の扉を開く。シートを捲って見せる。絨毯だ。

兵士たちの落胆は可哀想なほどだ。時計一個でいい、と言い出す。あんたのでもいい。一個あれば何か食える。

残念ですが、とアヴァルは答える。

「もう一つ開けてくれよ。全部絨毯ってことはないだろ。もう一つでいいから開けてくれよ」

ゾルナイがわざとらしく溜息を吐いて、隣の貨車を開ける。空だ。まるで全て持ち出されたように見える。残っているのは燃料缶と木箱が二つ、床に直に置かれた小さな袋が幾つかだけだ。上にはベーコンの塊が載っている。兵士たちは貨車によじ登り、ベーコンに飛び付く。一人はいきなりむしゃぶり付く。奪い合いになる。引ったくった一人が貨車から飛び出し、走って逃げ去る。もう一人は情けなくて仕方がないという顔で立ち尽くしている。

　後から入ったアヴァルは袋を二つ取って、渡す。小麦粉です、と言う。兵士は片手で抱え込み、片手を差し出す。もう三つやると、両手で抱え込んで飛び降りようとする。アヴァルが肩を押えて止める。目の前をヴェルグル発の列車が通り過ぎる。

　列車が行ってしまうと、アヴァルは手を放す。兵士はアヴァルの顔をちらりと見ると、貨車を降り、用心深く見回してから線路と柵を越えて走り去る。ゾルナイは呆れ顔で貨車に上がる。小雨が降り始めている。

「上にいる連中はもう少し元気があります」とアヴァルは言う。「午後に来ると思いますね。積荷を見せる約束をしました」

「大丈夫。見せる箱は作ってある」ゾルナイは木箱を示す。「確かめておいて貰おう」

　職員はその日の午後中、出入りを繰り返す。トルナイとゾルナイは決って一緒だ。あのごろつきどもが、と言う。最早武装親衛隊とさえ呼ばない。「何か寄越せと言って寄って来る。家族なんかとても外に出せないよ」

「宿は安全ですか」とバログは訊く。

「今、下に三人いるからね」ゾルナイはうんざりしたような顔をしている。

「何もやるんじゃないぞ。癖になる」奥でパイプを吸っていたミンゴヴィッツが言う。

「駅の食堂の床で寝ていた奴はどうなった」

「さあね。いい加減どこかに行ったんじゃないか」

「いや、起きてストーヴに当ってるよ」とトルナイは言う。「冷えたんだな」

二時半に、駅長室に行っていたアヴァルが戻って来る。行き先が決りました、タウエルン・トンネルです、と言う。

「トンネル？」

「バート・ガスタインの先にある全長八キロのトンネルです」

「鼠が出るんじゃないか」

そんなことを今から心配しても仕方がない、とミンゴヴィッツが言う。

「作業線があるそうで、そこに停車していれば安全だと」

「家族もトンネルに入れるのか」

「二キロ手前に町があります。ベックシュタイン、というらしいですが、宿屋がある筈だと、駅長は言っています。まずザルツブルク方面にシュヴァルツァッハまで戻って、駅には申し継ぎをしておくので、そこから折り返して入ることになる、と」

いいだろう、安全だよ、とミンゴヴィッツは答える。「少なくとも爆撃はない。生き埋めにしてやろうというのでもなければ、砲撃もない。露天より警備も楽だ」

「機関車もあと三時間ほどで来るそうです」

トルナイとゾルナイは時計を出して見る。五時半か、と言う。

「見積りなのでもう少し掛かる可能性もありますが」

「乗車を始めるか」

「暗くなってからの方がいいでしょう。五時に開始します。裁判長は動けそうですか」

「あれは部屋から出たくないだけだよ」

「今日中に出発すると教えてやったら、荷造りを始めた」

では五時ということで、とアヴァルは話を締め括《くく》る。ナプコリが戻って来る。五時乗車開始でタウエルン・トンネルに入る、とバログが教えてやると、トンネル、と呆れたように言う。

「家族は最寄り駅の宿に泊れそうだ」

ならいいけど、とナプコリは言う。「トンネルの中なんて、お袋が死んじゃうからさ」

「今どうしてる」

「兵隊さんと遊んでる」

「大丈夫か」

「慣れてるんだよね」ナプコリはかぶりを振る。「あたしにはわからんわ、ああいうの」

それから、ナプコリと交代して商人宿まで行く。非番で待機していた曹長に、五時に乗車だと告げる。部屋に行って、寝台の下に押し込んでおいた荷物を出す。小振りなトランクと手提鞄だ。トランクの中身は背嚢《はいのう》に押し込む。開けたままだった扉を叩く音がする。顔を上げると、ヨースカとリゴーがいる。

「出発と聞いたんでね」とリゴーは言う。バログは立って、寝台に腰を下ろす。暫く考えて、五千九百マルク、と言う。「半金ということで貰いたい」

「今かね」

「今だ」

ヨースカは渋い顔をするが、やれ、とリゴーが言うと、部屋に戻る。

「部屋に置いているのか」

「憲兵がぎっしりの宿屋に盗みに入る奴はいないが、マルクなんて紙切れだぞ」

「君が心配することじゃない」

「燭台はどこだ」

「まだ列車にある。出発する時に渡す。最後尾の貨車まで来てくれ」

「近付けるのか」

「出発する時には手薄になる。顔も利くだろう。私に用がある、と言えば、誰も怪しまない」バログは笑う。「私が君に借金があるというのは有名な話だ。あと、あれば煙草を二カートン貰おう」

「残りの半金はどうする」

「キッツビュールで、何人か降ろす為に停車する。私もそこで降りる。来てくれれば合流する」

「信用するのか」

「半金は貰ってる。あとはあんた次第だ」

「随分な自信だな」

ヨースカがずだ袋に入った金を提げて来る。リゴーが受け取り、煙草を二カートンだ、と言うと、またいなくなる。

「あんたらの部屋は一体どうなってるんだね」

二人で袋を寝台の上に空け、金を数える。五十マルクと二十マルクの札で五千九百をバログは受け取る。ヨースカが煙草を持って来る。一番上の二十マルク札を、リゴーが奪う。

「煙草代だ」

彼らが出て行ってしまうと、バログは適当な紙袋に纏めた札を入れる。あっけないほどの小ささだ。手提鞄に入れ、上から煙草の包みを一つ載せ、金が入っていた袋を載せる。使っていない封筒に五十マルクを入れて封をし、表に走り書きしてポケットに入れる。燭台、銀製、並、一個の代金として。もう一つの煙草の包みをコートのポケットに入れようとする。何かに当る。返していない銃が入っていたことを思い出す。備品だからどうしようかと考えるが、貰っておくことにする。煙草は左のポケットに入れる。背嚢を背負い鞄を提げて階段を下り、宿のおかみに挨拶して外に出る。街道を渡って、荷物と自転車を柵のむこうにやってから、乗り越える。手提鞄を自転車の荷台に括って、最後尾まで運ぶ。

憲兵が挨拶をする。君らの荷物は積んだか、と訊く。

「ええ、前の貨車の方に積みました。全員済んでいる筈です」

これを最後尾に積みたいんだよ、とバログは言う。下ろした背嚢とトランクを示す。

「あとで自転車も持って来る。まだ使うからね」

憲兵は貨車を開けてくれる。警備を頼むよ、と言って手伝いを断ると、自分で荷物を載せ、両手を突いてよじ登る。不可能な高さではない。荷物は戸口の脇に置き、衣類の袋の下から箱を引っ張り出して燭台を出す。蓋を閉め、袋を直す。燭台はずだ袋に収めて手提鞄に入れる。

外に出て、扉を閉めさせる。自転車に乗って先頭へと向かう。隣の線路ぎりぎりに自転車を飛ばすバログを、憲兵たちが呆れた顔で眺めている。

食堂車に入り、ナプコリのタイプの脇に煙草の包みを置く。彼女はバログの汚れた手を胡散臭《うさんくさ》そうに見る。コートも汚れてる、と指摘される。

「貨車に這《は》い上がった」

「何で」

「鞄を積んだ」

ナプコリは呆れたと言わんばかりにかぶりを振る。「人に頼みなさいよ、いい歳なんだから」

バログは笑う。ナプコリは、何か見慣れないものを見たような顔をする。

バルマン大佐の使者です、とガランボシュが報告するのは四時を回った頃だ。ボッホマン、と訂正する声が聞こえる。入って来るのは、農家にいたうちの二人だ。大尉と副官は立ったまま、列車を引き渡して貰うぞ、と宣言する。

「今朝の話し合いでは、取るような値打ちのあるものがあるかどうか確認していただく、ということだった筈ですが」アヴァルはバログに目顔で合図する。バログは出て行ってガランボシュに、あいつらが食堂車にいるうちは、乗り込みは後部からだ、貨車に積み込む荷物は裏側から運べ、と指示する。戻って、窓の目隠しを全部下ろす。おい、とどやされても、冷えてきましたから、と説明する。大尉は軽蔑《けいべつ》したような顔をする。

「わかってるのか、我々は五百人だ。お前らを踏み潰すくらい簡単だぞ」

ミンゴヴィッツがアヴァルに書類挿みを渡す。大佐にはお話ししましたが二国間の協定というものがありまして、と言いながら、中の書類を渡す。

「この列車の積荷はハンガリー王国政府の財産であり、貴国の版図内においてはその保全は貴国政府、この場合は特に貴国国防軍参謀本部が責任を負っています。引き渡す、と言うのは簡単ですが、その場合は条件等色々と詰める必要があり、最終的には政府間で再度協定を結び直す必要があるでしょう。即座という訳には参りません。にも拘《かかわ》らず列車を強奪する場合には、国防軍ひいては国家の保全保障に、あなた方が背いた、ということになりますが、責任を負う覚悟はお持ちですか」

大尉の顔に一瞬、困惑が滲《にじ》む。副官の反応はもっと早い。お前ら逆らうのか、と叫び出す。

「いい度胸だ、列車ごと分捕ってやる」

アヴァルは腕に付けた白い腕章を示す。「これが見えますか」目隠しを下ろした窓の外を示す。「ご覧になったと思いますが、白旗も掲げております。あなた方に対する白旗です。こちらに攻撃の意図は一切ありません。にも拘らず攻撃なさるとすれば、これは国際法上の違反、ということになります」

「そんなもの知るか」

「あなた方もご家族も辛い思いをすることになります。お子さんが、或いはご両親や奥様がどれほど恥ずかしい思いをするか考えたことは」

「家族なんかもういないんだよ」と副官は声を落とす。「家もないんだよ。国なんか糞だ。お前ら皆殺しにしてやる」

大尉が咳払《せきばら》いをする。副官は黙り込む。

「引き渡しは拒否すると」

「申し上げましたが、お役に立つものがあるかどうか見ていただく、というのが、大佐とのお約束です。見ていただいた上で、必要ということでしたら、お譲りします。同盟国の軍の為です。躊躇う理由はありません。移管、という形式が、この場合、正しいでしょう。これなら完全に合法的で、私としても何の文句もありません。いかがですか」

いいだろう、見せて貰おう、と大尉は言う。彼らはアヴァルと列車を出て行く。ミンゴヴィッツがゾルナイから預かった鍵束を鳴らして後に従う。来るか、とバログが小声で訊くと、ナプコリは口をへの字にしてかぶりを振り、あいつら頭煮えてんね、付き合いきれないよ、と囁《ささや》く。

彼らは列車に沿って歩いて行く。乗車はまだ始まっていない。最初の貨車のところでアヴァルは足を止め、どれを開けますか、と訊く。大尉はすぐ脇の車輌を示す。これは職員の荷物車です、と言うと、じゃあ次だ、と言う。ミンゴヴィッツがやって来ようとした警備の砲兵に、何でもない、警備を続けろ、と言って解錠し、扉を開ける。夕闇の中でも、中ががらんとしていることはわかる。大尉たちは身軽に中に入る。アヴァルが続く。これじゃ何も見えん、と言うので、持って来たカンテラを点ける。大尉が燃料缶を示す。アヴァルは進み出て、缶を叩く。

「大佐にも説明しましたが、殆どのものは上司がトラックで持ち去った後です。これも空です。缶だけ、何かの役に立つこともあるかと思って取ってあります。食料品の余りで小麦粉とベーコンもありましたが、部隊の方が朝来て持って行きました」

「その箱は」

アヴァルは隅から木箱を引っ張り出す。重い。蓋を開けて中を照らす。大尉と副官は箱に飛び付く。が、副官は時計を一つ取って光が当るよう動かすと、これは駄目です、と言う。

「壊れてるのか」

「いや、壊れちゃいないし、いてもおれが直しますけど、これはね」かぶりを振る。

「銀側だけど安物ですよ。こんなもん幾らあったって二束三文だ」

「銀側ならいいだろう」

「ちゃんとした製造元のものとそうではないものは中身が全然違うんです。時計としては売れません。駄目ですよ、こんなもの貰っちゃ」

大尉は溜息を吐く。「これじゃ勘弁してやる訳にはいかないな」

列車の外に、ミンゴヴィッツとバログは並んで立っている。街道の向こうに人影が見える。兵士たちが、灯の点《とも》った宿屋の脇を入って行く。山道を登って行く姿までは見えない。何だ、とミンゴヴィッツは言い、さあ、とバログは答える。

ガランボシュが武装親衛隊の制服を着た男を連れて来る。昨日の三人組の一人だ。にこっと笑うので、中を示す。覗き込んで、ドイツ語で大尉を呼ぶ。何だ、と不機嫌そうな返答がある。大佐殿の指令です、と言うと、大尉は出て来る。しゃがみ込んだ大尉に耳打ちする。

「わかった。すぐ行く」

酒ありがとうと言っておいてくれないか、と二人に言って、男は来た方ではなく線路を渡り、街道から山道へと入って行く。

大尉は箱の前に戻って来る。アヴァルと副官が話をしている。まあこれじゃあねえ。

いや、そういうことは詳しくなくて。

「他のはないのか」

同じだと思いますよと言いながら、アヴァルはもう一箱を引っ張り出す。大尉と副官が手伝う。蓋を開ける。

副官は目を見開く。ああ、という声が漏れる。何か懐しいものでも見たような顔だ。一つ取る動作も優しい。丸い懐中時計をカンテラの光の中で裏返し、表返し、表面に刻まれた模様に影が差すのを食い入るように眺め、ボタンをそっと押して蓋を開き、竜頭を巻く。秒針が動くのを眺める。蓋を閉じて耳に近付ける。大尉は苛立《いらだ》たしげに、どうなんだ、と訊く。

「これ、仕分けしたの誰です」

「ハンガリーの税関吏ですが」

「ちゃんと訊きましたか、何をどこに入れたか」

「銀時計だとは聞いています」

最初の一つを手に持ったまま、副官は順に時計を取ってはひっくり返して行く。よくわかってるなあ、と言う。「これ、貰いましょう」

「四、五十個でどうですか」

「我々は大勢いるんだ。四、五十個では足りない。何個入っているんだ」

「五百個」

「もう一箱ないか」

「これで全部です」

大尉は口を噤む。いいだろう、両方貰う、と言う。

「お忘れいただきたくないのですが、これは移管です」

「だからどうした」

「確かに受け取った、という書類が必要になります。つまり受領書ですが」

「受領書だな」

はい、とアヴァルは頷く。大尉は立ち上がり、まだ箱の脇にしゃがみ込んでいる副官を促す。未練がましく最初の一個を握っている。それはお前が取っておけ、と大尉は面倒臭そうに言う。

「それも含めて五百個二箱ですが、よろしいですか」

ああ、構わん、と大尉は答える。「すぐに持って来る」

副官は時計を大切にポケットに収める。二人は柵を越えて立ち去る。

町にいた兵隊どもが引き上げて行く、とミンゴヴィッツは食堂車に戻りながら言う。

辺りはもう暗い。「誰か見にやらせるか」

アヴァルが無言で考えていると、先頭の方からゾルナイが歩いて来る。

「兵隊がいなくなったよ」と言う。「町にはもう一人もいない」

「何があったんです」

「城がどうこう言っているのは聞こえた。誰か戦車に轢《ひ》かれたとか」

「どこの」

「米軍だろう」

　ミンゴヴィッツは溜息を吐く。早まったかもしれんな、と言う。

「むこうに行ってくれるといいんですが」とアヴァルは言う。「それでもあの二人は戻って来ますね」

「箱は効いたかね」とゾルナイが訊く。

「誰が仕分けて入れたのか訊かれました」

　ゾルナイは得意顔で頷く。そうか、わかる奴だったか。

「何とか四、五十個で済ませて貰おうとしたのですが、駄目でした」

「四、五十個では納得しないだろうよ。乗り込みを始めるかね」

　アヴァルは躊躇うが、君も行きなさい、とミンゴヴィッツは言う。「まだ当分戻って来ないだろうが、来たら何か時間の引き延ばしを考える。様子を見て、誰かいるようだったら列車を待つふりをして待合室に入るんだ。誰もいなければ、川側から乗り込め」

「ご家族は」

「息子がやるだろう。よろしく頼む」

　ミンゴヴィッツは寝台車から入る。バログが付いて来るのを見て、君の荷物は、と訊く。

「最後尾の貨車に積みました。後で自転車も入れます」

そうか、とだけ言う。食堂車に入ると、ナプコリがラムとグラスを持って来る。君らも飲んだらいい、と言う。腰を下ろすと、自分のグラスに注いで、飲む。まさに狂おしき一日だな、と呟く。

「ただまあ、首尾は上々だ」

もう一杯飲んで、瓶とグラスをナプコリに渡す。飲んだら片付けてくれ、と言う。

「あの物乞いどもが床で寝込んだりしたら事だ」それから手帳を開いて、記録を取る。バログはドイツ兵との遣り取りを簡略に纏め、ミンゴヴィッツに見せて確認を取り、ナプコリに回す。彼女がタイプで浄書する間、脇で事務用箋を半分に切って、辞表を書く。紙は節約しなければならない。書式を確認して署名すると、五十マルクの封筒と一緒に前日までの報告書を入れてある書類挿みに挿み込む。今日の分を挿み込む時にナプコリが見付けるだろう。

職員と家族は順次列車に乗り込み、灯のない車室や客車で息を潜める。食堂車にはナプコリとバログ以外はミンゴヴィッツしかいない。酒の瓶とグラスは片付けられている。駅長室に様子を聞きに行ったアヴァルが戻って来て、機関車はやっとキッツビュールを出ました、と言う。

「むこうも多少ごたついているようです」

「あの連中が戻って来る前に到着することを祈ろう。時計を渡さずに済む」

だが七時には、機関車はまだ到着しておらず、キルヒベルクを通過したと駅長から知らされたばかりで、大尉と副官は食堂車にいる。受領書を持参している。ミンゴヴィッツは老眼鏡を掛けて目を凝らすが、かすれたタイプ打ちの文字は非道《ひど》く読みにくい。リボンを使い回しているのだろう。

それに、とミンゴヴィッツは続ける。「非常に残念だが、書式が不備だ。これでは受け取る訳にはいかんな」と言って、受領書を返す。

大尉は腹を立てたらしいが、脅そうとはしない。早く済ませたいらしい。「不備、と言うと」

「まず、受け取る時計の個数を明示してほしい。一箱五百個を二箱だ。次に、誰が受け取って運ぶか、が書かれていない。これもどうしても必要な項目だ。従って、署名も大佐だけではなく、君ら二人の分も必要だ」

個数、受取人、その署名、と大尉は繰り返す。

「こちらで運ぶことはできない。自分たちで運んでもらう。車が必要だぞ」

「車。わかった、すぐに戻る」出て行こうとするが、そこで提案があるんだがね、とミンゴヴィッツが言うと足を停める。

「正しい受領書は、ここではなくさっきの貨車のところに持って来る、ということにしないかね。受け取る、貨車から降ろす、君らは線路脇に車を停めて線路を越えて運ぶだけでいい。労力と時間の節約になる」

大尉は疑わしげにミンゴヴィッツの顔を見るが、無愛想な無表情以外何も見付からない。いいだろう、と言って立ち去る。

「時間を節約させていいんですか」とアヴァルは訊く。

「機関車から離しておくことが重要だ」とミンゴヴィッツは答える。「ここはすぐ前に機関車が付く。受領書を受け取っている間に機関車が来たりすれば、さすがに騒ぐ」コートを取って立ち上がる。「私が行ってるよ」

一緒に行きます、とバログは言う。アヴァルは頷く。ナプコリは煙草を吸っているが、胡乱《うろん》そうにバログを眺める。

ミンゴヴィッツの後ろを、自転車を引いてバログは付いて行く。貨車の前でミンゴヴィッツは足を停め、ポケットを手探りする。失望したように唸る。パイプを置いてきた。それから、紙巻煙草を一本貰えないか、と頼む。バログは自転車を貨車に寄り掛け、煙草の包みを出して軽く叩くと、一本が出た状態で差し出す。

「器用だな」

「慣れです」

自分も咥えて火を回す。ミンゴヴィッツが低く短い笑い声を立てる。何か思い出したらしい。だが、何も言わない。暫く、暗い山の方を見ながら無言で燻《くゆ》らせる。キッツビユール行きの列車が到着し、発車する。列車が通り過ぎても、山は暗いままだ。

「城攻めをするつもりなのか、あの連中は」

「そうらしいですね。高射砲を、こちらと城が両方狙える位置に据えています」

ミンゴヴィッツは目を細めるようにして線路の先を見遣る。日があれば小高い丘が見える方向だ。なるほどな、と言う。「懲りない連中だ。今更そんなことをやって何になる」

七月に入ったある日、バログはトゥルヴェルジに呼び出された。入省して以来、これほどの上つ方に直接呼び出されたことは二度か三度しかない。大抵は誰かの間違いを事務処理で取り繕えという話で、有難くはなかったが、受けるしかなかった。またそういう話だろうと思っていた。部屋に入ると、何故かミンゴヴィッツもいた。執務机から少し離れた場所に、いつの頃からか貼り付いた面白くもないといった顔で、椅子を置いて腰掛けている。トゥルヴェルジはバログにも、机の前の椅子に腰を下ろすよう言った。言われた通りにすると、切り出した。

今度外局ができることになってね、政府委員会だ。

バログは、拝聴しております、という顔で坐っていた。内心では、拙《まず》いな、と考えていた。省がユダヤ人からの没取《ぼっしゅ》財産の管理に乗り気だ、という噂は既にあったからだ。国有財産である以上は当然だとしても関りたくないと思う者が殆どだ。後のことを考えると経歴の瑕《きず》にしかならない。トゥルヴェルジは、特殊な事柄を扱うことになる部署なので、できれば経験豊かな職員を集めたいと考えて彼に声を掛けた、と言って、ミンゴヴィッツを示した。

人選は彼とやったんだが、事務には特に君を推薦された。実際、君以上の適任はいないように思う。何人かの事務員と事務を取り仕切って貰いたい。人員は、君が選んでくれて構わない。どうだね。

どうだね、と言われても、断ることはできないのはわかっていた。断ることはできる。だが、断れない。バログは特別な表情も浮かべずにミンゴヴィッツを見遣った。ミンゴヴィッツもまた、特別な表情は浮かべずに視線を返した。

委員長は私自身が務めて、ユダヤ人の没取財産を管理することになる。今の状態は無茶苦茶だからね。内務省なんかに任せておいたらどうなるかわからない。これは是非とも必要な仕事だ。

私が適任とはどうしても思えないのですが、とバログは言ってみた。おそらく非常に多忙な部署だろうと推測できます。若い職員に活躍して貰う方がいいのでは。

トゥルヴェルジは冗談だろうと言わんばかりに笑うだけだった。部屋から出された。もう決った、ということはよくわかった。ミンゴヴィッツも一緒に出て来ると、廊下で、日曜の午後に電話をして来るのは堪忍して欲しいよ、全く、と愚痴った——できません、と断っても考えておいてくれと言われて、月曜にまた口説かれる。こういうことになる。

堪《たま》らんな。

家に帰って、食事の後、カタリンと長椅子に腰を下ろした。電源も入れていないラジオがまるで鳴っているかのように、そうやって坐っていた。カタリンが、何かあったの、と訊いた。バログは溜息を吐いた。異動になった、と言った。

隠し切れるものではない。ハンガリー中のユダヤ人からの没取品を管理するならどういう手順が必要なのか、どういう書類を揃えなければならないのか、どのくらいの仕事量になるかは話を聞いた瞬間に理解していた。現在の状況は全くの渾沌であることも見当は付いた。残業は必至だった。泊り込みも出張も増える。隠し切れない。

どこに。

ユダヤ資産管理委員会だ。外局だ。事務を担当する。

カタリンは、一瞬だが、息を止めた。それから、断らなかったのね、と言った。

ああ、断らなかった。

いつものように二人で眠った。或いは、横にだけなった。目を開いたまま暗闇の中で横たわっていると、カタリンが起きて出て行った。扉は細く開いたままだが、明かりは漏れて来なかった。暗い扉の向こうから嗚咽《おえつ》の声だけが聞こえて来た。

結局五時に起き上がって、二人でコーヒーを淹《い》れパンを齧った。眠れなかったのか、と訊いた。カタリンは頷き、その後はどちらも黙り込んでいた。今日は家にいようかとも思った。それから明日、辞表を出す。だが出勤する時間が来て、バログは立って身支度をした。行くよ、と言って後ろから肩に手を掛けると、彼女は振り返ろうともせずに手を重ねて来た。バログは手のひらを返して指先を軽く握った。握り返すカタリンの手の感触は、もう遠くに行ってしまったように微《かす》かだった。

汽笛が聞こえる。駅の方を見遣っても入って来る姿は見えない。車輪と線路の鳴る音だけだ。煙と蒸気に駅の灯がぼんやりと浮かび上がる。緩衝器が当る音がする。後進で持って来たらしい。暫くすると、がくん、と貨車が後ろにずれ、バログは自転車を手で押える。

ミンゴヴィッツが煙草を持った手で山の方を示す。灯が斜めに下りて来る。これは逃げ切れんな、と悔しそうに言う。トラックは宿の脇で街道に入り、柵の前に駐《と》まる。大尉と副官が、兵士を二人連れて柵を越え、歩いて来る。ミンゴヴィッツは煙草を棄てる。大尉が受領書を出す。カンテラの光でミンゴヴィッツはポケットから出した眼鏡を翳《かざ》して受領書を眺め、結構だ、と言って扉を開ける。大尉たちは貨車から木箱二つを降ろし、線路を越えて運んで行く。

「さて、行くか」とミンゴヴィッツは言う。「また戻って来られたりしちゃ堪らんからな」

それから警備兵に、もういいぞ、列車に乗り込め、と言いながら前方車輛へと歩いて行く。バログは自転車に乗って、乗車しろ、と言いながら後方に走る。最後尾の車輛のところに警備兵がいる。ヨースカとリゴーが一緒だ。
「食堂車に行って、私は貨車に乗ったと伝えてくれ」とバログは言う。警備兵は駆け去る。扉を開けて乗り込み、二人の手伝いで自転車を引っぱり上げる。戸口の脇にあった鞄からずだ袋をとり出す。

駅員が隣の線路の方まで出て、カンテラを点滅させる。汽笛が鳴る。機関車が動き出しても、貨車はまだ停まったままだ。リゴーとヨースカがこちらを見上げている。ずだ袋を投げる。ヨースカが受け止める。貨車が動き始める。

扉を閉めて、それにしても暗いな、と思う。真っ暗だ。カンテラを借りてくれば良かった。手探りで坐る場所を探して腰を下ろそうとしたところで、ふいに光に照らされる。手で目を覆う。その隙から見えるのは、火のような赤毛と、奇妙な恰好をした子供たち、それにツイードのコートを着て毛糸の襟巻きを巻いたイダだ。

子供たちはいきなり群がって来る。人数もわからないが四、五人掛りで、困惑しているうちに押し倒され、ポケットを探られる。誰かが銃を抜き出して掲げる。赤毛はそれを取ると、どこで覚えたのか、安全装置を外して弾を送り、イダに渡して何か言う。

列車は緩やかに上り続けている。まだトンネルに入る手前だ。イダが近付いて来ると、子供たちはバログを放す。坐り直すと銃を向けられる。

子供たちは袋を開ける。箱を開ける。レコードの箱を見る。頻《しき》りに何か話しているが、何を話しているのかは全くわからない。何を探しているんだ、と訊いても、返事はない。

赤毛は気難しい顔で本を調べる。切手帳を調べる。一冊を抜き出して開き、雄叫《おたけ》びのような声を上げる。子供たちは一斉に手を止める。

切手帳。欲しいのはそれか。それだけか。バログの口から短く笑い声が漏れる。誰の切手帳だ。君のか。それとも家族や友人のか。イダが脅すような顔をするので、バログは無言を通す。いや、からかうつもりはないんだよ。邪魔をする気もない。ただ、そういう知り合いがいたんだ。逃げる時にもまず切手帳を持って逃げるような若い知り合いが。

切手帳を閉じた赤毛が何か言うと、子供たちは空の両手を差し出して見せる。何も取っていないことを示しているらしい。赤毛は頷く。自転車がある側とは反対の扉を開ける。

いつのまにかトンネルは抜けている。見えるのは黒く影になった山と、遠い農家の灯と、暗い空の、バログの目には信じられないくらい数の多い星だ。列車は徐行から更に速度を落とす。カーブに入る。貨車は微かに傾《かし》ぎ、空にむかって戸口を開く。

赤毛が子供を一人突き落とす。星の中に飛び込むように見える。バログは思わず腰を浮かせかけるが、下の方から歓声のようなものが聞こえる。赤毛は並んだ子供たちを順に突き落として行く。最後の一人まで飛び降りると、赤毛はイダを呼ぶ。

イダはバログの前に銃を置き、ベレーをポケットに捩《ね》じ込むと、飛ぶ。切手帳を抱えた赤毛がその後に続く。カーブを抜けた列車は速度を上げ始める。重い加速だ。バログは立って外を覗く。子供たちが走って行く。ぼんやりした影だが、確かに走っている。

飛び降りて一緒に走って行こうという衝動を、バログは抑える。もう子供ではない。真似をすれば確実に怪我をする。それに、荷物は、金は、自転車はどうする。だから次に停車したら貨車を降りて、そのまま走り去る。また会うことも、ひょっとしたらあるだろう。その時には聞かせて欲しい。一体どうやって全てを奪った海賊船を追い、目当てのものを取り返したのかを。

煙草を咥えて、銃を拾い、安全装置を掛けて右のポケットに収める。風から顔を背けて火を点ける。子供たちの姿はもう見えない。見えるのは星空と山並みの影と、闇を際立たせる遠い灯だけだ。

列車は進んで行く。バログはヴァイスラーの灰皿で煙草を揉み消し、再び貨車の扉を閉める。

黄金列車についての覚書

この小説はフィクションであり、史実から離れた部分も含まれている。歴史記述としての正当性を要求する意思は一切ないが、読者への便宜及び興味を持たれた方の手掛りになるよう、背景と実際の事件について簡単に纏《まと》めてみる。

資料

主に参考にしたのは以下の文書である。

Zweig, Ronald. The Gold Train: The Destruction of the Jews and the Second World War's Most Terrible Robbery 2002

ツヴァイグは当時テル・アヴィヴ大学の歴史学講師だった。現在はニューヨーク大学でイスラエル研究の講座を持っている。

黄金列車の運行以上に、没取《ぼっしゅ》財産をめぐる戦後処理に重点を置いている。日本語訳はロナルド・W・ツヴァイグ『ホロコーストと国家の略奪——ブダペスト発「黄金列車」のゆくえ』（二〇〇八）。二〇〇二年版と二〇一五年に出た電子書籍版では内容に多少の異同がある。

Kádár, Gábor. Vági, Zoltán. Self-Financing Genocide: The Gold Train, the Becher Case and the Wealth of Hungarian Jews 2004

ハンガリー語からの英訳。

ツヴァイグと同じく列車そのものに関する記述は一部であり、相当部分をハンガリーにおけるユダヤ人迫害と財産没取、SSが多額の金品と引き換えにスイスへの脱出を認めたカッツナー列車及びベッヒャー預託金、および米軍管理下に入って以降の没取財産の取り扱いに割いている。

Yad Vashem Archive TR14/24

ユダヤ資産管理委員会のトルディとの通信文、会議議事の纏め、戦後ザルツブルクの領事館に提出された報告書、ブダペシュトにおける政治警察の審問記録を含む。ただしこれは関連文書の一部であり、カデルはブダペシュトの古文書館にある記録も参照している。

その他米軍とフランス外務省の文書館にも関連記録がある。またハンガリー・ユダヤ人の迫害については様々な視点からの多くの文献があるので、特にここには書かない。

ハンガリー王国 1920-1944

第一次世界大戦終結まで、ハンガリーはオーストリアと俗に二重帝国と呼ばれる政治体を形成していた。同一の君主を戴《いただ》くが軍事・外交・財政以外は独立している、という体制である。一九一八年に皇帝にして国王であるカール一世が退位するとハンガリーは離脱して完全に独立、短い共和制と共産党社民党相乗りのソビエト体制を経た後、保守勢力の巻き返しによってハンガリーは再び王国となるが、戦勝国と議会がハプスブルク家の国王を立てることを拒否した為、帝国海軍提督ホルティが摂政として、国王空位のまま、元首の権限を握った。首相は摂政が任命し摂政にのみ責任を負った。二院制の議会はあり、選挙も最末期までは普通に行われ、複数の反ユダヤ主義極右団体が活動していたが一九三〇年代に入るまで議会に議席を獲得するまでには至らず、何よりも摂政本人と彼を取り巻く貴族層が、別に開明的ではないのだが、極右の暴走を警戒し牽制《けんせい》していた。最末期にナチス・ドイツの全面的な支援を得た矢十字党が全権を掌握するまでこの体制は続いた。経済も、終戦直後のインフレの後は一九二九年秋の大恐慌まで、まずは順調な回復を見せていた。両大戦間の中部ヨーロッパの国家としてはましな部類だった、と言える。

一九三〇年代、ハンガリー王国が抱える問題は三つあった。第一には第一次世界大戦後の戦後処理で近隣諸国——チェコスロヴァキア、ルーマニア、ユーゴスラビアに奪われた領土を奪還すること、第二は一九二九年の大恐慌の痛手からの回復、第三は、これは擬似問題だが、ユダヤ人問題だ。

ハンガリーのユダヤ人

第一次世界大戦終結後にトリアノン条約で領土の相当部分を失うまで、ハンガリーは多民族国家だった。一九一〇年の統計では一八二六万四五三三の全人口中、ハンガリー人は五五％を切り、スロヴァキア人、ルーマニア人、セルビア人、ドイツ人、ルテニア人、クロアチア人、スロヴェニア人等が残りを占めた。十八世紀にオスマン帝国を退けた後、来るものは拒まず式に入植者を受け入れた結果である。しかもこのハンガリー人の人口比率は、全体の五％を占めるユダヤ人のうちのハンガリー語使用者を含めての話だ。

ユダヤ系ハンガリー人は同化志向の強い忠実な臣民だった。十八世紀におけるドイツ化推進においてはドイツ語起源の名前へ、二重帝国以後は同様にハンガリー名への改名を受け入れた。ハンガリー語文化とハンガリー愛国主義の積極的な担い手でもあった。帝国時代にはユダヤ教は、カトリックは別格としてだが、他のキリスト教諸宗派と並んで公認宗教の一つだったが、社会的上昇を求める改宗者もまた多く、戦後、反ユダヤ主義が広まるにつれ更に改宗者は増えて、一九三〇年代にはおよそ一〇％がカトリックやカルヴァン派の信徒だった。

一九三〇年代半ばまで反ユダヤ主義はある程度抑制されていた。一九二〇年には大学へのユダヤ系の登録者数を人口に占める比率まで制限する法が出されたが数年で緩和され、大恐慌の壊滅的な影響は反ユダヤ主義を標榜《ひょうぼう》するゲンベシュを首相に押し上げたが、在任中、具体的な反ユダヤ政策が取られることはなかった。ただし一九三四年の経済協定でハンガリーはドイツに接近し、国家社会主義ドイツ労働者党——ナチスのヨーロッパ戦略に組み込まれていく。国際政治体制が覆ることで領土回復が可能になると期待したからだ。この希望は二度のウィーン裁定およびドイツのユーゴスラビアへの侵入によって実現する。ただしドイツの人種政策への追随と軍事同盟が抱き合わせだった。

一九三八年、一九三九年、一九四一年の三回に渡って出された反ユダヤ法は、定義変更によって対象となる人数を増やしながら、ユダヤ系市民を政治・行政・経済・文化から締め出していった。膨大な数の失業者が労働者と事務員を中心に発生し、農地も奪われ、貧困化が進行した。労働大隊に引き抜かれてウクライナに送られない限り命まではとられない、という状況だ。

　東部戦線でドイツの敗色が濃厚になり、同盟軍として参加したハンガリー軍がほぼ全滅の憂き目を見た後は風向きが変った。どれほどドイツ並みを求められても政府はのらりくらりとした言い訳以外は返さないようになった。曰《いわ》く、これ以上の反ユダヤ主義政策は経済的な影響が大きすぎるので踏み切るのは難しい。軍事的にもドイツへの協力を渋るようになり、再び連合国側との接触が始まる。

　業を煮やしたドイツは一九四四年三月十九日、軍を入れてハンガリーを押え、摂政をトップに据えたまま内閣をすげ替えた。新政府はユダヤ人の公共交通機関利用を禁止、自動車や自転車も差し押えて逃走を不可能にし、星の徽章《きしょう》を義務付け、「ゲットー」に押し込み（廃工場や倉庫を転用するところも多かった）、貨車に乗せてアウシュヴィッツへの移送を始めた。貴金属や宝石、貴重品は銀行預かりの形式で供出させられ、ゲットーでは隠匿《いんとく》の調査の名目で身に着けていたものまで奪われ、まだ何か隠していないかと拷問《ごうもん》も行われた。空いた家からは家財道具が運び出され、短期間の訓練を受けた捜索隊がチェックをした。地元住民も略奪にやって来て、食料品や小麦粉、調味料まで持ち去った。駐留したドイツ軍の略奪も凄《すさ》まじいものだった。裕福なユダヤ人の屋敷は宿舎に充てられたが、ハンガリー側が手出しできないまま全てを持ち出されて空になった。非公式の賄賂《わいろ》受け取りが推奨された——金で安全が買えるという錯覚を引き起こす為だ。七月までの僅《わず》か四箇月で、財産奪取とブダペシュトを除く地方からのアウシュヴィッツ移送はほぼ完了していた。ちなみにこの移送と現地での処分の費用は没取財産から支払われた。

　ブダペシュト市内のユダヤ人は、危険分子とみられて拘留されアウシュヴィッツに送られた者以外は市内に留め置かれた。連合軍はユダヤ人を爆撃しない、と言われていたからである。

　移送が止ったのは七月の初めである。

　ハンガリー政府とドイツの間で没取財産を巡って水面下の争いが発生していた。ハンガリー側が移送と処分の代金以上は引き渡そうとしなかったのが原因である。業を煮やした親衛隊が憲兵隊を使ってクーデターを起こそうとした、とも言われている。いずれにせよ、移送は止り、首相は交代し、政府は再び連合国への降伏の可能性を試み始めた。

史実上の黄金列車

　一九四五年十月にブダペシュトで政治警察によって行われたミンゴヴィッツ・イシュトヴァンの尋問記録によれば、ユダヤ資産管理委員会に入るよう言われたのは一九四四年七月十日のことだ。それまで自治体――つまり内務省によって行われそのままだった没取財産の管理を大蔵省が行うことになったことに伴う異動である。省内の証言によれば、望んで行くような部署ではないと見做《みな》されていたらしい。地方で出た没取品や財産を各地の倉庫に収めさせて管理し、現金は郵便貯蓄銀行に納めさせるのが委員会の業務で、赤十字、軍、後には矢十字党の要請で物品を引き渡すこともあったが、無理筋は断った、その為の書式もあり、書類は全部本庁の自分の部屋に保管してあったが爆撃で焼けた、業務改善の余地は幾らでもあったが敢《あ》えて何もしなかった、というのが、証言からわかる業務内容だ。量的に膨大な仕事であった為、省内からのメンバーに外部の会計士も加わっていたが、そのうちの相当数は列車には乗っていない。

十月、政変が起る。対米講和の可能性を断つ為にドイツ側は摂政ホルティの息子を誘拐して退陣を強い、後には完全な傀儡《かいらい》政権が据えられた――一九三八年にはドハーニ・シナゴーグに手榴弾《しゅりゅうだん》を投げ込んだこともある過激な矢十字党の政権である。首相となった元参謀将校のサーラシは、夢に聖母マリアが現れ、ハンガリーを救うよう頼まれた、と主張する人物でもあった。

ブダペシュトに残っていたユダヤ人たちが駆り集められ、強制労働の為にオーストリアまで歩かされる惨憺《さんたん》たる状況はジョナサン・リテルの小説「慈しみの女神たち」でも描かれている。残った者はドハーニ・シナゴーグの周囲に立てた鉄条網のある壁の中に押し込まれ、外部から遮断された。

政変に伴い、ユダヤ資産管理委員会の委員長もトルディ大佐に交代する。十二月初旬、ロシア軍が迫る中で、ミンゴヴィッツはショプロンケヴェジュド行きを命じられ、家族とともにトラックに乗る。元ゼンタ市長アヴァル・ラズロと顔を合わせたのはその時が初めてだったらしい。トラックには彼らの他に、没取品の木箱が積まれていた。オーストリアへの移送と「ゲットー」への追い込みの際に最終的に剝ぎ取った品物だと、ミンゴヴィッツは認識している。おそらく数日後、四十輛以上の貨車がブダペシュトに残っていた没取財産を積んで包囲戦前のブダペシュトを出発している。列車は途中ジルッでオーバーニャ城の保管庫にあった分を積み込み、年末にブレンベルク炭鉱《バーニャ》に入った。ただし本作とは異なり、ミンゴヴィッツもアヴァルもこの列車には乗っていなかった。

三箇月掛けて、トルディはブレンベルク炭鉱の中央浴場で没取品を仕分けした。ショプロンケヴェジュド組の証言では、三月末、徒歩での合流を命じられ、着いてみると列車は出発できる状態で準備されていたので驚いた、という。どこまで信じるか微妙なところはあるが、兎《と》も角一切没取品には手を触れていない、管理していただけだ、という主張自体はほぼ事実であろう。トルディは没取品のうちでも価値の高いものだけを選《よ》って積み込んだトラック隊（少なくともトラック二台と数台の軍用乗用車だが、正確な台数は不明）で先に出発し、列車組はロシア軍来襲の大混乱の中を抜けアグファルヴァ経由でヴィルヘルムスブルクまで進んで、そこでほぼ一週間足止めを食った。彼らはサボタージュないし横領の意図を疑っているが、実際にはヴィルヘルムスブルクからも見えたザンクト・ペルテン爆撃の結果と考える方が正当だろう。目標は操車場だったが、爆弾は駅周辺のかなり広範囲に着弾したことが米軍の空撮写真からも窺《うかが》える。地元メディアの回顧記事によれば、駅は瓦礫《がれき》の山に変り五百人以上の死者が出たようで、鉄道の機能が数日間麻痺《まひ》状態になったとしても不思議はない。機関車を調達しヴィーゼルブルクで一泊した後本線に戻り、脱走兵の襲撃を受けた後、ザルツブルク経由でホプフガルテン到着、五月までそこに停車した後、タウエルン・トンネルへ、という行程はほぼそのままである。ただしホプフガルテンで起ったことに関しては報告書以外一切、記録がない。一九四四年四月分の地元の公文書は全て廃棄されてしまっているからである。後々支障の出る事情があったのだ、と推測することは妥当だろう。地元の抵抗運動と接触したこと、爆弾除《よ》けと認識されていたことは報告書にある。

イッター城

列車側の記録では、五月四日、列車をゆすり取ろうとしたドイツ軍がどこの部隊だったのかは明らかではない。ただし翌五日、ホプフガルテンの駅から三キロほどの地点で戦闘があった。第二次世界大戦最後の戦闘と言われるイッター城の戦いである。守備側は城に留め置かれていたフランスの元首相やドゴールの姉を含むフランスの要人たち、ドイツ国防軍の生き残り、イッター村在住の元武装親衛隊将校、前日夕刻到着した米軍の戦車二輛とその乗員で、攻撃を掛けたのは詳細不明のドイツ兵百人から百五十人程度である。第十七装甲擲弾《てきだん》師団、指揮官はボッホマン大佐、という説もあるが、この人物は命令拒否によって軍法会議の出頭命令を受けていた筈《はず》で、とすれば部隊を連れて逃亡中だったことになる。戦車一輛を破壊し城を砲撃するなどした後、米軍戦車部隊の救援が到着したことに気が付いたドイツ軍部隊は十名程の死者を残して再び山に逃げ込んだ。十日後に山中東方のツェル・アム・ゼーで投降した部隊と同一ということで、作中では話を進めた。

ホプフガルテンを脱出した後、列車は翌日タウエルン・トンネルに入り、そこで一週間を過ごした後、米軍の保護下に入った。それまでほぼ連日の地元住民の仕業と思われる盗みに悩まされ、トンネルの壁沿いに列車との間を侵入して来たドイツ兵三十名ほどを撃退するなどの事件が起っている。米軍は列車をザルツブルク近郊のヴェルフェンに回送したが、最終的な引き渡しまで約二箇月間、管理と警備は依然、委員会とその警備人員が行った。列車に残留していた人数は家族も含め百三十六名。ブレンベルク出発時の名簿にある二百十三名と差し引きすると八十名近くがどこかの時点で降りたことになるが、名簿の数字にはトルディ他トラックで先行した者が含まれ、軍需省関係者や炭鉱夫たちが含まれていない為、正確な数字は不明である。民間人は客車ごとハンガリーに送り返され、委員会はザルツブルクの難民キャンプに入った。領事館に報告書が提出されたのは収容中のことで、同時にハンガリー国内のメディアに対する積極的な広報活動も行った。没取品はザルツブルクの米軍倉庫に収められたが、要求にも拘《かか》わらず、米軍は受領証を出そうとしなかった。

帰国は十月と思われる。ブダペシュトの警察の調書を見る限りでは、パヴロヴィッツ・イレシュとミンゴヴィッツは取り調べの後、無罪と見做されて釈放されている。

その後

米軍倉庫に収められた没取品の価値を、アメリカ側は当初一億二千万ドル程度と見積もった。今日《こんにち》の換算で十七億ドル、千八百七十億円である。返還を求める新生ハンガリー政府及びハンガリー系非ハンガリー系のユダヤ人団体の間で事態は紛糾した。彼らは総額を三億ドルと見積もっていた。三年間決着が付かないまま揉《も》め続けた後、アメリカはこれをユダヤ系難民支援の資金とすることに決め、漸《ようや》く正式な査定に入った。最終的な査定額は五百万ドルであった。ユダヤ教の祭具は各地のシナゴーグに寄付され、日用品は難民キャンプに運ばれ、残りはアメリカでオークションに掛けられた。

トルディはアヴァルの広報活動の結果身辺が危険になったと判断すると、フランス軍当局に出頭し、トラックで運び去ったものの一部を引き渡した。フランス軍の捜索で見付け出されたものもあり、これらはハンガリーに返還されたが、生存者の求めにも拘わらずハンガリー政府は引き渡そうとはしなかった。残りの行方は不明だ。一部はトルディの協力者であったSSのヘッツルという人物が米軍の通行証を使ってスイスに隠した、と言われている。ヘッツルはザルツブルクの学校の校長を務めて余生を送った。トルディは三箇月間フランス軍に拘留された後釈放され、その後の行方は家族共々わかっていない。

ツヴァイグは、列車とトラックに積み込まれたのはもとより没取財産の一部に過ぎず、その大部分は国立銀行の金庫に収められ、準備金他と共に一旦国外退避した後、ハンガリーに返還されたのだろうと推測している。

解　説

杉《すぎ》江《え》松《まつ》恋《こい》（書評家）

矜持を持って生きることについての小説である。
何が心中にあっても、ひとまず生きる。人として必要なこと、任されたことをやる。その連続で日々を送っていく。簡単には、死なない。死ぬよりも先にすることがあるから。

第二次世界大戦末期のヨーロッパを舞台にした佐藤亜紀《さとうあき》『黄金列車』はそういう小説だと私は考える。信念に基づいて生き、苦難を乗り越えていく人間を描いたという意味では第一級の冒険小説であり、史実と虚構を絶妙な形で配合した歴史小説でもある。奥付によれば単行本版の刊行は二〇一九年十月三十一日、その年度の最も重要な作品であったと自信を持って言うことができる。人間を描いた小説に求めるもののすべてが、この中に詰まっている。

作者により「黄金列車についての覚書」が付されているので屋上屋を架すことになりかねないが、解説からご覧になる読者のため、ロナルド・W・ツヴァイグ『ホロコーストと国家の略奪　ブダペスト発「黄金列車」のゆくえ』（昭和堂）を参考にして最小限の予備知識を書いておこう。

一九三〇年代末にハンガリー王国では親ナチス・ドイツの矢十字党が勢力を増し始め、基本的人権を制限する反ユダヤ法が段階的に成立していった。一九四四年三月十九日にナチス・ドイツが首都ブダペシュト入りし、ハンガリーは実質的な占領下状態になる。それと共に憲兵隊大佐アールパード・トルディが台頭し、ユダヤ人からの財産没収と収容所移送を推進したのである。だが、国家主席である摂政ホルティが連合国側との休戦を模索していたこともあってブダペシュトは極右勢力にとっては安住の地ではなくなり始めていた。東からはソ連軍が迫りつつある。蓄積した略奪物を西へ移動させなければならなかった。そのために編成されたのが本作で描かれる「黄金列車」なのである。

本作の単行本帯には「第二次世界大戦末期、文官の論理と交渉術でユダヤ人の財宝を守った男たちがいた――」という惹句が記されていた。ナチス・ドイツが侵略地域において国家規模の略奪を行っていたことはよく知られており、戦争冒険小説の題材にもなっている。また、ホロコーストに抗った人道主義者についてのノンフィクションや創作も多数存在する。惹句からそれらの物語を連想された読者も多いと思うが、本作の内容は全く異なる。一口で言うならば『黄金列車』とは、私の思想や信条を別に、公人としての使命を全うした者たちの物語なのである。国家に仕える官吏は、他の何者にも阿《おもね》ることを許されない。戦争末期の世情においては、さまざまな脅威が彼らに迫ってくる。それを撥ねのけ、ただ公僕であることに徹する。その真っ当さがなんとも小気味よい。

小説内の日付は一九四四年十二月十六日から始まる。これは略奪資産を載せた黄金列車がブダペシュトを発した日である。この十日後にはソ連軍によってブダペシュトが完全包囲されるので、ぎりぎりのタイミングであった。二十七日にオーストリア領との境であるブレンベルグに到着し、ここで略奪物の加工処理が行われる。約三か月後の三月二十九日、列車は国境を越えて再び西へと進み始める。ヴィルヘルムスブルク、ザルツブルクを経由して五月四日にはドイツとの国境にほど近いホプフガルテンに到達した。この日付の直前にはある事件が起きているのだが、大戦史に詳しい方には言うまでもないことなので省略する。判る方、検索などで調べられた方には、ああ、大変なときに大変な場所を旅していたのだな、と頷いてもらえるだろうと思う。

作者の筆は、この行程をほぼ史実通りに追っていく。ユダヤ財産委員会の委員長であるトルディが、略奪物の中でも最も高価なものを積んだトラックに乗って別行動をとったのも史実通りである。ほぼ、と書いたのは列車に乗ったのが誰か、というような点に創作が交えられているからで、「覚書」でもその点について触れられている。多数の人間が登場するが、わずかな情景を描いただけで彼らの人となりが活写されるのが流石だ。爵位を鼻にかけて尊大に振る舞う滑稽なマルコヴィッツ、ＳＳの大尉ながら世慣れた人柄で味わいのある行動をとるクレックナーなどは史実上の人物である。誰が実在して、誰が創作されたのかは、作者の魔法を種明かしすることにもなりかねないのでここでは伏せておく。関心がある方は前掲のツヴァイグ書巻末の人名リストに当たられたい。

物語の主要な視点人物となるのは、大蔵省に奉職して三十年になるという生え抜きの公僕・バログである。彼が属するユダヤ資産管理委員会の長は前述のトルディ大佐だが、別行動をとっているために列車にはいない。その代わりに、参事官のミンゴヴィッツ、次長のアヴァルといった他の委員たちが意思決定をしていくのだ。ナチス・ドイツによる占領という非常事態を利用して成り上がったトルディと異なり、彼らは生粋の官吏である。そして非矢十字党員だ。彼らが統率することにより、列車の中には官僚的というしかない奇妙な調和状態が出現する。ブレンベルグにおける加工処理と荷積みにおいて彼らが重視するのは、すべてを帳簿に記録し、私されないように監視することだ。国家ぐるみの略奪によって蓄積された財宝だが、一切の略奪は許さないというアイロニカルな状況がそれによって現出する。

　列車が駆け抜けていくのは敗色濃厚なオーストリア領であり、当然ながらさまざまな危難が迫ってくる。列車が財宝を積んで走っているという情報を聞きつけ、狙ってくる不埒者も後を絶たなかった。それらに対して官吏たちは毅然と対応する。あくまでも自分の権限内において、そして遵法的に。数々の冒険小説が書かれてきたが、暴力に頼らず弁舌のみを用い、あくまでも法に則った形で危難を解決していく物語というのは非常に珍しい。肝が据わっているといえばこれ以上に肝の据わった話はないだろう。

　列車の進行を妨げる者に賄賂を渡して懐柔するときも、渋る相手から「手続きですから」と受領書を取ることは忘れない。経費として処理するためである。トルディが委員長の権限を傘に着て積荷を持ち去ろうとすれば「後で監査が入った時に弁明に困るような出庫は許可できません」と撥ねのけ、ナチスに対しても国際法を犯すのか、と胸を張る。

本作の初出は「文芸カドカワ」二〇一九年四月号～八月号だが、その頃日本では一国の首相が権力を私した疑惑が取り沙汰されていた。それに伴い、行政の最高権力者に忖度して官僚が資料の書き換えなど、数々の公僕にあるまじき行為に走ったことが明るみに出ていたのである。国を動かすのは政治家ではなくて官僚である、とのかつての自負はどこにいったものやら。歴史上の出来事を描いた小説に自身の時代の諷刺性を過度に重ね合わせるのは読み方としては危ういが、この作品と出会えて溜飲の下がる思いがしたことは確かである。こういう矜持のありようを読みたかったのだ。前作の『スウィングしなけりゃ意味がない』（二〇一七年。現・角川文庫）で佐藤は、戦争という決定的に間違った方向へと突き進んでいくドイツを舞台に、国に殺されてたまるかよ、と抵抗する若者の物語を描いた。個とは何か、公と私とはどのような関係にあるのかを近年の佐藤亜紀は進んで描いているように感じる。胸を張って生きられる個人とはどのようなものかを、私は小説から改めて教わった。

そしてバログだ。主要な視点人物とのみ記して、彼について触れずにここまで来てしまった。この登場人物が、『黄金列車』という小説の要なのである。公と私が一人の中でまったく対照的な形で共存する在り様が、彼の視点によって印象的に描かれていく。

作者が選んだのは、回想形式でバログの個人史を振り返り、現在進行形の彼の視点と混ぜ合わせるという技法だった。

本作は「バログが妻を亡くしたのは、七月の初めのことだった」という一文から始まる。その妻、カタリンはアパートの五階から転落死を遂げたことがすぐに明かされる。そこで叙述はバログが黄金列車に乗り込もうとしている現在にいったん移る。彼は「ベレーを被り、ツイードのコートを着て、綺麗な色の毛糸の襟巻きをしっかり巻い」た少女に気づく。名簿に載っている列車の乗客なのだ。イダという名の少女の前を立ち去るとき、バログは「そっと振り返」り「またトランクを下ろしてそこに立っている」彼女を見る。その映像が過去を呼び寄せるのである。ちなみにこのイダという少女は物語の別の場所で重要な役を担って再登場するので、その名はぜひ記憶に留めていただきたい。次に続くのは「まだ十八で、夜も遅い時間に、ドナウ川沿いの遊歩道のベンチに坐《すわ》っていた」カタリンとバログが初めて出会う場面だ。少女の面影がカタリンの記憶を呼び寄せたのである。このように、バログの視点は何かのきっかけがあるたびに現在から過去へと飛ぶ。三人称多視点の小説だが、過去と現在の往還を行うのはバログだけなので、読みながら混乱することはないだろう。彼が見るのは懐かしいカタリンの記憶であると同時に、過去の健全であったハンガリーの姿でもある。そうした形で秩序の破壊された現在と過去とが対比されているのだ。

やがてバログは二年間戦争に行き、復員して彼女と再会する。言及されていないが、それが第一次世界大戦であることは明らかだ。そののち二人は結婚し、バログの親友であったヴァイスラーもカタリンの同僚だったマルギットと所帯を持つ。四人の交わりは子供が生まれても変らずに続く。それは輝かしい時間である。だが、終わりが来る。ナチス・ドイツの影がハンガリーに迫ってくるからだ。

物語の終盤、ナプコリという事務員の女性がバログが笑うのを見る場面がある。「ナプコリは、何か見慣れないものを見たような顔をする」とさりげなく書かれていることに注意していただきたい。カタリンを思うことで過去に飛んだ場面でバログの感情は細やかに描写されているが、現在の場面ではそれがない。委員会に属する官吏としてあくまで有能に仕事をこなすバログは一切の私心をしめすことがないのである。官吏とはそういうものであろう。列車の進行と共にバログの過去の旅も少しずつ時を重ねていき、ついには終着点に至る。そこで読者は、所在なげにずっと立ち尽くすだけであったこの男の心中に去来していたものが何であったかを知るはずだ。オーストリア領を横断する黄金列車の行程は、バログの内面を巡る旅と重なり合っている。壮大な歴史模様が描かれる小説だが、読み終えた後で真っ先に浮かんでくるのは、バログという初老の官吏の姿だ。彼がどのような思いで旅をしてきたか、何を見てきたかを行間から汲み取りたくなり、また巻頭へと戻る。

与えられた行数が尽きた。佐藤の作家としての業績について触れる余裕がなくなったが、角川文庫に収録された過去作に優れた解説が付されているので、そちらも参考にしていただきたい。この文庫の後に「小説　野性時代」に連載された『喜べ、幸いなる魂よ』も刊行される予定であり、そちらも必読である。佐藤は短い文章で情景や人物を活写する作家であり、『黄金列車』にもそうした場面が数々ある。付箋を貼っていくと針鼠のようになってしまうほどだ。その中でも一つ、私の印象に残った場面を引用してこの解説の結びとしたい。戦争という暴力行為が人間をいかに愚かにするかを端的に示していると思う。

――銃を返して貰い、外に出ると、数人の兵士が牛を曳《ひ》いている。乳牛だ。牛は懸命に抵抗している。別な兵士が寄って来て銃を構え、牛の頭を撃ち抜く。牛が倒れると、曳いていた連中は呆気《あっけ》に取られてから、猛然と食って掛かる。撃った兵士はげらげら笑っている。

どうだろうこの記銘力。一篇の物語のような鮮やかさ。これが佐藤亜紀なのだ。

本書は、二〇一九年十月に小社より刊行された
単行本を加筆修正のうえ、文庫化したものです。

黄《おう》金《ごん》列《れつ》車《しや》

佐《さ》藤《とう》亜《あ》紀《き》

令和4年 2月25日　初版発行

発行者●堀内大示

発行●株式会社KADOKAWA
〒102-8177　東京都千代田区富士見2-13-3
電話　0570-002-301（ナビダイヤル）

角川文庫 23036

印刷所●株式会社暁印刷
製本所●本間製本株式会社

表紙画●和田三造

●お問い合わせ
https://www.kadokawa.co.jp/（「お問い合わせ」へお進みください）
※内容によっては、お答えできない場合があります。
※サポートは日本国内のみとさせていただきます。
※Japanese text only

ISBN 978-4-04-111065-2　C0193

JASRAC 出 2200637-201　◇◇◇

角川文庫発刊に際して

角川源義

第二次世界大戦の敗北は、軍事力の敗北であった以上に、私たちの若い文化力の敗退であった。私たちの文化が戦争に対して如何に無力であり、単なるあだ花に過ぎなかったかを、私たちは身を以て体験し痛感した。西洋近代文化の摂取にとって、明治以後八十年の歳月は決して短かすぎたとは言えない。にもかかわらず、近代文化の伝統を確立し、自由な批判と柔軟な良識に富む文化層として自らを形成することに私たちは失敗して来た。そしてこれは、各層への文化の普及滲透を任務とする出版人の責任でもあった。

一九四五年以来、私たちは再び振出しに戻り、第一歩から踏み出すことを余儀なくされた。これは大きな不幸ではあるが、反面、これまでの混沌・未熟・歪曲の中にあった我が国の文化に秩序と確たる基礎を齎らすためには絶好の機会でもある。角川書店は、このような祖国の文化的危機にあたり、微力をも顧みず再建の礎石たるべき抱負と決意とをもって出発したが、ここに創立以来の念願を果すべく角川文庫を発刊する。これまで刊行されたあらゆる全集叢書文庫類の長所と短所とを検討し、古今東西の不朽の典籍を、良心的編集のもとに、廉価に、そして書架にふさわしい美本として、多くのひとびとに提供しようとする。しかし私たちは徒らに百科全書的な知識のジレッタントを作ることを目的とせず、あくまで祖国の文化に秩序と再建への道を示し、この文庫を角川書店の栄ある事業として、今後永久に継続発展せしめ、学芸と教養との殿堂として大成せんことを期したい。多くの読書子の愛情ある忠言と支持とによって、この希望と抱負とを完遂せしめられんことを願う。

一九四九年五月三日

角川文庫ベストセラー

少女奇譚
あたしたちは無敵
朝倉かすみ

小学校の帰り道で拾った光る欠片。敵と闘って世界を救うヒロインに、きっとあたしたちは選ばれた。でも、魔法少女だって、死ぬのはいやだ。(表題作)など、少女たちの日常にふと覗く「不思議」な落とし穴。

君たちは今が世界《すべて》
朝比奈あすか

6年3組の調理実習中に起きた洗剤混入事件。犯人が名乗りでない中、担任の幾田先生はクラスを見回してこう告げた。「皆さんは、大した大人にはなれない」先生の残酷な言葉が、教室に波紋を呼んで……。

あひる
今村夏子

わが家にあひるがやってきた。名前は「のりたま」。近所の子供たちの人気者になるが、体調を崩し、動物病院に運ばれていってしまう。2週間後、帰ってきたのりたまはなぜか以前よりも小さくなっていて――。

アンネ・フランクの記憶
小川洋子

十代のはじめ『アンネの日記』に心ゆさぶられ、作家への道を志した小川洋子が、アンネの心の内側にふれ、極限におかれた人間の葛藤、尊厳、信頼、愛の形を浮き彫りにした感動のノンフィクション。

刺繍する少女
小川洋子

寄生虫図鑑を前に、捨てたドレスの中に、ホスピスの一室に、もう一人の私が立っている――。記憶の奥深くにささった小さな棘から始まる、震えるほどに美しい愛の物語。